Die Bewerbung
Gefährlicher Weg
Martin Jonas

W0038853

Martin Jonas

Die Bewerbung
Gefährlicher Weg
Luke Steiner Reihe – Band 2

Thriller

DeBehr

-

Copyright by: Martin Jonas
www.martin-jonas.net
Herausgeber: Verlag DeBehr, Radeberg
Erstauflage: 2021
ISBN: 9783957538260
Umschlaggrafik Copyright by: Jeka de
Brant; www.herzblatt.photo
Bisherige Veröffentlichungen im Verlag
DeBehr
Humor:
Glücksbärchis am Arsch – Ab heute wird
zurückgef**** (2019)
Thriller:
HAB` DICH, KLEINES! DU BIST! (Luke Stei-
ner Reihe – Band 1) (2020)

Für Susann

Die Dunkelheit verschlingt dich.

Sie lässt dich Dinge hören.

Ich bin ganz nah bei dir.

Ich erwarte dich,

wenn du schwach und zerbrechlich bist.

Inhalt

Die Waffe gezückt, voller Hass und diabolischer Gedanken, die sich langsam wie Krebsgeschwüre durch seinen Kopf fraßen, stand er vor dem jungen Mann. Der Raum war leer und kalt, ebenso sein Blick. Die Geräuschkulisse erstarb. Die Wände schluckten jeden Laut. Er schaute über Kimme und Korn seiner Pistole - ein Zucken durchströmte plötzlich seinen Zeigefinger, der sich langsam von dem Abzugsbügel zum Abzug bewegte. Der Griffrücken lag gut in seiner Hand. *Nur einmal abdrücken!*

Rückblende...

JOSIE!

>>*Was für eine Aufmachung, Steiner. Respekt vor dem Herren. Ich kann mir dieses Fehlverhalten, welches Sie an den Tag legen, nicht erlauben. Aber wer bin ich schon...*<<

>>*ACH, ICH BIN JA NUR IHR BESCHISSENER VORGESETZTER! Gott verdammte ... noch einmal!*<<

>>*Steiner, ist Ihnen eigentlich bewusst, in*

was für eine Lage Sie sich, Peter Perke und unsere Einheit gebracht haben?<<

>>Ganz locker, Chef!<<

>>Wie, ganz locker? Ich bin doch locker, Steiner. Ehrlich. Das Zucken im Augenlid gehört zu meiner verdammten Lockerheit dazu.<<

>>Ich kann... Ich kann das nicht. Ich... Ich bin nicht in Stimmung, Steiner. Ich... Ich will nicht mit Ihnen reden müssen.<<

>>Chef, atmen Sie mal tief durch die Nase ein und kräftig durch den Mund wieder aus. Beruhigen Sie sich! Ich habe die kleine Josie befreien können und das Monster in den Knast gebracht. Nicht wahr?<<

>>In den Knast, Steiner? Sie haben auf den verfickten Tatort gepisst, zum einen. Zweitens: Sind Sie mit dem Vater der Kleinen durch ganz Halle gefahren und haben mit einer zivilen Person, das geht nicht in meinen Kopf rein, hinter meinem Rücken, Sancho und Pancho gespielt. Ist... Ist das richtig? Ich will nur mitkommen, Steiner.<<

>>Fahren Sie sich runter, Chef! Ich musste mal ganz dringend. Und, was die Fahrt anbelangt, geschossen habe ich nur zwei Mal. Da-

für hatte Perke mehrfach abdrücken wol-
len.<<

>>*Steiner, sind Sie noch ganz da? Wollen*
Sie mich gerade verarschen? Wie soll ich mich
beruhigen, wenn mein bester Mann wie ein
schießwütiger Texaner durch die Stadt latscht,
auf eigene Faust ermittelt, mir mit einem sar-
kastischen Unterton mitteilt, dass eine Zivil-
person Spaß am Abfeuern einer Waffe hatte -
und unsere gesamte Einheit wie Trottel ausse-
hen lässt?<<

>>*Chef, ich habe den Fall doch wohl gelöst,*
oder nicht! Kai Weber sitzt ein. Seine Mutter
auch. Sicherlich, dass eine oder andere könnte
man besser machen; aber was sage ich. Sie
haben doch das polizeiliche Handbuch selbst
geschrieben!<<

>>*Steiner, übertreiben Sie es nicht. Sie ste-*
hen mit einem Bein im Gefängnis. Und wer
darf die beschissene Suppe für Sie auslöf-
feln?<<

>>*Ja! Sorry! Darf ich jetzt gehen, Papi?*
Mir brummt echt der Schädel, und ich brauch
einen Kaffee!<<

1. Der Brief

Sie mochte die Dunkelheit nicht. Alleinsein war das Letzte, was sie in diesem angsterfüllten Moment wollte.

Die junge Frau saß auf dem durchwühlten Bett, von Düsternis eingekreist. Sie hielt die Decke fest umschlungen und wusste nicht mehr weiter. Sie wollte *wieder* nach Hause, zurück zu ihren Eltern und dem gewohnten Umfeld. Es plagten sie Zweifel. Vergiftete Gedanken.

Ständig schaute sie nach links und rechts, sie scannte das kleine Zimmer regelrecht ab. Selbst unter dem Bett hatte sie nachgeschaut, ob sich dort ein Fremder versteckt hielt. Sie war groggy und müde – und konnte keinen klaren Gedanken fassen. Sie fühlte sich beobachtet, doch war sie allein.

Mit dem letzten Weihnachtsfest, es war ein familiäres Durcheinander, versuchte sich das junge Fräulein gedanklich abzulenken. Kam eine Stresssituation auf, holte sie sich diese schönen Erinnerungen hervor. Ihr Hausarzt, der sie schon von klein auf kannte, hatte ihr dazu geraten. Manchmal zählte sie *aber* einfach nur bis Zehn, wenn sich die Angst vor ihr aufplustern wollte.

In Gedanken schwelgend. Der Baum war festlich geschmückt. Er erstrahlte in funkelndem Rot und schimmerndem Gold. Kerzen spendeten wohlige Wärme, und die vielen Geschenke unter dem Weihnachtsbaum liebkosten die gesamte Atmosphäre. Weihnachten, für sie die schönste Zeit im Jahr – und in der momentanen Situation, in der sie sich befand, ein gedanklicher Notbehelf.

Es beruhigte sie *etwas*. Sie konnte sich runterfahren und sammeln. Gab es doch keinen wirklichen Grund zur Sorge, wie ihr eine leise Stimme zuflüsterte. Es war doch alles in Ordnung, bis auf diesen einen Vorfall.

Noch immer hatte Laura diesen ekelhaften Geruch in der Nase. Die gedankliche Ablenkung, nun doch gescheitert.

Ihre Finger bohrten sich tiefer und fester in den kalten Stoff der Decke. Ein widerlicher Gestank, der sich an ihre feinen Nasenhaare klammerte. Sie musste sich schütteln.

Ein Hauch von Rosen - aber kein lieblicher Duft. Kein teures Parfüm. Nein! Ein billiges und chemisches Aroma, welches der jungen Frau Kopfschmerzen bereitete. Es müffelte fies und Brechreiz machte sich bemerkbar.

Gefesselt von der abträglichen Situation, sie war so etwas nicht gewohnt, strickte sie sich ein Netz aus den verrücktesten Hirngespinsten, die *nun* in ihrem Köpfchen herumschwirrten, wie Geister der Gegenwart. Ständig schaute sie sich um. Angst, Erschöpfung und Nervosität. Sie verspürte ein unerklärliches Bedürfnis, auszubrechen. Es war ein Teufelskreis.

Laura versuchte erneut, positive Gedanken hervorzukramen; doch sie kam innerlich einfach nicht zur Ruhe. Für sie war es eine Belastung. Sie begann wieder an den Fingernägeln zu knaupeln. Eine Angewohnheit, die sie vor zwei Jahren erfolgreich ablegen konnte.

Es schmeckte der jungen Frau nicht, dass ihr eine nicht bekannte Person so nahe kommen konnte, ohne dass sie es mitbekam. Sie wurde beobachtet, vielleicht auch verfolgt - doch das Schlimmste für Laura war, dass sie sich schutzlos fühlte.

***

Angespannt und nervös.

Es war ihr Spind. Dort bewahrte das Mädchen private Dinge auf, während sie ihrer Arbeit als Hotelfachfrau nachging. Dieser kleine Kasten, nicht größer als einen Meter hoch und dreißig Zentimeter breit, dieser kleine Metallbehälter war es, der ihr ein wenig persönlichen Lebensraum schenkte, in einer fremden Gemeinde, weit weg von Zuhause. *So ganz allein.*

Für sie war der Spind eine Art Tagebuch. Ihre persönlichen Sachen lagerten darin. Träume, Wünsche, Hoffnungen. Nur sie hatte den Schlüssel.

Gedankenübernommen und eingeschüchtert stand Laura in der Dunkelheit vor dem Spind, direkt an der Tür der Damen-Umkleide, den Blick auf den Flur gerichtet. Der grünliche Lack blätterte an einigen Stellen *schon* ab.

Das Licht in der Bad-Dusche flackerte auf und durchleuchtete den kleinen Raum. Die schmalen Kellerfenster waren mit rauer Folie beklebt. Laura zog sich nur ungerne bei vollem Schein um.

19

Sie verzog die Augenbrauen und schmiss die Tür ihres Spinds zu. Das silberne Schloss hielt sie fest in der einen und den stinkenden Zettel in der anderen Hand. Wie angewurzelt.

Plötzlich nahm sie über sich ein zittriges Summen wahr, als würde ein abgetrenntes Stromkabel in eine mit Wasser gefüllte Badewanne fallen. Es zischte. Das Licht im Keller ging an und erhellte die Tiefparterre.

Die Linienlampen über ihr an der Decke, mehrere Röhren, wurden eingeschaltet und brannten unregelmäßig auf, fauchten leise. Am anderen Ende des langen Flurs sah sie eine gedämpfte Silhouette, die langsam auf die junge Frau zukam. Näher und näher.

Sie machte einen kleinen Schritt in die Umkleide zurück und guckte verschüchtert.

>>*Hallo!*<<, stotterte Laura zaghaft.

Den Blick halb zu Boden geneigt, schielte sie nun einem ihr fremden Mann ins Gesicht. Es roch nach Pommes und Schnitzel. Die Helligkeit summte und blinkte erneut auf.

>>*Hi...*<<, antwortete der junge Mann freundlich und krempelte sich dabei die Ärmel seiner Kochjacke hoch. Für ihn etwas Neues. Noch nie wurde er von einer jungen Frau aus

der Damen-Umkleide angesprochen.

>>*Du arbeitest hier?*<<, fragte Laura mit zarter Stimme.

>>*Ja, ich bin der Sous Chef.*<<

>>*Ah...*<<

>>*Du...! Hast du jemanden an den Spinden gesehen?*<<

>>*Nö! Ich bin gerade erst angekommen!*<<, sprach der junge Koch lächelnd, verabschiedete sich von Laura und bog in die dampfende Hotelküche ab.

Leicht irritiert stand sie in dem Kellergewölbe vor ihrem Spind und blickte dem freundlichen jungen Koch hinterher. Der verschwand in einer Wand aus nebligem Kochwasser und brutzelndem Fett. Laura hätte sich gerne eine andere Antwort gewünscht. Der Typ schien freundlich; doch fühlte sie sich noch immer sehr unwohl.

Der Frauen-Umkleideraum war am anderen Ende des Flurs. Gleich neben den Fahrstühlen, nebenan die Küche und die Toiletten. Weithergeholt war ihre Vermutung *also* nicht, dass sich jemand unbemerkt an ihrem Spind zu schaffen gemacht haben könnte. Niemand ging dort ungesehen ein oder aus. Keiner würde wie ein Gespenst durch die engen Flure des Kellers spuken können.

Sie warf noch immer nachdenkliche Blicke in die laute Küche. Der Typ hätte doch etwas gesehen haben können. Jede Stunde, jede Minute und Sekunde, waren Mitarbeiter des Hotels zugange. Laura war sich sicher, wenn hier jemand an ihrem Spind gewesen war, musste er gesehen worden sein.

Die Küche, das Herz der umgebauten Scheune, war nicht nur der Arbeitsplatz der Köche und Kellner. Hier traf sich auch das übrige Personal des Hotels gelegentlich, um eine zu rauchen, einen kleinen Plausch zu halten. *Kaffeepause. Doch wer steckte dieses übelriechende Briefchen durch die dünnen Schlitze in meinen Spind?* Es ließ ihr keine Ruhe. Sie war doch gerade erst angekommen und kannte noch keinen weiter.

Laura war noch nicht einmal einen Tag da. Jemand musste sie kennen, oder sie musste wem aufgefallen sein. *Aber wem?*

Eine von vielen Fragen, die sich die junge Frau in diesem beschämenden Moment stellte. Bei dem Gedanken, dass ein Fremder in ihrem Lebensumfeld herumschnüffelte, wurde ihr

22

schlecht. Laura fühlte sich nackt und missbraucht.

Ständig kratzte sie sich nervös am Kopf, war wütend, verletzt und gedemütigt. Es war ihr erster Arbeitstag und ihre erste Nacht in dem Hotel, in dem sie als Kellnerin, *Schrägstrich* Putzfrau, *Schrägstrich* Allrounder anfing. Es erschien ihr nicht unmöglich, als man ihr beim Vorstellungsgespräch mitteilte, dass das Hotel-Personal auf dem Dachboden untergebracht würde, jeder einen zusätzlichen eigenen Spind bekäme. Sie hatte sich in das Gasthaus verliebt und freute sich auf ihr Praktikum.

>>*Wissen Sie, wir halten das immer so, mit unserem Personal*<<, sprach die Chefin des Hauses besonnen.

Laura saß, etwas eingeschüchtert, mit ihrer Lieblingsjacke bekleidet, einer Strickjacke mit Kunstlederärmeln, so weit weg von Zuhause, der Familie, ihren Freunden, auf dem grau gepolsterten Stuhl, vor diesem riesigen Schreibtisch – und hörte der Inhaberin, einer adretten Frau, tipptopp gekleidet, Mitte vierzig, gespannt zu. Sie zuppelte aufgeregt an den Ärmeln ihrer Jacke.

Diese versuchte, ihre Falten am Hals mit aparten Seidentüchern zu verstecken. Älterwerden war wohl keines ihrer Hobbys, das war Laura schnell klar. Sie musste schmunzeln.

Die Chefin des Hauses suchte vergeblich nach dem Jungbrunnen, was Laura wiederum ein wenig sympathisch fand. Sie trug auch einen auffälligen Lippenstift. *Knallrot.* Laura fühlte sich langsam wohl und taute auf. Es war ihr erstes Vorstellungsgespräch.

Sie erkannte vergleichbare Charaktereigenschaften zu ihrer Mutter. Die war ähnlich gestrickt. Jedes Jahr zum Geburtstag, wünschte sie sich von ihrem Mann und ihrer Tochter eine Geburtstagsgrußkarte mit der Aufschrift; *Alles Gute zum Geburtstag! Neunundzwanzig Plus*, welche Laura gerne für ihre Mutter gestaltete. Auch die wollte ewig jung sein.

>>*Ich verstehe...*<<, antworte Laura fast lautlos und sehr schüchtern ihrer neuen Chefin gegenüber.

>>*Nach Ihrer Schicht, können Sie den Pool oder auch den Sportplatz unserer Anlage nutzen. Ein Privileg, welches wir nicht nur unseren Gästen schenken. Nein! Unser Personal soll sich auch pudelwohl fühlen.*<<

>>*O.k.!*<<, freute sich Laura. Was sollte sie auch anderes sagen.

Das neue Kapitel in ihrem Leben, war spannend, genau wie die anfallende Arbeit. Ein Mädchen für Alles, doch sie wollte dort arbeiten, wo andere Urlaub machten. Laura war sich für keine Arbeit zu schade. Im Vorfeld hatte sie sich über die anfallenden Tätigkeiten, die in einem Hotel zu erledigen sind, erkundigt.

Schön war der Gedanke, nicht hin und her pendeln zu müssen; dort leben, wo man arbeitet. Jeder der Angestellten erhielt sein eigenes kleines Zimmer. Ein Raum der Tabuzone. Ein Rückzugsort.

Zittrig vor Aufregung und voller Vorfreude auf die neue Situation, verabschiedete sich die junge Frau von ihrer Chefin und fuhr mit dem Lift auf die Etage, wo sich ihr Zimmerchen befand. Das Vorstellungsgespräch wurde zu einem Einstellungsgespräch. Mutig war sie. Sie reiste, entschlossen, den Job zu bekommen, gleich mit gepackten Koffern an.

Es war ruhig auf dem Flur. Der schmale Gang war eng und niedrig. Kaum Tageslicht.

Langsam öffnete sie die Tür und atmete erleichtert aus. Es war ihr noch fremd; doch gehörte es nun ihr.

***

Ein schnuckeliges Räumchen, es war sehr gemütlich hergerichtet. Klein aber fein. Neben dem Bett hing ein großer Spiegel, der flächenbündig in die Wand eingelassen war. Man konnte nicht dahinter greifen oder ihn abnehmen.

Anfangs hatte sie sich keine Gedanken gemacht; doch nun stand sie vor diesem ein Meter neunzig hohen Spiegel in ihrem Zimmer, den sie in dieser Form schon mehrfach, in verschiedenen Größen, in dem Hotel gesehen hatte – und wurde stutzig.

Sie betrachtete sich darin und hinterfragte, warum noch mehr von diesen reflektierenden Glasflächen in dem kleinen Hotel die Wände zierten. Eigentlich nichts Ungewöhnliches. Spiegel gibt es in jedem Hotel. Vielleicht war es eine Art Werbe-Gag der Hotelchefin gewesen, das überall die großen Spiegel in die Wände eingelassen waren. Vielleich lag es an ihrer Eitelkeit. In ihrem Büro hatte sie gleich drei davon.

Der massive Kleiderschrank hatte es ihr angetan. Außerdem war ihr Zimmer mit einem

Schreibtisch, einem Fernseher und einer kleinen Leseecke ausgestattet. Es gefiel ihr auf Anhieb; doch fühlte sie sich noch nicht heimisch und geborgen. Laura brauchte Zeit. Sie musste sich *auch* an schöne Dinge gewöhnen.

Der Geruch eines Hotelzimmers, immer wieder ein neues Erlebnis für sie. Laura stand reglos da und blickte sich kopfdrehend um. Sie saugte die Luft tief ein.

Die grässliche Tapete übersah das junge Fräulein schnell. Ein gelblich angehauchtes Meer voller Blumen stach ihr in die Augen. Nicht gerade ihr Geschmack, aber Geschmäcker sind ja bekanntlich verschieden. Hätte sie die Erlaubnis gehabt, dann hätte Laura das Zimmer in einem zarten Baby-Blau gestrichen.

Sie liebte diese Farbe. Weich und hell. Ihr Jugendzimmer war komplett in Blau gehalten. Zum Geburtstag hatten ihre Eltern ihr einen blauen Teppich geschenkt.

Bei dem Anblick der gelben Wandverzierung zuckte Laura mit den Schultern und zwinkerte. *Gibt Schlimmeres!* Das Mädchen beschwerte sich selten. Schon als Kind war sie jemand, der nur das Gute in einem Menschen sah und auch bösen Menschen nie etwas Schlechtes wünschte. Auch geschmacklos eingerichtete Wohnungen waren für sie kein Grund, Vorurteile zu hegen. Nicht einmal bei der Überschwemmung mittels eines Blumenmeeres in Omas Schlafzimmer.

Die Räumlichkeit auf dem Dachboden des Hotels und diese hässliche Tapete waren ihr kleinstes Übel. Laura knipste von ihrem neuen Reich mehrere Fotos, für ihre Eltern und Freunde. Natürlich auch für sich. Zur Gewöhnung. Die Euphorie hielt sich *noch* in Grenzen.

Müde und erschöpft ließ sie sich auf das Bett fallen und ging in Gedanken noch einmal den Tag durch, mit allen Erlebnissen und Eindrücken. Vieles prasselte auf Laura ein.

Schon früher fühlte sie sich von Hotels angezogen. Sie fand sie magisch und mysteriös. Laura war immer wieder überrascht und fand es sehr spannend, wenn sie ein Hotelzimmer betrat und sich beim Auspacken der Koffer vorstellte, wer wohl vor ihr in dem Zimmer gehaust hatte.

Den Kopf in das weiche Federkissen gedrückt, vernahm sie leises Flüstern; doch ignorierte Laura das schwache Wispern. Sie hörte einfach darüber hinweg. Laura überlegte, wie die Zeit hier wohl würde. Die junge Frau war neugierig und kämpfte zugleich mit negativen

Gedanken.

Sie hatte Angst, der Lage nicht Herr zu werden. Wohlbehütet wuchs sie in einem wunderschönen und umsorgten Nest auf. Es fehlte ihr bisher an *Nichts*. Und nun war sie mitten ins Leben gesprungen und stand vor ihr noch unbekannten Aufgaben.

***

Der erste Arbeitstag verlief einwandfrei. Sie nahm die Rolle des Zuhörers ein und machte sich fleißig Notizen. Nervige Lästereien der neuen Kollegen prallten an ihr ab. Es gab kaum Komplikationen, und sie stellte sich nicht, wie befürchtet, ungeschickt an.

Die Arbeit gefiel ihr außerordentlich gut. *Umsonst Sorgen gemacht.* Nette Kollegen, liebe Gäste und ein freundliches Umfeld.

Nach der getanen Arbeit brannten ihr die Füße. Auslaugend, doch sie war zum *Lernen* da. Sie hatte viele Zimmer gesehen, aufgeräumt und gesäubert. Dass es harte Arbeit sei, nicht einfach werden würde und kein Zuckerschlecken, war der jungen Dame klar gewesen.

Lauras Eifer eilte ihr voraus. Sorgfältig hatte sie sich im Internet erkundigt und Recherchen zum Thema Hotel gemacht. Vom Housekeeping über die Tätigkeiten eines Kellners bis hin zur Buchhaltung. Laura wollte jeden Job durchlaufen, bevor sie an die Uni ging.

Von Beginn der Schicht an bis zum Feierabend flog die Zeit dahin, und die vielen Eindrücke der Bettenburg, der Arbeitskollegen und der zahlreichen Urlauber purzelten nur so auf die junge Frau ein. Ehe sie sich versah, schlug die Uhr achtzehn; und Laura wurde in ihren wohlverdienten Feierabend geschickt. Den ersten hier.

>>*Wo kommt der Besen hin?* <<, wollte Laura wissen.

>>*Stell einfach ab*<<, antwortete Frau Müller freundlich.

>>*Laura, kommst du noch mit auf eine Kippe und einen Kaffee?*<<

Frau Müller, die Vorarbeiterin der Zimmermädchen, versuchte, das neue Küken zu überreden, mit ihr und den anderen in der Küche einen Kaffee zu trinken.

>>*Das ist lieb von Ihnen, aber ich bin mü-*

de!<<, antwortete Laura zögerlich.

>>Schade, wir hätten den Tag noch einmal Revue passieren lassen können; aber ich verstehe dich natürlich<<, zwinkerte sie Laura zu und verschwand im tosenden Küchenlärm.

>>Und wir duzen uns, o.k.!<<, schallte es aus der Küche heraus.

Laura war hin- und hergerissen. Sie stand vor der Küche und machte sich schon wieder Gedanken darüber, was die anderen Mitarbeiter des Hotels *jetzt* wohl von ihr halten könnten. Das Mädchen wollte jedem gerecht werden; aber die Müdigkeit besiegte ihr zweifelndes Vorhaben, *doch* mit auf einen Kaffee zu gehen, rasch.

Die Gedanken kreisten. Laura wollte weiter in dem Hotel arbeiten und dazulernen. Zeitgleich wollte sie aber auch zurück zu ihren Eltern und Freunden. Tageseindrücke rauschten auf das junge Mädchen ein. Das Heimweh war groß. *Vielleicht hätte ich doch mit Frau Müller mitgehen sollen?*

***

Der rötliche Brennball am Himmel fauchte den ganzen Tag über ungewohnt warm für diese Jahreszeit zu Boden. Der beginnende Herbstanfang meinte es gut. Die Straßenarbeiter, die seit einigen Tagen damit beschäftigt waren, lange Schächte für die Verlegung neuer Glasfaserkabel zu buddeln, legten ihre Arbeitsgeräte nieder – und genossen das kühle Bierchen unter einem großen Apfelbaum. Die Blätter verfärbten sich schon.

Nicht einmal am Abend konnte der weiche, auftauchende Wind für ein wenig Abkühlung sorgen. Es war stickig an jenem Abend. *Ungewöhnlich heiß.* Sie fühlte sich schwach.

Die Frösche am Pool quakten im Chor, und die Grillen zirpten auf der Wiese. Man hörte das Grün schreien. Aus dem Gras ertönte das Leben. Mit dem Bau des Pools hatte man den Tieren ihren Wanderweg weggenommen. Nun stießen die Frösche Nacht um Nacht ihre nervenden Laute in das sternenbeleuchtete Schwarz.

Die lauwarme Brise wehte bald durch die vom Mondlicht angestrahlten Baumkronen - und das Rascheln der Blätter versetzte die Schönheit der Nacht in ein gespenstisches Tun. Erschreckende Töne klangen aus dem

Unterholz. *Kettengleich.*

Der Luftstrom, hauchzart, wog durch das saftige Grün und rauschende Laute, leise und doch wild, stiegen empor. Die Eleganz der Nacht hatte ihren Höhepunkt erreicht. Gruselig und atemberaubend. Katzen mit Glöckchen an ihren Halsbändern, es klingelte unruhig, durchstreiften räuberisch die Straßen des Ortes.

Das Fenster von Lauras Zimmer war angekippt, eingehakt. Ein kleines Dachfenster, nicht größer als fünfundvierzig mal fünfundfünfzig Zentimeter groß. Sie schlief fast nie bei geschlossenem Fenster.

Seit ihrer Kindheit hielt sie das so. Außer im tiefsten Winter, wenn fette Minusgrade herrschten, *dann* schloss auch Laura das verglaste Quadrat. Doch nicht in dieser Nacht, in dieser sommerlich-herbstlichen heißen Schwärze; und in dem kleinen stickigen Dachbodenzimmer mit der hässlichen Blümchen-Tapete.

Müde lag sie in ihrem Bett, die Decke zwischen die Beine geklemmt, ohne Schlafdecke ging nichts bei Laura; versuchte sie, in Träume zu entgleiten. Währenddessen flirrte die nächtliche Wärme um ihr zartes Gesicht. Schweißtropfen rannen von ihrer Stirn und perlten auf ihr weiches Kopfkissen. Für diese Jahreszeit ungewöhnliche Temperaturen.

Die Luft war dünn und zart. So weich wie Butter, die zu lange in der Sonne stand. Laura war müde und abgekämpft von ihrem ersten Arbeitstag. Von Ängsten heimgesucht. Die Briefbotschaft in ihrem Spind ging ihr nicht aus dem Kopf – so drehte und wendete sie sich unruhig in jener Nacht in ihrem Bett.

Egal wie sehr sie sich in das Federkissen quetschte, Laura konnte nicht einschlafen, obwohl sie es dringend musste. Der Wecker würde in sechs Stunden klingeln. Doch der Vorfall mit dem geheimnisvollen Brief hinterließ noch immer einen trockenen und abstoßenden Nachgeschmack. Sie war so etwas nicht gewohnt. Noch dazu dieses schreckliche Heimweh. Laura zweifelte an ihrer Entscheidung.

Der ominöse Zettel lag in der Nachttischschublade. Vor Wut zusammengeknüllt. Es stand nichts weitergeschrieben drauf. Nur ein: ICH SEHE DICH. DU BIST HÜBSCH. Und dann dieser ekelhafte Rosenduft, mit dem das Papier eingesprüht worden war. Eher getränkt, könnte man sagen.

Laura war neugierig und gleichzeitig einge-schüchtert. Die junge Frau machte sich Ge-danken über *Gedanken*. Eben noch besuchte sie das Steintorgymnasium in Halle an der Saale, wo sie auch zuhause war, und nun schenkten ihr ihre Eltern ein Jahr finanzielle Unabhängigkeit, um herauszufinden, welchen beruflichen Weg sie einschlagen wollte.

Laura war klug, freundlich und angepasst zu ihrem Umfeld. *Studieren oder eine Ausbildung machen?* Sie war *noch* etwas unsicher gewe-sen. Bereits in der Schule hatte sie sich *immer* selbst ein Bein gestellt. Wenn andere bereits genau wussten, wo es mal hingehen soll, tat sich Laura schwer mit ihrem Zukunftsplan.

Mit dem Abitur in der Tasche, standen ihr die Türen *weit* offen; doch schon seitdem sie ein kleines Mädchen gewesen war, wollte sie ihr eigenes Hotel leiten und führen. Ein Jahr Pause nach dem Abi und in einem Hotel arbei-ten, die Handwerkskunst zu erlernen, zu ver-stehen, schien ihr richtig zu sein. Besser als gleich irgendwo auf einem Chefsessel zu sit-zen, ohne Praxis erfahren zu haben. Das war ihr jüngster Gedanke gewesen.

Nun war sie einen Schritt weiter. Sie wurde langsam erwachsen. Lernte auch gleich unangenehme Dinge kennen.

Die Nacht war schaurig schön. Im gesamten Hotel war es ruhig. Bis auf den Gesang der Frösche und dem zupfinstrumentalen Gezirpe der Grillen, welcher durch das Gemäuer schlich, liebkoste eine unheimliche Stille die siebenhundertsechzig Quadratmeter große Unterkunft.

Die völlige Abwesenheit von Menschen-Geräuschen verschmolz mit dem weiß-blauen Mondlicht, das sich zart schimmernd in ihrem Zimmer ausbreitete. Es glich einer dichten Silberwand, die alles unter sich verschlang. Schlängelnd wie eine hungrige Kobra, göttlich und erschreckend, auf der Suche nach einer hilflosen Maus.

Der große Eichentitan im Garten, ein wahrer Holzgigant, warf einen dunklen, vom Mond bestrahlten, massiven Schatten an die von zahlreichen Fotos behangene Wand in Lauras Reich; und untermalte die Gesamtstimmung des jungen Fräuleins. Laura liebte die Fotografie. Sie hielt jeden Moment mit Familie und Freunden in Bildern fest. Sie wollte nichts vergessen und egal, wohin sie der Wind trieb, auch nichts missen müssen.

Fotografieren war ihr Hobby. Eine Leidenschaft. In der kurzen Zeit, in der sie in Geltow schon war, fotografierte sie alles und jeden, der ihr vor die Linse kam oder sprang. Dabei kam ihr der hoteleigene Fotodrucker zugute.

***

Die Hotelküche schloss ihre Pforten; der letzte Gast checkte vor einer halben Stunde ein, vielleicht aber auch vor einer viertel Stunde, als es plötzlich leise an Lauras Scheibe klopfte. Es klang seltsam. Wie hundert kleine Fingerkuppen, die gleichzeitig tanzend gegen das Glas stupsten. Dunkle, fast mit bloßem Auge nicht erkennbare klitzekleine Flecken, tauchten in unregelmäßigen Abständen auf der Scheibe auf.

Hagel?

Die feinen Geräusche der Steinchen ließen Laura erschrocken in ihrem Bett aufzucken. *Was war das?* Schon fast kunstvoll, da keines der kleinen Kieselsteine in ihrem Zimmer landete.

Aus Angst vor dem, was unten vor dem Fenster sein könnte, schnappte sie sich im

Tran ihr Handy und rief bei ihren Eltern an. Laura verkroch sich dabei mit dem Telefon unter der Decke. Fast wäre sie endlich eingeschlafen; tippte auf den grünen Hörer und wartete auf das Freizeichen.

Nichts!

Es passierte nichts.

Auf ihrem Display drehte sich der milchige Kreis. Es erschien: *Es wird angerufen...* Kein Freizeichen, die Verbindung kam nicht zustande.

Hastig blickte sie durch das Zimmer. Laura war unruhig und wollte mit ihren Eltern sprechen. Ein ungewohntes Gefühl breitete sich in ihrer Brust aus. Sie war aber wahrlich kein Angsthase. Panik machte sich dennoch breit.

Minuten der Ungewissheit verrannen wie in Zeitlupe. Der feine Kieselsteinregen verstummte. Auf einmal ertönten unten im Haus leise Klaviertöne. Sie flogen hinauf, bis in Lauras Zimmer. Sanft, aber hörbar.

Im Speisesaal stand ein Flügel, daran konnte sich Laura erinnern. Er war hellbraun. Flache dumpfe Töne durchfluteten das Haus. Es war gespenstisch.

Plötzlich herrschte wieder Stille. Bruchartig. Laura konnte sich nicht bewegen. Ihr Herz sprang im Dreieck, und der Puls pochte wild. Bei einer Maus schlägt das Herz bis zu 550-mal pro Minute. Dementsprechend kurz ist ihre Lebensdauer; und Lauras Herz schlug gefühlt noch viel schneller.

Das Mädchen war wie paralysiert. Mondlicht schlich schleifend, wie ein zerbrechlicher alter Mann, der gebückt im Altenheim die Flure auf und ab schlurft, durch den dunklen Raum. Der Vorfall in der Umkleidekabine, dieser abartige Geruch, die Steinchen, die man an ihr Fenster warf - Laura verspürte eine unkontrollierbare Furcht. Sie wollte nur noch weg.

Einmal kurz durchgeatmet. *Beruhige dich! Du bist doch kein Hasenfuß.* Sie versuchte, sich abzulenken. Sie wollte ihren Instagram Account öffnen, um sich auf andere Gedanken zu bringen – doch auch das hoteleigene WLAN funktionierte nicht. Ein weiterer Versuch, bei den Eltern anzurufen, missglückte ebenfalls. Wie der Gedanke an ihre Jugendweihe. *Das kann doch alles nicht wahr sein...*

Leise summte sie sich Mut zu. *Nur ein Hotel.* Es war ein recht niedrig gebautes Hotel, doch war es unmöglich ohne eine große Leiter auf das Dach, geschweige denn an ihr Zimmerfenster zu gelangen. *Nur ein niedliches Dorf-Hotel.*

Ein weiteres Mal tief durch die Nase eingeatmet und die Luft durch den Mund wieder herausgelassen. Laura nahm all ihren Mut zusammen und warf einen bangen Blick zum Dachfenster. Angsterfüllt. Die Bettdecke fest umschlungen, blinzelte sie vorsichtig ins Mondlicht hinein. Wieder knallte ein Kieselstein an ihre Scheibe. Diesmal war es ein größerer. Sie erschrak erneut.

>>*Bleib ruhig!*<<, murmelte sie vor sich hin. Laura war klar, dass sie einen kühlen Kopf bewahren musste. Nachts muss man halt andere Prioritäten setzen. Sie überlegte kurz. *Schaue ich schnell aus dem Fenster und erhasche einen Blick? Mache ich das Licht an, um den Unbekannten abzuschrecken? Lege ich mich einfach hin und versuche, nun endlich mal zu schlafen?*

Ihr war das alles nicht geheuer.

Sie zählte bis zehn.

Auf leisen Zehenspitzen stieg sie aus dem Futonbett heraus und flitzte geduckt über den frisch sanierten Dielenboden zum Fenster rüber. Die Decke fest um ihren zarten Körper gewickelt. Auf einmal! Ein weiterer Stein, der gegen das Fensterglas prallte.

Fest entschlossen, ballte sie ihre Fäuste wie Stahl und blickte aus dem Fenster. Das Dach war kurz und sie konnte den Terrassenbereich sehr gut erblicken. >>*Geh deiner Angst entgegen und sie wird verschwinden.*<<

Niemand war zu sehen.

Es war stockduster auf den Straßen des Dorfs, und noch dunkler war es auf dem weitläufigen Grundstück der Anlage. Die Lampen waren ausgeschaltet. Das Mondlicht schleierhaft.

Laura stellte sich auf Zehenspitzen, klammerte sich am metallischen Fensterrahmen fest und beugte sich etwas mehr heraus, um einen besseren Überblick mithilfe des Mondes erhaschen zu können. *Da muss doch jemand sein!*

Im gleichen Atemzug zog eine fette Wolke am Sternenhimmel entlang und legte sich vor der weiß schimmernden Kugel nieder. Die Wolke verdunkelte kurzzeitig alles unter sich.

Laura sah keine zwei Meter weit. Ihre Augen konnten nichts außer den schwarzen Umrissen der auf dem Grundstück stehenden Bäume und Sträucher erkennen.

Das Haus stand auf einem kleinen Hügel inmitten der Siedlung. Eine niedliche Idylle nahe Potsdam. Die Dorfkirche in Geltows Mitte ertönte. Zwölf ohrenbetäubende Schläge, die einen Schwarm Vögel aufscheuchten. Über dem Schwielowsee ließ sich eine seichte Nebelbank nieder und die Laternen des Örtchens leuchteten schwach in einem warmen Orange.

Eine massive, aber schöne zwei Meter hohe Mauer zäunte das zweitausend Quadratmeter große Grundstück ein. Nur eine Laterne vor dem Haus auf dem neu gepflasterten Gehweg strahlte unter der nächtlichen Mitternachtsdecke. Sonst nichts. Kein Licht. Auch nicht im Hotel. Das wurde per Timer abgeschaltet.

Wie sehr wünschte sich Laura Licht. Sie kniff ihre Augen zusammen, um besser sehen zu können. Das hatte sie mal irgendwo in einer Zeitschrift gelesen, in irgendeinem Wartezimmer. Ob es half, wusste sie nicht. Aber der Artikel fiel ihr in diesem Moment wieder ein.

Die Wolke am dunklen Firmament zog weiter und schenkte dem Mondlicht neue Kraft. Sie ließ locker. Die blau schimmernde Lichtkugel explodierte schlagartig am düsteren

Himmel und klarte erneut alles unter sich auf. *Ein Sekundenspiel.*

Das fast stillliegende Wasser des Pools leuchtete wie ein funkelnder Diamant. Licht brach auf der flüssigen Oberfläche. Es erhellte die Terrasse. Der Mond wuchs immer gewaltiger. Fledermäuse flogen in die Nacht hinein.

Was war das?

Vom Schein angestrahlt. Laura nahm einen düsteren Umriss einer Person auf der hölzernen Terrasse wahr, die sich soeben zu Boden beugte, um etwas aufzuheben. >>*WOW...*<< *Wer ist das?*

Ihr Herz klopfte erneut wie wild. Wüste Gedanken machten sich in ihrem Kopf breit. Die Hände fingen an zu zittern. Die Beine hielten ebenfalls nicht still. Engegefühl erdrückte sie.

Ein ihr Fremder griff in ihre Privatsphäre ein. Laura war übel. Sie fühlte sich vollkommen machtlos. Es ging ein Gefühl von Hilflosigkeit umher. *Ist das der Unbekannte vom Spind?*

Als sich die Person *wieder* aufrecht hinstellte, die aufgehobenen Steinchen, vom Kakteenbeet rechts neben sich geklaubt, in den Händen hielt, erblickte sie Laura am Fenster und nahm

Reißaus. Geistesgegenwärtig schnappte sich Laura ihr Telefon und versuchte, bei der Rezeption anzurufen, um dem Nachtdienst den Vorfall zu melden.

Kein Freizeichen, niemand nahm das Gespräch an. Ihr Handy ging noch immer nicht. Auf den Zimmern der Angestellten, gab es keine Telefone.

***

Im Haus selbst war es ruhig. Laura versuchte einen erneuten Anruf zu tätigen. Auf einmal ein Freizeichen. Sie hörte das Klingeln des Rezeptions-Telefon bis auf ihr Zimmer. Sie ließ es weiter tuten und vernahm eine leise Melodie im Garten. Sie konnte es nicht fassen.

Laura fuhr ängstlich ihre Hand zum Fensterrahmen hin und krallte sich misstrauisch am rauen Blech fest. *Ist das der Nachtdienst?* Unsicher vor dem, was da war; der Ton war zu hören, doch sah sie nichts – blickte sie noch einmal hinunter. *Nichts.*

Irritiert und von Neugier gesteuert, schlich sich Laura langsam aus ihrem Zimmer. Sie öffnete vorsichtig die Tür und blickte den langen dunklen Flur entlang. Niemand zu sehen. Es war mucksmäuschenstill. *Jetzt aber los!*

Besonnen tapste sie über den weichen roten Teppich die Treppe hinab, das Telefon in der Hand haltend. Im Treppenhaus stand ein Fenster offen. Windhauch blies durch das Hotel. Es hatte sich tatsächlich etwas abgekühlt. Kein kalter, aber ein erfrischender Luftzug.

Der schwache Wind wehte durch das Gras. Es war finster; der Mond stand ungünstig für diesen Bereich des Hauses.

Laura schaute aus dem großen Fenster im Flur in den Garten. Fast nichts zu erkennen. In der Blütenhecke aus Sträuchern und Stauden, auf dem Rindenmulch neben dem Pool, leuchtete es hell auf. Laura ließ das Telefon weiter *tuten*. Das Handy lag ruhig in ihrer Hand. Ein erneutes Aufblinken vor den Hecken im Garten. Das war das schnurlose Telefon der Rezeption. *Ganz sicher!*

Sie erkannte es wieder. Es war ihr beim Putzen der Theke aufgefallen. Die Tastenknöpfe blinkten in grellem Gelb. Schockiert legte Laura auf und ließ dabei ihr Handy auf die Treppe fallen. Es polterte über die hölzernen Stufen. *Das darf doch nicht wahr sein! Mist!*

Zögernd blickte sie in alle Richtungen und hoffte, dass niemand wachgeworden war. Schnell hob sie ihr Handy auf und trabte vorsichtig die letzten Stufen der Treppe hinunter. Sie schaute sich hastig um.

Laura hatte sich vorgenommen das Telefon der Rezeption zu holen. >>*Ganz einfach, raus und wieder rein...*<< flüsterte sie immer und immer wieder vor sich hin. So schwer kann das doch nicht sein!

In der Lobby leuchtete es mild. Zwei der zwölf Wandstrahler waren eingeschaltet. An der Rezeption war niemand zu sehen. Herrenlose Blätter lagen auf dem Tresen verstreut. Ein Glas, nur ein paar Tropfen Whisky, sonst war es leer, lag umgekippt auf einer Rechnung. Im Aschenbecher, der hinten in dem kleinen Raum, wo sich die Rezeptionisten kurz ausruhen konnten, qualmte eine halbausgedrückte Zigarette. *Hier muss doch einer sein!* Die Türen waren verschlossen.

Schulterzuckend und Augenbrauen hebend schlich Laura einen kurzen Gang entlang. Der Flur war erdrückend eng. Sie blickte noch einmal suchend zum Tresen hinüber. Der Flur war keine ein Meter zwanzig breit. Er führte an dem Büro der Chefin vorbei. Die Tür stand einen Spalt weit auf. Ungewöhnlich, da ihre Chefin jedes Mal, wenn sie das Büro verließ, die Tür hinter sich abschloss. *Warum also nachts das Büro offen lassen?*

Eine weitere Pein nahm sie ein. Ihre Knie schlotterten. Die junge Frau zitterte vor Angst. Adrenalin pumpte durch ihren ein Meter vierundsechzig kleinen Körper. Sie stand ziellos, bekleidet mit einer kurzen Disney-Schlafhose und einem Minni-Maus Shirt, vor der angelehnten Milchglastür, dem Büro der Chefin.

Leise auf den Socken, bewegte sie sich langsam auf das Büro zu, um einen kleinen Blick hineinzuwerfen. Es war immer noch ruhig im Haus. Laura fasste vorsichtig die Klinke und zog die Tür blitzschnell zu. Sie ließ von ihrem Vorhaben, in das Büro ihrer Chefin hineinzugucken, ab.

Laura wollte nicht mehr hineinschauen. Das ging sie nichts an. Außerdem war die Angst viel zu groß, erwischt zu werden. Die junge Frau wollte auch die eleganten nächtlichen Klaviertöne vergessen und sich nur das Telefon im Garten schnappen. Sie atmete tief durch und pirschte sich an die eindrucksvolle Terrassentür heran.

Im Speisesaal, es roch nach Reinigungsmitteln, hingen schwere beachtenswerte Gardinenschals an den zwei Meter hohen 2-flügeligen Terrassentüren zu Boden. Golden in der Farbe. Wie große einschüchternde Staturen. Korpulent im Gewicht.

Diese Gardinen hingen überall im Haus. Sie waren blickdicht. Stühle standen wie Soldaten in Reihe und Glied. Das frische Geschirr für den nächsten Tag erstrahlte, stramm platziert, auf dem Anrichtetisch. *Respekt!* Laura schätzte die Genauigkeit der Kollegen.

In geduckter Haltung warf sie einen drückebergerischen Blick durch die Gardinen hindurch, die sie mit einem Finger beiseite drängte.

Die Vorhänge hingen an einer vergoldeten, mit Mustern verzierten, Stange. *Keiner zu sehen!* Auf einmal sah sie, dass der kleine silberne Schlüssel, mit dem die Terrassentür abzuschließen war, neben ihr auf dem Boden lag. Er funkelte, vom weißen Licht des Riesen am Himmel angeleuchtet, auf den schwarzen Marmorfliesen. Er war nicht zu übersehen.

Düster war die Nacht. Die mittlerweile angenehme Brise fegte über das große Grundstück hinweg. Die Frösche quakten noch immer die funkelnden Sterne am Himmel an und die Grillen verstummten in dem Gequake rasch. Es war ihr erster Arbeitstag, fernab von der Heimat, und gleich dieser schauderhafte Einstieg.

Laura öffnete langsam die schwere Terrassentür, schaute schnell in alle Richtungen und rannte zur Hecke, wo sich das Telefon befand – griff es und sauste schnell wieder zurück ins Haus.

Mit dem Telefon der Rezeption in der Hand, versicherte sie sich noch einmal, dass auch alle Türen und Fenster im Speisesaal fest verschlossen waren und huschte dann zurück auf ihr Zimmer.

2. Wo bin ich hier?

Das Sterben hatte sich Luise anders vorgestellt. In ihren Gedanken war es so einfach gewesen. Sie hatte sich das alles ganz anders ausgemalt. Als Oma. In ihrem Bett. *Friedlich.* Umgeben von ihren Liebsten. Sie betete zu Gott. Er sollte sie zu sich holen.

Seit zwei Tagen, in denen sie planlos, wie ein nervöser Tiger in einem viel zu engen Käfig, in diesem winzigen Zimmer auf und ab lief, fühlte sich die junge Frau zunehmend wie ein gefangenes Tier. Nicht wissend, was auf sie zukäme, wie der nächste Tag ablaufen würde.

Die kahlen Wände kamen immer näher. Erdrückend. Alte, schmutzige Tapete. Das junge Mädchen hatte keine Ahnung, wo es sich befand. Hier war es dunkel, schimmelig-feucht und eklig; es stank.

Die Kammer glich einer Zelle; aber es war ein Zimmer. Ein kleiner Raum. Kaum Tageslicht - und in der Nacht erhellte eine eingestaubte Glühbirne den schlauchförmigen Bau.

Nur ein Fenster gab es, und dieses war von außen mit alten Brettern zugenagelt. Die Doppelglasscheibe zerschlagen. An den gebrochenen spitzen Ecken der Scheibe klebte dunkelrotes, getrocknetes Blut. Der hölzerne Fensterrahmen war spröde und von der aufdringlichen Hitze gerissen.

Luise stand in der Mitte des Zimmers und fiel erschöpft auf die Knie. Es gab ein Bett, einen Tisch und einen kleinen Nachttischschrank. An der Decke hingen von Staub und Schmutz schwarzgefärbte Spinnenweben herab. Spärlich eingerichtet war diese verdreckte Folterkammer. Kein Weg führte heraus. Gefangen.

Vier erstickende Wände, an denen das Blut der Vergangenheit klebte. Die blaue Tapete mit den roten Rosen und diesen komisch wirkenden Spatzen, echt hässlich, hing an manchen Stellen brechbar dünn herunter. Der sichtbare Schimmel darunter glitschte die verputzte Wand hinab, wie Pudding, den ein Kind an eine Mauer geworfen hatte.

Die Beine taten ihr weh – doch kein Schmerz der Welt war vergleichbar mit ihrem wunden Genitalbereich. Es brannte und juckte.

Sie kniete noch immer auf dem Boden und streifte sich schmerzverzerrt über die angespannten Oberschenkel. Doch nichts war schlimmer als dieser unerträgliche Schmerz in ihrem Schritt. Mit jedem weiteren Kratzen wuchs er.

Seit achtundvierzig Stunden hatte sie sich nicht mehr waschen können, keine Toilette - nur einen Eimer, in den sich entleeren konnte. Sie wollte sterben. Höllenartige Hitze, übler Dreck. Sterben war eine gute Lösung.

Ihre braunen Haare pappten voller Schweiß an Stirn und Nacken - und hingen kraftlos herunter. Ständig kratzte sie sich an den Oberarmen und knaupelte die vielen Hitzepickel auf, die überall sprießten. Sie wollte sich waschen. Ihr einziger Wunsch war es, in eine Badewanne steigen zu können. Sie konnte den blumigen Duft des Badezusatzes förmlich riechen und auf ihrer Haut fühlen.

In den letzten Tagen war sie mehrfach vergewaltigt worden. *Wieder* und wieder. Luise bekam den Gestank der Typen nicht aus ihrer Nase. Die Gesichter der Männer, die sie brutal missbraucht hatten, klammerten sich in ihrem Kopf fest. Sie konnte sie nicht abschütteln. Sie wollte sterben. Doch eine Stimme in ihrem

Kopf befahl ihr, nicht aufzugeben.

***

Die glühende Mittagsonne quetschte ihre brennenden Strahlen durch winzig-kleine Spalten des Holzes des mit Brettern zugenagelten Fensters. Es war heiß und das Holz der schräg angenagelten Zaunlatten roch modrig-warm. Die Sonne stand am Himmel und keine einzige Wolke war weit und breit zu sehen. Die Temperaturen glichen denen einer Sauna.

Die erdrückende Luft, sie schien zu flimmern, flirrte um ihren schmächtigen Körper. Jeder Atemzug fiel ihr zunehmend schwerer. Sie hatte Durst. Ein kleiner Lichtstrahl tanzte durch das Zimmer. Luise beobachtete die winzigen Staubpartikel, die in dem Sonnenstrahl schwebten.

Kraftlos saß sie auf einem alten rostigen Metallbett, auf einer ranzigen Matratze, übersät von Schleimhautzellen der Vagina, von Urin, Blut und Fäkalienflecken. Es stank widerlich und Luise übergab sich erneut. Zum dritten Mal.

Neben ihr der wackelige Nachttischschrank. Sie hatte noch nicht hineingeschaut, dem kleinen Schränkchen noch keine Aufmerksamkeit geschenkt. Die Neugier hielt sich in Grenzen. Luise war ausgehungert und dehydriert. *Ich will sofort tot umfallen!*

Ihr war schwindelig und sie zitterte am ganzen Körper. Nervös pulte sie mit einem Holzsplitter den Dreck unter ihren abgebrochenen Fingernägeln hervor. Sie zappelte mit den Füßen; wippte auf und ab.

Wie gerne hätte sie sich gewaschen. Blutige Schleimspuren, getrocknet und spröde, geronnen auf ihren Schenkeln. Es roch unangenehm. Luises Kopf hing schwer herunter, Haare wie das Fell eines nassen Hundes.

Auf einmal ertönte raschelnder Lärm vor der Tür. Kräfteschwindend, der Verzweiflung nahe, blickte sie beunruhigt auf. Es klackte. Die Tür öffnete sich. >>*Bitte nicht schon wieder*<<, dachte Luise im gleichen Moment und zuckte vor Angst zusammen. Sie verkroch sich in einer dunklen Ecke.

Ein Gefühl von Enge legte sich erneut auf ihren Körper. Ihr Herz schlug kraftlos, aber schnell pumpend, wie ein Vogel im Käfig, der gegen Gitterstäbe flatterte. Die Gedanken drehten sich nur ums Sterben. Ein heller Blitz schoss in das beengte, von Staub eingefangene, Zimmer hinein.

Das Tageslicht, von der anderen Seite der Tür, hellte den Raum kurz auf und ließ Luise im Bruchteil einer Sekunde erblinden.

>>*Rein hier, du Schlampe*<<, hörte sie eine hämische Stimme lachen.

Es schepperte.

Die schwere Eichenholztür mit den seltsamen Verzierungen knallte wieder zu und das Klacken des Schlosses, als man wieder einmal von außen den Schlüssel nach links drehte, versetzte Luise erneut in Angst. Panik machte sich breit. Eine unkontrollierbare Todesfurcht umschlängelte Luise und hielt sie fest in ihren starken Armen. Schlimmer als die Ängste zuvor. Dem Mädchen tat alles weh. Der Lärm auf dem Flur erlosch. Doch die Angst blieb.

Als sich ihre Augen langsam wieder an die Dämmerung in der kleinen Zelle gewöhnt hatten, sah Luise eine weibliche Person am Boden liegen. Sie kniff die Augen fest zusammen und riss sie ganz schnell wieder auf.

>>*Conny?*<<, murmelte Luise leise, während sie auf allen Vieren zu dem jungen Mäd-

chen krabbelte.

>>*Conny!*<<

>>*Was machst du hier?*<<, stupste sie dem am Boden liegenden Mädchen mit der linken Hand gegen die Schulter. Innerlich hatte sie gehofft, dass ihre Freundin Hilfe holen sei.

Keine Reaktion.

***

Das blonde Mädchen mit den feinen Strähnchen im Haar, gerade zwanzig Jahre alt geworden, zierlich klein, mit einem Rosentattoo unterhalb des Bauchnabels, lag in Embryonalstellung, *nur* mit einem grünen Slip und einem grauen, kaputtgerissenen Spaghetti-Shirt bekleidet, auf dem staubigen Dielenboden, in diesem klitzekleinen Kabuff. Wie ein Müllsack entsorgt. Regungslos. Bewusstlos. Wie kalt sie sich anfühlte. Es war tatsächlich Conny, Luises Freundin. Sie hatte keine Zweifel.

Beim Anblick ihrer am Boden zusammengekauert liegenden Freundin kullerte eine salzige Zähre über ihr Gesicht. Eine zweite Träne folgte. Luise wischte sich die Nässe unter der Nase weg. Sie konnte den Geschmack der Tränen nicht mehr ertragen, den sie von ihren weiß beflockten, trockenen Lippen leckte.

Entkräftet und orientierungslos blickte sie durch die Räumlichkeit. Ihr war schwindelig. Trockene und pulverförmige Wärme stand im Zimmer.

Sie machte sich Sorgen um ihre Freundin aus Kindheitstagen. Es sollte ein Kurzurlaub unter Mädels sein. Geltow war perfekt gewesen. Beide gingen gemeinsam den Weg der Freundschaft. Und zusammen mit ihren beiden Freundinnen Vanessa und Maria, waren sie ein großartiges Vierer-Gespann.

Vanessa war die Genauigkeit in Person, Tee und Shoppen waren ihre Welt - und wehe, es lief etwas schief, dann wurde aus dem hübschen Mädchen eine kleine Zicke. Das perfekte Gegenstück zu Maria. Die Vierte im Bund. Sie war klein, laut, niedlich und liebte Fußball. Sie hatte immer gute Laune. Die perfekte Freundschaft.

Luise wollte ihre Freundinnen aus besseren Zeiten sofort bei sich haben. Dass sie und Conny in der Hölle landen würden, dem Schicksal ausgeliefert, völlig allein, dass hätte sich keines der beiden Mädchen ausmalen können. Nicht einmal in ihren schlimmsten Alpträumen. Den beruflichen Alltag entfliehen, ihrer Freundin Conny beistehen, nach der Trennung.

Suchend nach etwas weichem, entdeckte Luise eine alte Wolldecke hinter dem rostigen Bett. Die Decke klemmte zusammengeknüllt zwischen Bettgestell und Wand. Weggeworfen. Die Zudecke war ihr zuvor nicht aufgefallen.

Das junge Mädchen erhob sich. Wackelig auf den Beinen. Mit schweren Schritten tapste sie klapprig zum Bett rüber, wo sich der alte müffelnde Wollfetzen befand. Sie hob die Decke auf, schüttelte sie kurz aus und bedeckte den halbnackten Körper ihrer Freundin damit.

Mit ihren Stofflatschen formte sie ein Kopfkissen für Conny zurecht, legte deren Kopf vorsichtig darauf und setzte sich neben ihre Freundin auf den Boden, streichelte deren schmutziges Haar.

>>*Was haben dir diese Bastarde nur angetan?*<<

Es tat ihr weh, Conny so hilflos zu sehen. Früher waren sie mit ihren rosafarbigen Fahrrädern die Straßen entlanggefahren, hatten am See gebadet und später den Jungs reihenweise die Köpfe verdreht.

Conny war eine fröhliche und hübsche Persönlichkeit, die mit ihren Reizen umgehen konnte. *Ob das Schicksal war?*

Es gab weder zu essen, noch gab es Trinken, keine Hygiene. Luise sammelte ihre Gedanken, die wie wütende Geister durch ihren Kopf spukten und nahm all ihre Kraft zusammen, um ihrer Freundin zu helfen, für sie da zu sein, in dieser schweren und aussichtslosen Situation. Sie fuhr mit der linken Hand durch Connys fettiges Haar und summte leise ein Lied. Ein Lied, welches beide früher gerne hörten.

Der wohltuende Song lief bei den Kinderdiscos auf den Klassenfahrten rauf und runter. Es stimmte sie glücklich und sollte auch Conny ein wenig Halt in dieser schweren Stunde geben. Wenn sie wieder aufwachen würde, würde sie sich nicht allein fühlen müssen.

Dabei kullerten ihr erneut Tränen der Angst die blassen Wangen hinunter. Eine Träne, dann zwei und dann viele weitere. Ihre Lippen rissen noch mehr auf, sie brannten. Die Kehle war trocken und ihr Atem roch unangenehm säuerlich.

Luise beruhigte sich wieder. Einmal tief durchgeatmet. Sie setzte sich aufrecht im Schneidersitz hin, den Rücken gerade. Eine plötzlich auftretende Energie der Kraft durchströmte ihren zerbrechlich dünnen Körper. Defätismus brachte sie nicht weiter, das war ihr bewusst.

Klar denken. Sie schüttelte sich kurz; danach wischte sie sich das salzige Nass aus dem Gesicht. Ihr Bauchgefühl sagte ihr, der Nächste lässt nicht auf sich warten.

Bereit, zu kämpfen, stand sie auf und durchsuchte die Nachttischschublade, welcher sie bisher keine Aufmerksamkeit geschenkt hatte, nach brauchbaren Gegenständen, womit sie sich und ihre Freundin verteidigen könnte, wenn es zu einem Kampf käme.

Na bitte, warum habe ich nicht schon eher in diese kleine Schublade geschaut. Eine Schere! Handschellen und ein Vibrator!

Luise versteckte die glänzende Schere, den einzig nützlichen Gegenstand, unter der schmierigen Matratze und ging wieder zu Conny rüber und streichelte ihr lieblich beruhigend über die kalte Stirn. *Wir kommen hier raus!*

Mit der Waffe unter der Matratze fühlte sie sich ein wenig sicherer als zuvor.

Das Holz vor dem Fenster schaffte es nicht, die glühende Kugel am Himmel fernzuhalten. Durch ein schmales Loch zwischen den Zaunlatten, drängte sich ein kraftvoller Sonnenstrahl hindurch und kroch über den Boden.

Luise, die mit angewinkelten Beinen auf dem schmutzigen Fußboden neben ihrer bewusstlosen Freundin saß, streckte ihren linken großen Zeh aus, um den Sonnenstrahl zu erhaschen. *Diese schützende Wärme.* Welch eine Ironie, wenn man die Hitze bedachte, die ihr zu schaffen machte. Ein kurzes Lächeln.

***

Nimm deine Gedanken zusammen! Ist der Geist stark, schaffst du es, auch körperlich am Leben zu bleiben.

Der Wille war da, doch ihr Körper verlor immer mehr Flüssigkeit, selbst beim Atmen, als er aufnehmen konnte. Luise dämmerte weg und schlug sich immer wieder mit der rechten Hand gegen den Kopf. *Bleib wach!*

Sie sammelte ihre Spucke und schluckte sie herunter. *Wieder* und wieder. *Ob ich meinen eigenen Urin trinken soll? Bleib klar!* Sie war da. Sie wollte nicht einschlafen.

Halb weinend, halb sabbelnd, hielt sich Luise munter. Sie musste für ihre Freundin und für sich stark sein. Sie erinnerte sich an ihren letzten Geburtstag, wie schön es gewesen war, als alle beisammen saßen. *Sollte es das jetzt gewesen sein?*

Ihr Körper brannte wie Feuer. Luise wollte noch viele weitere Geburtstags-Partys mit ihrer Familie verbringen. Vielleicht sogar mit einem Mann, mit zwei oder drei Kindern, die lachend und singend durch das dekorierte Haus hüpften. Sich über viele Geschenke freuten, auch zu Weihnachten. Sie konnte wieder lächeln. Auch wenn nur für einen kleinen Moment. Die Hoffnung war da.

Auf einmal. Es klackte *erneut.* Da war es wieder, dieses Geräusch.

Luise zuckte zusammen. Der Schlüssel drehte sich im eisernen Schloss und die Tür sprang auf. Sie hasste dieses Geräusch; obwohl sie es erst jetzt vernahm. Sie konnte sich nicht daran erinnern, dieses fürchterliche Klacken bis auf das letzte Mal schon einmal davor wahrgenommen zu haben.

Sie sah einen schwarzen Umriss. Ein dicklicher Mann, unfreundlich und derbe, in einem grauen Anzug, circa Mitte fünfzig, betrat die Schwelle. Seine Lackschuhe glänzten.

Sie konnte ihn nicht richtig erkennen. Das helle Licht, welches in den abgedunkelten Raum schoss, durchflutete das kleine Zimmer erneut. Dieses Mal kniff Luise gleich beide Augen zusammen, um nicht von der Lichterkugel erschlagen zu werden.

Eine piepsige Stimme befahl dem Mädchen, sich aufrecht hinzustellen.

>>*Steh auf, Miststück!*<<

>>*Zeig mir, für was ich hier bezahlt habe!*<<

Der Typ zog sich aus. Ganz schnell. Das Klack-Geräusch seiner Gürtelschnalle, versetzte Luise in Angst und Schrecken. Der fette Kerl hüpfte auf einem Bein herum und schüttelte sich dabei die Hose ab. Luise linste kurz, schnell wieder die Augen geschlossen.

Sie war angewidert von dem Anblick des Mannes. Alles zog sich in ihr zusammen. Langsam stand Luise auf. Ihre Beine schlotterten vor Angst. Noch immer hielt sie die Augen geschlossen. *Nicht lachen!* Luise kämpfte mit sich. Sie wollte nicht lachen müssen, obwohl es ihr der hässliche Typ nicht leicht machte.

Für einen Mann hatte er eine sehr hohe und quietschige Stimme gehabt. Er klang wie ein aggressives Nebelhorn. Sie musste sich das Lachen verkneifen, trotz panischer Angst, die ihr im Nacken saß.

>>*Los, zieh dich aus!*<<, piepste es in einem Befehlston.

Sie folgte den Anweisungen. Wenn auch widerwillig. Sie hatte keine Wahl.

>>*Dreh dich zum Fenster rüber und zieh dein Höschen runter und dann bücken.*<<

Für ein paar Sekunden blieb Luise reglos stehen. Da war es wieder, dieses kribbelige Zucken in den Zehenspitzen. Ohne Widerworte drehte sie sich zum Fenster hin, öffnete langsam die Augen, zog sich ihren Slip aus und beugte sich vor.

>>*Ja, brav.*<<

Ihre Arme hingen schwach zu Boden. Der Rücken tat ihr weh. Mit allerletzter Kraft hielt sie sich irgendwie gerade. *Kein Bücken mehr.*

Luise wollte keinen Buckel machen. Kerzen-
gerade stand sie da. Ihr Stolz war noch nicht
gebrochen. Sie versuchte, an nichts zu denken.
*Doch diese lächerliche Stimme... und diese
Schmerzen!*

Auf einmal spürte sie einen warmen Lufthauch an ihrem Po. Es war der Typ, der hinter
ihr kniete und ihren Hintern betatschte. Er hatte starken Mundgeruch, der bis zu ihr
heraufwehte. Sie konnte die Fahne aus Knob-
lauch, Bier und etwa sieben Tage nicht mehr
gründlich geputzten Zähnen riechen und
schmecken.

>>*Du stinkst!*<<, sagte er in einem straffen
Ton.

>>*Du auch!*<<, dachte sie.

>>*Genau so, wie ich es mag!*<<, sabberte
er vor sich hin.

Die junge Frau fing zu weinen an. Unzählige
Male war sie in den letzten beiden Tagen vergewaltigt und gedemütigt worden. Ein fremdes
Gesicht zwischen ihren Beinen. Befehle. Sie
wollte nur noch sterben. Doch da war sie wieder, diese Stimme in ihrem Kopf.

Nicht noch einmal! Luise wollte sich nicht
noch einmal die Blöße geben. Mit diesem Ziel

vor Augen, setzte sie sich plötzlich aufs Bett und überschlug die Beine.

>>*Was soll das?*<<, wütete der Typ.

>>*Mach deine Schenkel auf, du wertloses Stück!*<<

Wortlos blickte sie zu ihrer am Boden liegenden Freundin. Sie schloss die Augen und legte sich widerwillig mit gespreizten Beinen auf die versiffte Matratze. *Ich bin stark!* Erdrückt von einhundertzwanzig Kilogramm, ließ sie alles über sich ergehen.

Es ging so schnell. Als der Fettsack sich wieder oral an ihr verging, wünschte sie sich einen Hammer. Luise wollte seinen wuchtigen Schädel einschlagen. Luise wollte ihn töten. Sie grinste.

Angewidert warf sie leere Blicke an die Decke und hoffte auf ein baldiges Ende. Jede Bewegung mit seiner Zunge schmerzte. Jeder Stoß brannte. Sie war gerissen und wund. Die Tränen blieben aus. Sie hatte genug geweint in den letzten Stunden. Was würde sie noch alles ertragen müssen?

Als er gerade in Fahrt kam, drückte der Typ sich hoch zu ihr und befahl Luise, ihm das Kondom überzustreifen, welches abgerutscht war. Wie ein Gorilla hockte der widerliche Kerl mit seinen Massen über dem zierlichen Mädchen. Beide Fäuste auf der Matratze abgestützt.

Sie reagierte nicht. Vor Zorn sprang der schwabbelige Mann vom Bett runter und zog das Mädchen an den Haaren zu Boden.

>>*Knie dich hin!*<<, forderte er wütend.

>>*Nein!*<<, schrie sie ihn an.

>>*Widersprich mir nicht!*<<

Er schlug auf Luise ein. Ein Faustschlag nach dem anderen. Immer wieder. Ihr wurde schlecht. Bei jedem weiteren Schlag dachte sie, sie würde jeden Moment sterben. Der Typ hatte einen festen Punch. Luise kippte um und schüttelte sich. Sie spuckte Blut. Ein Eckzahn brach ab.

>>*Heb deinen Kopf!*<<

>>*Du sollst deinen Kopf heben, habe ich gesagt; und stülpe mir das Kondom über.*<<

Ihr Herzschlag wurde schneller und das Adrenalin pumpte durch ihren geschwächten Körper. Er reichte ihr das Gummi und sie griff danach. Kniete vor ihm. Wütend, aber nicht gebrochen.

Als sie es aufsetzen wollte, musste sie beim Anblick seines kleinen Penis lauthals lachen. Sie spuckte vor Lachen. Ihr Blut sprühte auf seinen ekelhaften behaarten Unterbauch und pappte wie rote Sommersprossen schnell fest. *Was ist das?* Sie konnte sich das Lachen einfach nicht verkneifen.

Er schlug vor Wut erneut zu. Fester als zuvor. Luise knallte mit dem Kopf gegen die Bettkante.

>>*Niemand lacht über mich*<<, baute er sich vor ihr auf und brüllte sie voll.

>>*Wenn du noch einmal lachst, ergeht es dir wie deiner Freundin hier.*<<

Luise schaute zu ihm hoch. Sie schüttelte sich. Ihr Blick kalt und leer. Sie hatte das lachende Gesicht von Conny vor Augen.

>>*Was hast du mit ihr gemacht?*<<, schrie sie ihn an.

>>*Nichts! Ich habe sie nur getötet*<<, lachte er dreckig und wischte sich das Blut von seinem haarigen Bauch.

Es kochte in ihr. Luise wusste sich nicht zu

helfen. Sie hätte schreien und wild um sich schlagen können. Conny lag leblos am Boden. Ihre beste Freundin sollte umgebracht worden sein.

Im gleichen Atemzug schaute Luise den fetten Typen in die Augen und dann wieder auf ihre Freundin. Sie realisierte seine Worte, wusste weder ein noch aus. Sie hatte nichts mehr zu verlieren und griff unter die Matratze, um dem ekelhaften Arsch mit der Schere die Augen auszustechen, ihm den Penis abzuschneiden und ihm das kleine Würstchen in den Hals zu stopfen. Luise war voller Zorn.

3. Wie Fremde

Wir waren uns fremd. Die letzten Jahre unserer Ehe waren für mich und die Kinder die Hölle auf Erden. Keine Zweisamkeit. Kein Familienleben. Es fühlte sich an, als wären wir durchsichtige Geister, gefangen in einem schönen Zuhause. Für den jeweils anderen unsichtbar.

Wir entfernten uns immer weiter weg voneinander. Die Anspannung, die sich bei uns Zuhause angesammelt hatte, blieb auch nicht vor unseren Kindern verborgen. Ich versuchte immer wieder aufs Neue, etwas Ruhe einkehren zu lassen; die Situation sollte sich entspannen.

Aus tiefer Liebe und Familienbande wurde ein seichtes Miteinander, später nur noch ein Hallo und Tschüss. Jeder lebte bald für sich.

Meine Frau hatte sich komplett übernommen mit ihrer Schnapsidee, ein Hotel leiten zu wollen. Aus dem Nichts heraus. Sie hatte gar keine wirkliche Ahnung, wie sie das Schiff navigieren und sicher in den Hafen bringen sollte.

Ich sah ihr Vorhaben mit anderen Augen. Ohne Vorfreude, Euphorie und der rosafarbigen Brille. Für mich war das Hotel ein Sprung ins kalte Wasser. Familiär wie finanziell. Doch wollte ich meiner Frau den Traum von einem eigenen Gasthaus nicht madig machen.

Als Anwalt trat ich etwas kürzer und widmete mich mehr der Familie, das war mit meinem Job und der Kanzlei vereinbar. Wir hatten ein gesundes finanzielles Polster, was uns den einen oder anderen Luxus ermöglichte. Die Idee von einem eigenen Hotel fand ich von Anfang an haltlos; jedoch legte ich meiner Frau Rebecca keine Steine in den Weg. *Im Gegenteil!* Ich half ihr bei der Finanzierung ihres Traums.

Anfangs teilte ich ihr meine Befürchtungen mit; aber diese verliefen kommentarlos im Sand. Meine Frau ließ sich nicht von ihrem Vorhaben abbringen. Die ganze Familie versuchte, ihr ins Gewissen zu reden. Bis wir irgendwann aufgaben.

Als stiller Teilhaber versprach ich ihr, mich aus allem herauszuhalten – ich wollte sie nicht kontrollieren; und meine Frau sollte auch nicht das Gefühl bekommen, auf Schritt und Tritt von mir beäugt zu werden. Ihr Hotel, ihre Regeln. So war der Deal. Doch fiel es mir schwer, mich mit dem Gräuel anzufreunden.

>>*Weißt du eigentlich, was mir das Hotel bedeutet?*<<, fragte mich Rebecca, auf der Couch sitzend, mit dem Kugelschreiber im Mund gegen die Zähne klappernd. Sie hatte sich gerade eine To-Do-Liste angefertigt.

>>*Ich kann es mir vorstellen, Schatz!*<<, antwortete ich, leicht genervt von dem Thema.

>>*Ich habe dir alle möglichen Wege gezeigt, was du daraus machst, ist deine Entscheidung.*<<

Teilnahmslos kritzelte Rebecca in ihrem Block herum.

Die gemeinsamen Stunden verlor meine Frau aus dem Blick. Es gab nur noch sie und ihr Hotel. Unsere Kinder waren enttäuscht. Sie hielten mit ihrem Gefühlskarussell hinter dem Berg. Auch mir gegenüber versuchten sie, stark zu sein, sich nichts anmerken zu lassen. Beide waren so bedacht und verständnisvoll gewesen.

***

Als wir uns kennenlernten, begegnete ich einer fokussierten und ehrgeizigen jungen Frau. Sportlich, elegant und sehr zielstrebig. Ihre Schönheit brach die schwere Mauer in mir, die ich seit meiner Kindheit Stein für *Stein* schützend aufgebaut hatte.

Ich mochte keine Menschen um mich haben. Sie verunsicherten mich; doch Rebecca war anders als die Frauen, die ich vor ihr kennengelernt hatte. Sie zeigte mir eine perfekte Welt. Diese war bunt und vertraut, wie ein Vergnügungspark, der vierundzwanzig Stunden durchgängig geöffnet hat.

Im Oktober '94 zog sie mit ihren Eltern zusammen von Leipzig nach Berlin. Sie studierte Literatur und trat nebenbei auf kleineren Stand-Up Comedy Bühnen auf, um ein kleines Taschengeld dazuzuverdienen. Die Liebe zur Comedy erhaschte sie in ihrer einjährigen Pause, die sie in den USA als Au-Pair verbracht hatte. Es war einer von zahlreichen Kindheitsträumen, einmal in die Staaten zu reisen und das Land der unbegrenzten Möglichkeiten zu erleben.

Meine Frau hauste damals in Glendale, Los Angeles, bei einer Anwaltsfamilie, hütete deren zwei Kinder und lernte die lustige Welt der

Comedy kennen; wo sie schnell ihre Liebe zur humoristischen Satire entdeckte. Ein paar Jugendliche in ihrem Alter, nahmen sie zu einer Show in Los Angeles mit.

Rebecca war begeistert und wollte auch ausprobieren, was die amerikanischen Kollegen machten. Als Deutsche war es kein Problem. Der Leiter der Show fand es ausgesprochen mutig und interessant von der deutschen Touristin – und er sah eine finanzielle Anlaufstelle für seinen Comedy-Club. Wenn auch nur für den einen Abend.

Keine Frage, sie besaß einen wirklich tollen Humor, obendrein war sie wunderschön - doch der große Durchbruch auf der Bühne blieb *leider* aus. Nicht, dass sie es nicht versucht hätte. Rebecca hatte Klinken geputzt und nutzte jedes Sprungbrett. Aber als Frau, es war nicht einfach, in dieser von Männern dominierten Welt, akzeptierte sie schnell.

Rebecca war sehr konzentriert, ohne ihr Zutun ging sie meistens keinen neuen Weg. Die Comedy war Spaß; sie strebte eine andere Karriere an - und insgeheim wussten wir beide, dass die Comedy nur ein lustiger Zeitvertreib war. Ich weiß noch ganz genau, wie sie ihre selbstgeschriebenen Texte im Schlafzimmer übte.

Sie stand, mit einer Haarbürste als Mikrofon-Ersatz in der Hand, vor dem Spiegel und ging ihre Gags durch. Wieder und *wieder*, bis sie ihr zu den Ohren herauskamen. Rebecca arbeitete fleißig an der Gag-Dichte, das berühmte Timing musste stimmen. Währenddessen wienerte sie die Wohnung. Sie sagte zu mir: *Wenn du deinen Text durchgehst, nebenbei sauber machst oder Geschirr spülst und dabei den Text flüssig und fehlerfrei wiedergeben kannst, dann bist du textsicher.*

Es war schon harte Arbeit. Allerdings viel mehr Spaß als Arbeit. Der Nebenverdienst hatte sich jedenfalls gelohnt.

***

Wir genossen die gemeinsame Zeit. Ich liebte sie und ihr glänzendes weiches Haar. Es fiel ihr bis zum Po. Manchmal wuschelte ich durch die Haarmatte und vergrub meine Finger darin. Es hatte etwas Beruhigendes für mich. Vergleichbar mit einem kühlen Bier nach einem stressigen Arbeitstag.

Rebecca war kein gewöhnliches Mädchen; dass merkte ich schnell. Ich musste mich bei ihr ins Zeug legen. Ich war nicht der einzige Mann, der bei ihr Schlange stand. Doch meine Beharrlichkeit sollte sich auszahlen. Nach ein paar Dates unter freiem Himmel, ich zeigte ihr Berlin bei Nacht, wurde es ernst, und die Verlobung stand vor der Tür.

Mit meinem Charme hatte ich es geschafft, die Nebenbuhler zu verscheuchen. Ich war mir sicher gewesen, was unsere gemeinsame Zukunft anging.

Autokino, Disco-Bowling und Mini-Golf waren nur ein Teil meines Plans, die Frau meiner Träume für mich zu gewinnen. Ich gebe zu, ich war ein hoffnungsloser Romantiker, der keine Ahnung hatte, was Frauen wirklich wollten oder großartig fanden. Ich besaß aber ein Talent, was nur wenige Männer besitzen. Durchhaltevermögen. Und das machte mich interessant.

Nach einem intensiven Gespräch mit meinem besten Kumpel lud ich Rebecca zu einem Mitternachtspicknick ein, mit Kerzen, Wein und Käsespießen. Mein langjähriger Freund aus Schultagen empfahl mir einen ganz besonderen Platz. Er hatte schon vielen Verliebten zum Glück verholfen. Einige nannten den Platz; Liebeshügel.

An diesem Abend trug sie ein grünes Kleid und lief barfuß. Ich weiß es noch, als wäre es gestern gewesen. Mir gefiel ihre Spontanität. Es war sehr warm an dem Abend, und sie hatte einfach keinen Bock mehr auf ihre High Heels.

Mit den Schuhen in den Händen schlenderte sie die Straßen entlang. Ihr waren die merkwürdigen Blicke der wenigen Passanten, die uns entgegenkamen, egal. Rebecca zuckte lächelnd mit den Schultern und strahlte mich jedes Mal mit ihren wunderschönen Augen an. Sie drehte sich im Schein der Nacht. Sie war der Star.

Die Aufregung stieg. Wir waren *schon* knapp ein Jahr liiert - und in ihrem Lieblingskäse versteckt, unter dieser klaren Sternendecke, befand sich ein Diamantring in einer ordentlichen Größe. Zumindest eine Größe, die ich mir damals als junger Anwalt zu dem Zeitpunkt gerade noch leisten konnte. Ich war verliebt und positiv blöd. Sie war meine Göttin.

Wir saßen auf einem alten Laken im Park, lauschten der Stille der Nacht, um uns herum hölzerne Riesen und die Musik der Insekten. >>*Ja, mein Schatz – JA!*<<

Die Zeit verging schnell und rannte an uns vorbei. Die Hochzeitsglocken läuteten endlich auch für uns. Eine schlichtgehaltene Hochzeit, mit ihren und meinen Eltern. Mehr nicht. So wollten wir es beide.

Wir führten eine bilderbuchartige Ehe. Mir war es wichtig, dass sich Rebecca jeden Tag aufs Neue wohl und geliebt fühlte. Früh wurden wir Eltern. Geplant, dennoch überrascht vom Glück.

Unser Sohn Marvin erblickte 2000 das Licht der Welt und unsere Tochter Maria 2003. Eigentlich wollten wir keinen so großen Sprung zwischen den Schwangerschaften lassen; doch wie die Zeit nun einmal spielt.

Vor sieben Jahren zogen wir *dann* von Berlin nach Geltow bei Potsdam, in eine ruhige ländliche Gegend. Rebecca hatte in einer Zeitungsannonce ein niedliches Gebäude gesehen und es sehr günstig ersteigern können. Es war ihr Traum vom eigenen Hotel, der sich in dieser malerischen Idylle verwirklichen sollte. Ich sah nur eine alte baufällige Scheune.

Geltow war ein beschauliches Plätzchen. Ich wollte dem Stadtchaos entfliehen, und meine Frau so glücklich zu sehen, war ein Augenschmaus für mich. Hotel hin oder her, mir gefiel der Neuanfang. Trotzdem war ihr Plan weiterhin für mich ein Dorn im Auge. Ich konnte und wollte mich damit nicht wirklich anfreunden.

Die Zeit war reif für ein neues Kapitel. Wir brauchten eine Veränderung, auch wenn unsere Kids sich anfangs schwer mit dieser rasanten Veränderung taten. Meine Mandanten nahm ich mit. *Aber dieses blöde Hotel.*

***

Die Umbauarbeiten der gigantischen alten Scheune hatten riesigen Spaß gemacht. Ich gebe zu, ich war dann doch gerne auf der Baustelle. Meine Frau als Bauherrin, als Dirigentin zu sehen, fand ich sehr amüsant. Ich entdeckte völlig neue Seiten an ihr. Wie sie mir damals freudestrahlend erzählte, wie sie uns während der ganzen Zeit wahrnahm, werde ich ein Leben lang nicht vergessen. Doch der Schatten, der ihr Vorhaben auf unsere Ehe warf, wurde länger.

Als wir uns zum ersten Mal dieses Bauwerk anschauten, war sie völlig aus dem Häuschen.

>>*Daraus mach ich mein Hotel, Frank*<<, freute sich Rebecca und wedelte mit einer Zeitung vor meinem Gesicht herum.

>>*Was ist das?*<<, wollte ich neugierig von ihr wissen.

>>*Unser Hotel!*<<

Sonst sehr redefreudig, starrte ich konzentriert zu Boden.

>>*Hast du dir das gut überlegt?*<<, fragte ich zynisch nach.

>>*Frank, ich habe dir gesagt, dass es mein Traum ist ein eigenes Hotel zu führen...*<<

>>*Ich weiß!*<<, fuhr ich ihr ins Wort.

>>*Doch das bedeutet auch, dass wir die Kinder aus ihrem gewohnten Umfeld nehmen müssen. Wir brechen daheim die Zelte ab. Das muss gut überlegt sein.*<<

Rebecca warf mir einen insistenten Blick zu, hielt die Zeitung fest in beiden Händen; wenn Blicke töten könnten, dann wäre ich längst verstorben, drückte ihre Augenlider nach unten und stampfte wutentbrannt mit den Füßen. Ich erkannte meine Frau in diesem Moment nicht mehr wieder.

Euphorisch und zugleich angsteinflößend. Wie eine schwarze Witwe, die auf den passenden Moment wartete, zuzuschnappen, hinterrücks ihr männliches Opfer aufzufressen, um ihre Babys zu schützen. Ihr Hotel, ein wahrgewordenes Baby.

Eine über einhundert Jahre alte marode Scheune von einhundertfünfzig Quadratmetern Grundfläche ersteigerte meine Frau, welche sie später zum Foyer ihres Hotels umbauen ließ. Die Zeit war schwer und zuppelte immer mehr an unserem Nervenkostüm. Keine Frage. Damit hatte keiner von uns gerechnet.

Was die Umbauarbeiten betraf, hielt ich mich still im Hintergrund. Doch war es familiär manchmal nicht leicht für mich. Haushalt, Hausaufgaben und Kochen blieben an mir hängen, da meine Frau kaum noch Zeit zu Hause verbrachte. Ich beobachtete das Projekt objektiv und sehr kritisch; aber ich ließ sie machen. Schließlich bereitete es mir auch Freude, meine Frau so glücklich zu sehen. Es war Rebeccas Wunsch. Ein zweites Standbein.

Während der chaotischen Zeit waren unsere Kinder ein Segen für mich. Sie hatten sich mehr schlecht als recht eingelebt, dafür schnell Freunde auf den neuen Schulen gefunden.

Gemaule war natürlich an der Tagesordnung. Ungern zogen sie aufs Land. Das Genörgel der Kinder galt aber nicht mir oder dem Umzug ins Grüne. Es fehlte der mütterliche Part. Da wäre jede grüne Oase zu einem Hotspot des Meckerns geworden.

Es war ein Problem, keine Kleinigkeit, die immer wieder zu Diskussionen bei uns am Essenstisch geführt hatte. Marvin und Maria wollten sich anfangs nicht an das Dorfleben gewöhnen. Es war wie eine andere Welt für die beiden stadtgewohnten Kinder. Kein Straßenlärm. Manchmal kein Netzempfang. Vogelgesang. Der Geruch nach Kühen und Natur – und das Fehlverhalten ihrer Mutter.

>>*Mich stört die Ruhe hier auf dem Dorf*<<, meckerte Maria.

>>*Aber das ist doch herrlich!*<<, widersprach ich ihr freudestrahlend.

>>*Nein! Es nervt mich, Papa.*<<

Mit dem Umbau des Hotels, den ganzen Renovierungen, ging es zügig voran. Die Eröffnung, ein voller Erfolg. Das Amtsblatt schrieb einen Artikel über meine Frau und ihr neues Gasthaus. Die Zeitung setzte Rebecca bildlich gekonnt in Szene. Das erste Jahr war vom Erfolg gekrönt.

Außerhalb der Saison bereiteten mir die Umsätze jedoch Bauchschmerzen. Mehr rote als schwarze Zahlen wurden geschrieben. Ich hinterfragte die letzten zwei Jahre eindringlich. Irgendetwas musste schiefgelaufen sein.

Während der Eröffnung und saisonbedingt rollte der Rubel, so dachte ich. Ich hatte mich die letzten Monate blenden lassen. Klar, das Hotel meiner Frau hatte zwar Gäste und bildete auch neues Personal aus; doch rein von den doch überschaubar wenigen Urlaubern, so sagte mir mein Verstand, konnte sich das Haus unmöglich halten.

Den ganzen Tag zerbrach ich mir den Kopf. Ich hatte den kompletten Nachmittag nichts zu tun und widmete mich den Büchern. Die Kinder waren mit ihren Freunden unterwegs und Rebecca stand wie fast jeden Tag, von früh bis spät in ihrem Gasthaus.

Gelangweilt vom Nichtstun, stöberte ich in den Seiten und kam aus dem Staunen nicht mehr raus. Wenig bis kein Gastansturm. Die Bücher waren etwas versteckt im Regal platziert gewesen. Ich hatte ihr eine hilfreiche Steuer-Software gekauft, doch sie wollte ihr Hotel unbedingt handschriftlich führen.

Zwei Mal im Monat, wenn es hochkam, Tagungen und Kongresse. Davon *allein* hielt sich das Hotel aber nicht über Wasser. Gut, die Doktoren und Firmenbesitzer kamen aus aller Herren Länder. Sie machten schon Umsatz, auch die Bauarbeiter, die nach Unterkünften suchend durchs Land strichen – doch war ich stutzig, was die Zahlen anging.

Auf den Konten stimmte *aber* alles. Bei der elektronischen Nachfrage bei der Bank war alles o.k. und es gab keine Kredite. *Wie schaffte sie das nur? Hatte ich mir umsonst Sorgen gemacht?*

Jedes Mal, wenn ich Rebecca von der Arbeit abgeholt hatte und im Foyer auf sie wartete, beobachtete ich das Tun, welches um mich wuselte. Mir fiel nichts Ungewöhnliches auf. Die Gäste waren sehr freundlich, ab und zu machten nette Familien mit Kindern und Hunden bei uns Halt und nächtigten. Die neuen Spiegel im Haus fielen schnell auf und erfreuten sich lachender Gesichter.

Wochen über *Wochen* haderte ich mit mir selbst. Am schlimmsten für mich war es, meine Frau auf das mir sehr unangenehme Thema anzusprechen, über Geld reden mochte ich nicht leiden. Meine Frau noch weniger.

Rebecca schwenkte schnell ab und wandte sich anderen Tätigkeiten zu. Sie kommunizierte nicht wirklich mit mir. Meine Frau schwieg es tot. Ich kam einfach nicht mehr an sie heran.

4. Sonnenschein

Sie lachte und strahlte jeden Tag.

Laura war unser Sonnenschein, eine kleine Frohnatur, die jeden mit ihrem strahlenden Lächeln ansteckte. Schon im Kindergarten wickelte sie jeden Erzieher um den kleinen Finger. Unsere Tochter war ein kleiner Frechspatz, dem man einfach nicht böse sein konnte. Mein Mann war ihr beliebtestes Opfer. Einmal mit den großen Augen geklimpert; und Papa wurde bei seinem kleinen Mädchen weich.

Unsere Tochter mochte nie mit anderen Kindern streiten. Sie war bedacht darauf, dass es jedem gut geht. Klärungsbedarf versuchte sie schnell zu lösen. Umso mehr hatte es sie getroffen, als sie im Urlaub einen Streit von einem jungen Pärchen mitbekam, dass sich auf offener Straße anschrie.

>>*Mama, Papa, ich muss was unternehmen. Das geht so nicht!*<<

>>Aber Schätzchen, was willst du da jetzt machen? Wir kennen die beiden doch gar nicht.<<

Laura verstand nicht, wie man seine Lieben so unmenschlich behandeln konnte.

Das junge Paar stand an der von Menschen überfüllten Strandpromenade Odyssia Beach und sie stritten wie die Kesselflicker. Ein Wort ergab das nächste. Mein Mann hatte zu tun, unsere kleine Laura davon abzuhalten, auf die andere Straßenseite zu wechseln und zu dem Paar zu gehen, um es zu beruhigen.

Schon in der Grundschule ging sie *immer* rüber zu den Jungs, die sich auf dem Schulhof prügelten, stellte sich dazwischen und drückte beiden Streithähnen einen dicken Schmatzer auf die Wange. *Nicht streiten, Jungs!* Sie wollte einfach niemanden zanken sehen. Laura mochte keine Wut und wollte nicht, dass sich die Menschen untereinander hassten. Sie selbst hatte ab und an mit kleineren Angstattacken zu tun. Früh gingen wir deswegen mit ihr zum Arzt.

Viele Abende hatten wir uns um die Ohren geschlagen. Mir und meinem Mann war nicht bekannt, woher sie diese feinen Charakterzüge hatte. Mein Mann war ruhig und gelassen -

und ich die kleine Zicke, wie er gerne immer sagte. Um ehrlich zu sein, haben wir des Öfteren mit den Augen gerollt, wenn Laura ihrer guten Seele freien Lauf ließ.

***

Unsere Tochter war ein aufgewecktes und liebes Mädchen. Sie tanzte gerne, Musik war ihre Leidenschaft. Bücher verschlang sie, als wären es Paprika-Chips. Uns war *schon* früh klar, dass sie etwas Besonderes ist, anders als ihre gleichaltrigen Freunde im Kindergarten.

Früh fing sie mit Sprechen und Laufen an. Mit vier Jahren konnte unsere Tochter schwimmen. Wir waren erstaunt darüber. Jeden Sommer verbrachten wir eine Woche in Spanien, auf den Balearen und zwei Wochen genossen wir unseren heimischen Urlaub an der Portenschmiede, Wilhelmsdorf. Wir besaßen dort einen Bungalow und verschmolzen mit der Natur und dem Wasser.

Die Bungalow-Siedlung lag direkt am Hohenwarte- Stausee, am Thüringer Meer. Der kilometerlange See ist von einer unberührten Waldlandschaft gesäumt, bestückt mit Wanderwegen und grandiosen Aussichtsplätzen. Ein Traum, um der Stadt zu entfliehen. Und dort, an diesem wunderschönen Plätzchen Natur, staunten wir nicht schlecht, als mein Mann unsere Tochter im Wasser losließ und sie auf einmal schwamm, als wäre dies das Normalste der Welt.

Mein Mann Roland musste sogar hinterher schwimmen. So schnell konnten wir gar nicht gucken, da schwamm Laura uns davon. Sie liebte das Wasser und die Klänge der Natur. Wir erlebten und verbrachten die besten Jahre dort.

So großartig sie ihren Weg ging, in allem die Beste sein wollte; so ärgerlicher war es für sie, dass sie absolut nicht Fahrradfahren konnte. Nicht, dass wir es nicht versucht hätten; es klappte einfach nicht. Wie viele Stunden haben wir damit verbracht, mit ihr das Radfahren zu üben. Irgendwann hatten wir aufgehört mit dem Zählen.

Roland verzweifelte. Wir haben uns mit Ärzten auseinandergesetzt, im Internet recherchiert. Wir waren der Verzweiflung nahe, wir alle drei. Bis heute hat sie nicht gelernt, mit dem Fahrrad zu fahren.

Laura war herzensgut, fröhlich und ein Gutmensch durch und durch. Ihre beste Freundin Monika war immer wieder erstaunt darüber, mit welcher Gelassenheit ihre beste Freundin durchs Leben stiefelte. Wo andere fluchten, sich stritten oder ärgerten, blieb Laura ruhig und gelassen.

Nichts konnte unsere Tochter aus der Ruhe bringen. Manchmal musste sie innerlich schon bis zehn zählen. Ihr Kinderarzt, der einzige Mensch, der Laura ins Wort fallen konnte sagte ihr, sie dürfe Ärger auch mal zulassen.

In der Schule schrieb sie gute Noten, außer in Chemie. Sie mochte das Fach, es konnte aber Laura nicht leiden. Mit Ach und Krach, schrieb sie ihre Dreien. Der Ehrgeiz war groß und sie wusste früh, wo sie mal beruflich hin wollte. Doch dieses Fach brachte sie an ihre Grenzen.

Unsere Tochter war bescheiden. Laura war keines der Kinder, die mit ihren Noten angaben und schlechtere Schüler verspottete. Sie nahm sich oft Zeit und setzte sich nach der Schule mit ihren Mitschülern hin, um zu lernen. Sie bot regelmäßig ihre Hilfe an, und aus Klassenkameraden wurden schließlich Freunde. Freundschaften, die über die Jahre immer fester wurden.

Fabian war ihr bester Freund. Er war schrill und bunt. Ein kleiner Punker mit dem Hang zur Rechtswissenschaft. Er trug stets seine engen Jeans mit roten Hosenträgern - ein weißes Shirt und seine heißgeliebte Lederjacke mit den ganzen Aufnähern drauf. Seine Eltern verfluchten das öffentliche Auftreten ihres Sohnes.

Er war für die Umwelt und gegen Rassismus. Auf der einen Seite wollte er aus seinem bürgerlichen Elternhaus ausbrechen, auf die Straße gehen und frei sein; und auf der anderen Seite war ihm klar, dass er einmal Jura studieren und ein bekannter Anwalt werden würde.

Ganz anders war Lauras Freundin Cindy. Sie war ein freundliches Mädchen, was sehr auf ihr Aussehen bedacht war. Sie kam aus einfachen Verhältnissen und interessierte sich *nur* für Mode und Jungs, was man auch auf ihrem Zeugnis sah.

Cindys Noten spiegelten ihr Verhalten wider. Sie war eine wirklich gute Freundin von Laura, auch als sie vom Gymnasium auf die Sekundarschule wechselte. Der Kontakt blieb bestehen und Laura störte sich kein bisschen an Cindys Auftreten. Wir haben nie verstanden, warum diese Konstellation funktionierte, aber sie tat es.

Anders war es bei ihrer besten Freundin Monika. Die beiden waren unzertrennlich. Ein Herz und eine Seele. Monika war frech, aber sehr bedacht. Teils kess und vorlaut, Erwachsenen gegenüber. Von den Erzählungen her, schien sie einen Stammplatz in dem Büro des Direktors zu haben. Er bot ihr sogar ihren eigenen Stuhl an. Etwas spöttisch, doch für die junge Teenagerin ein großer Erfolg.

Der Direktor der Schule kam ursprünglich aus Russland und verlangte von seinen Schülern Disziplin und Respekt. Wer nicht spurte, der musste nach der Schule mit einer Kneifzange bewaffnet über den gesamten Schulhof laufen und Müll einsammeln. Bei Wind und Wetter, wir Eltern begrüßten diese Erziehungsmaßnahmen *sehr*. Viele der Kinder waren vorlaut und rotzig den Lehrern gegenüber.

Seit dem Kindergarten waren die beiden Mädels befreundet. Nicht einmal ein Junge schaffte es, die zwei Plaudertaschen zu trennen. Wenn die Schule aus war, telefonierten sie jeden Abend eine Stunde miteinander, obwohl sie sich den ganzen Tag über sahen. Ob in der Schule oder in der Freizeit, Laura war hin und weg. Monikas Charakter war ungestüm, lebhaft, ehrlich und treu. Sie teilte sich mit Laura den Rang der Klassenbesten, was aber nicht zum Streit führte. Beide genossen sich und ihre Freundschaft.

5. Hand aufs Herz

>>*Wissen Sie eigentlich, wie dankbar ich Ihnen und Ihren Kunden bin?*<<

>>*Hm...*<<

>>*Ja! Sie retten mir wirklich den Hals!*<<

>>*Gute Frau, es ist eine Win-win-Situation. Wir haben alle was davon; und wenn es sich erst einmal verbreitet hat wie ein Lauffeuer, dann rennen Ihnen bald Tausende neue Gäste die Hütte ein.*<<

Wortgewand, die Fingernägel frisch maniküt, saß der Mann vor der jungen Frau und betonte noch einmal, wie dankbar er ihr sei. Er hatte nun endlich einen Platz gefunden, der für ihn und seine Kunden genau der richtige zu sein schien. Die Suche hatte lang gedauert.

Der Tag war wie gemacht für den Deal. Das Wetter war herrlich. Die Sonne stand brennend am Himmel und scheuchte ihre warmen Strahlen zu Boden. Auf den Straßen schmolz der Asphalt, so hitzig flirrte die Luft.

Beide Parteien waren sich einig. Sympathie war vorhanden und der Vertrag unterschrieben, die Räumlichkeit gemietet. Jetzt konnte die Zusammenarbeit beginnen. Ein Neuanfang für beide. Die Zukunft schien sicher und ehrlich.

>>*Das hoffe ich so sehr. Nachdem ich mich verkalkuliert habe. Ein erster wirklicher Lichtblick.*<<

>>*Ach, kommen Sie. Wir machen alle mal Fehler. Wichtig ist nur, dass wir daraus lernen. Und ich kann Ihnen schon jetzt sagen, meine Kunden sind begeistert; und es werden täglich mehr.*<<

>>*Das freut mich. Ich bin Ihnen etwas schuldig!*<<

>>*Hören Sie auf. Sie sind mir nichts schuldig. Ich habe die Kunden, die mit dicken Geldbörsen wedeln, und Sie liefern uns die Ware.*<<

>>*Ist Ihnen eigentlich bewusst, wie dankbar Ihnen die deutsche Kundschaft ist. Sie müssen nicht mehr durch die Welt reisen für ihr Hobby. Sie können hier im eigenen Land ihrer Leidenschaft freien Lauf lassen.*<<

>>*Das höre ich gerne. Danke. Neue Kun-*

den kann ich momentan mehr als genug gebrauchen. Mich frisst das hier alles auf.<<

>>Neue Kundschaft, dafür ist gesorgt, vertrauen Sie mir. Doch was ich von Ihnen seit zwei Wochen wissen möchte, ist, wie Sie das mit sich vereinbaren können. Immerhin reden wir hier nicht von Spielzeug aus dem Spielzeugladen?<<

>>Das ist kein Problem. Vertrauen Sie jetzt mir, guter Mann. Lassen Sie das mal meine Sorge sein.<<

>>O.k.! Ich vertraue Ihnen schon, möchte nur nicht, dass Sie in letzter Sekunde abspringen.<<

>>Das wird nicht passieren. Nach all den zahlreichen Gesprächen mit den Banken, sind Sie meine letzte Hoffnung.<<

6. Steiner

Steiner stellte die leere Kaffeetasse mit dem weißen Schlagringgriff auf den von unzähligen Briefen überfüllten Küchentisch. Die Nacht war gut gewesen, er war ausgeruht, Schlafstörungen gehörten der Vergangenheit an. Er steckte sich die imaginäre Kippe hinter sein rechtes Ohr, warf einen fragenden Blick auf das Papierchaos, er hatte kein ordentliches Aufräum-System, noch einmal auf das Mobiltelefon geschaut und auf zur Arbeit. Ein neuer Tag, ein neuer Fall.

Die erdichtete Zigarette durfte nicht fehlen. Mit dem Rauchen aufzuhören, war kein Leichtes für den ungehobelten Kriminalkommissar. Sein Arzt legte es ihm aber nahe, das Qualmen aufzugeben. Die vielen Schokoriegel waren ein wahrer Ersatz, wäre da nicht dieser blöde Snack-Automat auf dem Revier. Fast täglich drosch er auf den Kasten ein.

Von Feingefühl und Ordnung mal abgesehen, war Steiner ein erfolgsgewohnter, aber rüpelhafter Kerl, mit zahlreichen Sprüchen auf den Lippen. Die Stiefel geputzt und den Ledermantel umgeworfen. Weniger Stress, Steiner konnte nur lachen.

Die Sonne strahlte im warmen Gelb am hellgrauen Himmel über Halles Dächern und flutete, mit wenigen aber starken Strahlen, das dunkle Treppenhaus des vierhundert Jahre alten Fachwerkhauses, in dem der Kriminalkommissar sich wohnlich niedergelassen hatte. Er liebte die Wohnung, auch wenn ihm das schmuddelig wirkende Treppenhaus gegen den Strich ging.

Von außen sah das denkmalgeschützte Gebäude fantastisch aus. Die hölzernen Balken an der Fassade waren in einem rot-braunen Farbton gestrichen, und das schiefe Spitzdach war von einem Zimmermann neu errichtet worden, allerdings musste dieser dafür sorgen, dass auch das neue Dach schief aussah. Die Sanierung kein halbes Jahr alt, und Steiner erfreute sich jeden Tag an dem Gebäude, an seiner neuen Wohnung.

Fröhlich pfeifend spazierte er Stufe für *Stufe* die Treppe hinunter und schwenkte den Autoschlüssel durch die Luft. Auf der zweiten Etage sprang die Wohnungstür von Familie

Schneider auf. Herr Schneider, ein pensionierter Feuerwehrmann, stand sprachlos auf der Schwelle und konnte nicht glauben, was er da gerade sah. Bisher hatte keiner Steiner lachen sehen, geschweige denn fröhlich. Er war bekannt für seine Erfolgsquote; doch sagte man ihm auch nach, dass er ein alter Brummbär sei. Ein Macho, wie er im Buche stand. Rau, kantig, um keinen Spruch verlegen.

Jedes Mal, wenn Steiner durch ein Treppenhaus schlich, dabei spielte es keine Rolle, ob er zu Hause oder irgendwo anders war, fing er mit fluchen an. Er hasste die für ihn sinnlos flackernden Treppenhausbeleuchtungen. Selten schaltete er das Licht ein. Es war eine Marotte von ihm.

Unten angekommen, öffnete er munter die gewaltige Hauseingangstür. Die Tür, eigentlich ein zweiseitiges Tor, ging schwer auf. Man musste sich innerlich darauf vorbereiten und mit Kraft und Schwung den schweren und massiven Hauseingang öffnen. War die Tür aber erst einmal auf, traf einen der Blitz. Man musste sich an das Weiß gewöhnen; dann, ganz langsam, zeigte sich der morgendliche Tag vor Augen.

Der Himmel war leicht bedeckt, die Sonne

kämpfte sich durch den dünnen Schleier und strahlte müßig. Der September meinte es gut mit dem Beamten. Seine Laune spiegelte das grandiose Wetter wider und natürlich den letzten Fall.

Steiner zerrte pfeifend die Zeitung aus dem Briefkasten seines Nachbarn, er selbst bekam kein Newsblatt, holte tief Luft und marschierte zielgerichtet zu seinem heißgeliebten Auto rüber, einem goldenen BMW.

Die Dienstwaffe frisch poliert, das Halfter geschmiert, die Beförderung in der Hand - und nach Monaten *endlich* ein breites Grinsen in Steiners Gesicht. Auch familiär lief es wieder besser für den beförderten Kriminalkommissar. Nichts konnte dem wortgewandten Haudegen die Laune verderben.

Mit zunehmender Geschwindigkeit pendelte er langsam, nach unzähligen gescheiterten Versuchen, mit seiner Ex-Frau wieder an, und die beiden gemeinsamen Kinder akzeptierten eine Aussprache mit ihrem Vater. Er tat sich schwer damit, sich einzugestehen, was er falsch gemacht hatte. Gefühle zu zeigen, der Einsicht nahe sein, war keine Paradedisziplin von ihm.

Luke Steiner genoss das Familienleben;

wusste er aber auch, dass es kein *Früher* mehr geben würde. Ihm war es wichtig, dass er eine gute Basis zu seiner Ehemaligen hatte und seine Kinder ihn nicht mehr für den Versager hielten, der er vermutlich war. Sein Job stand früher über der Familie - und das durfte nicht noch einmal passieren.

***

Gutgelaunt die Nachbarn grüßend, öffnete er die Fahrertür seines BMW, setzte sich hinein, nahm einen kräftigen Schluck Kaffee aus der Thermoskanne und klemmte sich diese zwischen die Beine. Dabei stieg heißer Dampf empor, der sich kurzzeitig auf der Innenseite der Windschutzscheibe festklammerte.

Der Becher war leer. Es schwamm nur noch eine kleine Pfütze von dem braunen Gesöff in dem metallischen Behälter. Erschöpft von der gestrigen Befragung, aber nüchtern, legte er den ersten Gang ein und fuhr gedankenlos Richtung Dienststelle.

Hungrig. Im Radio lief der Song *Please Forgive me* von Brayn Adams, er drehte voll auf. So kantig und rau, so weich und gefühlsvoll war Luke Steiner. Es war sein Lieblingslied. Er schwelgte mit jeder Melodie in Erinnerungen. Traurige und schöne.

Sein letzter großer Fall, die kleine Josie Perke. Er konnte das Mädchen aus den Klauen des pädophilen Kindermörders Kai Weber befreien; es war eine kurze, aber erfolgreiche Nacht für alle Beteiligten gewesen. Dem kleinen Robin jedoch hatte er leider nicht mehr helfen können.

In einer Art Tagebuch hatte Steiner seine gesamten Emotionen niedergeschrieben. Dabei half ihm der kleine Robin. Er spukte nicht mehr in seinem Kopf herum. Der grausame Fund seiner Leiche war längst verarbeitet, es hatte aber gedauert.

Die geschändete Kinderleiche zu sehen, kein Leichtes für Steiner. Die Zunge herausgerissen, war das Kind mit einem Stock vergewaltigt worden. In solchen Momenten hasste er seinen Beruf. Doch hatte er mittlerweile seinen Frieden gefunden. Er war glücklich - und sein Geist nach Wochen, nach Monaten endlich wieder frei. Sein letzter Besuch bei dem ekelhaften Monster war die Kirsche auf der Torte gewesen.

>>*Kai, du sitzt jetzt schon wie lange im Ge-*

fängnis?<<, spottet Steiner lautstark.

>>Irgendwann musst du mit mir reden. Ich will dir helfen, dich verstehen.<<

>>Seit wann duzen wir uns?<<, blickte Kai Weber Steiner an und wiederholte seine Frage noch einmal.

>>Sie kommen hier reinspaziert, teilten mir letzte Woche freudestrahlend mit, dass meine Mutter sich in ihrer Zelle mit einem Bettlaken das Leben genommen hat...<<

>>Moment!<<, unterbrach Steiner den jungen Mann.

>>Du und deine Mutter, ihr habt zahlreiche Kinder entführt, vergewaltigt und bestialisch getötet. Denkst du allen Ernstes, ich hätte Mitleid mit dir oder deiner H...Mutter. Mit der Frau, die zwei Mädchen entführte und in einem Kämmerchen hinter ihrem Kleiderschrank dem Schicksal überließ...?<<

Kai Weber verstummte auf dem harten Stuhl, schaute auf seine nervös herumzappelnden Füße und knaupelte mit den Zeigefingern die Nagelhaut an seinen Daumen ab. Es passte ihm nicht in den Kram. Steiner sollte sich aus seinem Leben raushalten.

>>Ich bin erleichtert, dass du im Gefängnis sitzt und nie wieder frische Luft einatmen wirst. Du hast genug Unheil gestiftet.<<

>>Doch, bevor ich gehe, ich habe deine leiblichen Eltern gefunden<<, sprach Steiner fest im Ton.

>>Und?<<, stammelte Kai schulterzuckend in seinen nichtvorhanden Bart.

>>Deinen leiblichen Eltern geht es gut. Nach dir haben sie zwei weitere Kinder bekommen. Anscheinend haben sie es schnell überwunden, dass man dich entführt hatte. Du hast eine Schwester und einen Bruder. Nur finden sie dich abscheulich und wünschen dir den Eintritt in die Hölle!<<

Während er den letzten Satz über seine Lippen kommen ließ, schaute der Beamte Kai noch einmal in die Augen, die Zeit schien stillzustehen – keine Regung, dann schloss er die Tür hinter sich.

Steiner war bekannt für seine Erfolgsquoten. Der kleine Robin war das einzige Kind, bei dem der Beamte einen wichtigen Hinweis übersehen hatte, was zum Tod des Jungen geführt hatte. Den Eltern entrissen, mit seiner kindlichen Angst gespielt und ermordet am helllichten Tag, weggeworfen wie Abfall. Ein Anblick, der sich Steiner tief ins Hirn gefressen hatte. Ein Kind zu viel; für den Beamten.

Als er vor dem kleinen Leichnam des Jungen gehockt hatte, das grausame Ausmaß gesehen hatte, schwur er sich; solange er leben würde, würde er jedem pädophilen Wichser, den er in die Finger bekäme, persönlich den Arsch aufreißen.

Der Polizist führte keine Strichliste. Das übernahmen die anderen schon für den wohlüberlegten und strukturierten Kommissar. Sein Ruf eilte ihm voraus. Über die Art, wie er mit den Fällen umging, stritten sich zwar die Geister; nicht aber über sein feines Gespür.

Steiner war Halles bester Ermittler, wenn es sich um Kindesentführung, Missbrauch und Mord handelte. Er war ein Profi auf seinem Gebiet. An manchen Tagen, *aber* schaffte es nicht einmal Luke Steiner, den Schlund zur Hölle von der Welt da draußen fernzuhalten.

Die schlimmsten Eltern waren die, die sich nicht um ihre Kinder kümmerten. Wenn Steiner wegen Misshandlungen und Verwahrlosungen gerufen wurde, die Umstände sah, wollte er ihnen am besten die Kinder entziehen und die Eltern in ein dunkles Loch schmeißen.

***

Auf dem Revier eingetroffen, der Beamte hatte noch nicht einmal die Chance gehabt, auf den Snack-Automaten einzutreten, um seinen heißgeliebten Schokoriegel abzugreifen, rief ihn sein Vorgesetzter ins Büro. Steiner und der Automat würden keine Freunde mehr werden. Wenn es schepperte und laut wurde, hinterfragte keiner mehr auf dem Revier, woher der Lärm kam.

Noch immer hungrig.

Mit schweren Schritten stampfte er auf das Dienstzimmer seines Vorgesetzten zu. Genervt öffnete Steiner die Tür.

Außer seinem Chef, diesem mürrischem Kerl, saßen noch zwei ihm völlig unbekannte Personen mit im Raum.

>>*Steiner, die Dame und der Herr würden sich gerne mit Ihnen unterhalten.*<<

Luke Steiner schloss die Tür hinter sich und überlegte kurz, ob er die Gesichter zuordnen könnte. Fremde Menschen, wenn sie dann auch noch etwas persönlich von ihm wollten, bereiteten dem Beamten Unbehagen. Mit dem

Vertrauen hatte er so seine Probleme.

>>*O.k.! Was habe ich verbrochen, Dad?*<<, ließ Steiner plump aus der Lippe fallen.

Der Kommissar setzte sich auf den gepolsterten Stuhl, legte seinen Ledermantel ab und lauschte den Worten der beiden Fremden.

>>*Hallo Herr Steiner, Schröder mein Name, Polizei Potsdam - und das ist meine Kollegin Frau Schuhmann.*<<

>>*Ähm, Hallo...*<<, stotterte Steiner schroff und schaute seinen Chef fragend an. Die Augenbrauen hochgezogen.

>>*Wie kann ich Ihnen helfen?*<<

>>*Nun, Steiner, ein junges Mädchen wurde gestern von ihren Eltern als vermisst gemeldet. Sie kommt aus Halle. Ihre Tochter sei vor drei Tagen nach Geltow gefahren...*<<

>>*Was hat das jetzt mit mir zu tun?*<<, wollte Steiner wissen und unterbrach den Polizisten.

>>*Ihr Ruf eilt Ihnen voraus. Wir kennen Ihre Fälle. Die Eltern hatten uns explizit gebeten, Sie mit ins Boot zu holen.*<<

>>*O.k.!*<<

>>*Ich verstehe aber nicht so ganz...*<<, sprach Steiner nachfragend.

>>*Herr Steiner, wir geben es ungern zu, aber wir sind auf Sie angewiesen.*<<

>>*Lassen Sie uns keine Zeit verschwenden*<<, sagte Schuhmann mit ernster Stimme.

Die Polizeibeamtin saß mit geflochtenem Zopf, in einem schwarzen Hosenanzug, mit überkreuzten Beinen auf der Sitzgelegenheit gegenüber von Steiner, fummelte an ihrem Notizbuch herum und zappelte mit dem linken Fuß in alle Richtungen.

Ihre gut gepflegten Adidas Turnschuhe, die gemachten Fingernägel, ihr Parfüm. Sie gefiel Steiner. Er fand sie hübsch und war angetan von ihrer lockeren, aber strengen Art. Steiner mochte ihre pfirsich-rote Haut und die vollen Lippen. Beide Aspekte stachen dem Beamten sofort ins Auge.

Doch nicht ihr Kollege. Der Beamte Schröder stieß ihm schwer auf. Mit männlichen Arbeitskollegen hatte Steiner so seine Schwierigkeiten. Eine Frau passte da schon besser in seine Ecke.

Die Beamtin Schuhmann fuhr fort.

>>*Das Mädchen trat eine Praktikumsstelle in einem kleinen Hotel in Geltow an. Seit fast drei Tagen gab es zwischen Eltern und Kind nur sehr sporadischen Kontakt. Zwei WhatsApp Nachrichten und einen Anruf. Die Eltern sind völlig außer sich. Sie erkennen ihre Tochter nicht mehr wieder. So ist sie nicht. Irgendwas muss passiert sein, sagten sie uns.*<<

Steiner saß wortlos in dem karg eingerichteten Büro auf der durchgesessenen Fläche des Stuhls. Er überlegte kurz, sprang dann überraschend auf, ging zum Schreibtisch seines Vorgesetzten, stützte sich mit den Fäusten auf der Tischplatte ab - und drückte ihm ein paar Worte ins Ohr.

>>*Ich werde mitfahren, aber das wird mein Fall werden, sollte das Mädchen tatsächlich verschwunden sein. Ich lasse mir hier von keinem eine Leine ummachen.*<<

>>*Steiner, bringen Sie das Mädchen einfach nach Hause, o.k.?*<<

>>*Chef, kommen Sie mir ja nicht mit irgendwelchen Richtlinien. Ich löse den Fall nach meinem Handbuch!*<<

>>Steiner, holen Sie bitte das Mädchen gesund und munter nach Hause. Über alles Weitere haben wir zwei uns ausführlich unterhalten.<<

7. Ware

Er saß auf dem Stuhl in dem eindrucksvollen Zimmer, die Arme überkreuzt, und starrte verstimmt an die Decke. Der Mann war beleidigt und zynisch in seinem Ton. Fast wie ein kleines bockiges Kind, das in der Kaufhalle auf dem Boden liegt und vor Wut trampelt, weil es die Süßigkeit nicht bekommt, die es will.

Unzufrieden und zornig. Sein breiter Rücken drückte beim Überkreuzen der Arme gegen den Stoff seines Hemdes. Man konnte jede einzelne Naht sehen, wie sie zu kämpfen hatten, alles beisammen zuhalten.

Es passte ihm nicht, wie sich alles entwickelt hatte. Er wollte den normalen Ablauf haben, so wie immer. Dass es momentan leere Löcher gab, die nicht gestopft werden konnten, das Finanzielle spielte dabei keine Rolle, interessierte den Typen weniger. Er hatte Geld und wollte die Ware.

Seit drei Jahren lebte er seine perfiden Gedanken aus. Gute Jahre der Zusammenarbeit.

Zeit, die gewinnbringend für ihn und die andere Seite gewesen war.

>>*Wie lange kennen wir uns jetzt schon? Habe ich Ihnen nicht immer bares Geld gebracht und im Gegenzug gaben Sie mir etwas Gutes?*<<, sagte der Typ, genervt von der momentanen Situation.

>>*Ich komme mir ein wenig verarscht vor!*<<

>>*Nein, denken Sie jetzt bitte nicht falsch von mir. Ich bin bemüht, Sie und die anderen Kunden bei Laune zu halten. Aber...*<<

>>*...Nichts ABER!*<<, unterbrach der Typ in dem komisch wirkenden Hemd die Unterhaltung. Sein Ton wurde zunehmend rauer.

>>*Sie sitzen hier auf Ihrem Stuhl, schauen mich noch immer von oben herab an, dabei möchte ich Sie daran erinnern, wer von uns beiden am längeren Hebel sitzt. Was würden Ihre Familie, Ihre Eltern oder Ihre Freunde wohl von Ihnen halten, wenn...*<<

>>*...Sie lassen meine Familie aus dem Spiel! Es gibt gewisse Grenzen, die auch Sie einzuhalten haben. Können Sie das nicht, wars das mit unserer Zusammenarbeit.*<<

>>*Beruhigen Sie sich. Sie haben zwei Tage Zeit, um mir neue Ware zu beschaffen. Keinen Tag mehr. Haben Sie das verstanden?*<<, sprach der Typ lachend, an seinem Ring drehend.

***

Der unbequeme Mann mit dem gelockten, rötlichem Haar und den markanten Sommersprossen im Gesicht, hinterließ einen faden Beigeschmack. Er hatte vor knapp drei Jahren geholfen, die Bredouille zu überstehen. Seine Art war desaströs. Sein Auftreten bestimmend und kalt. Er war anders als die anderen Kunden, mit denen sich das Haus herumschlagen musste. Ein gern gesehener Gast; doch nur auf dem Kontoauszug.

Die Erleichterung war groß, als er das Zimmer verließ. Jeder, der mit ihm zu tun hatte, wusste ganz genau, dass man es sich nicht mit ihm verscherzen sollte. Eine unkontrollierbare Wut durchströmte innerhalb weniger Sekunden seinen Körper, wenn es nicht nach seinen Wünschen ging. Ein unruhiger Zwerg, scherzten die anderen hinter seinem Rücken. Aber ein Zwerg mit kriminellem Einfluss.

Er war der beste Kunde, dass wusste jeder. Keine Frage. Der Mann war intelligent und mochte gern die Kontrolle übernehmen, sie behalten. Ungern überließ er dem Ungewissen die Zügel. Ihm war es wichtig, dass seine Vorstellungen umgesetzt würden, er sich dabei wohlfühlte und es auch genießen konnte. Nichts war schlimmer für ihn als eine misslungene Aktion. Scheitern, keine Option für den mephistophelisch veranlagten Mann.

Es gab einige in seinem Umfeld, die der Meinung waren, er müsse dringend zu einem Arzt. Der Mann verhielt sich *nur* beiläufig, erzählte nicht viel über sich und sein Leben. Aber! Seine Wutausbrüche. Diese Stimmungsschwankungen.

Ein echtes Monster!

Es war nicht seine erste Frau, die er unter Drogen vergewaltigt und zum Schluss ermordet hatte. Sein Ehrgeiz, ein wohlhabender Geschäftsmann zu sein, war groß. Seine perfide Art größer.

Egal, wer vor ihm stand, mit wem er es zu tun hatte, er stand über jedem einzelnen Menschen. Geistig wie körperlich. Einige böse

Zungen verglichen ihn mit einer kleinen, kläffenden Töle. Sie lachten über ihn. Weil er für einen Mann klein sei, müsse er etwas kompensieren.

Ihm war egal, wer was sagte. Passte es ihm nicht, wenn ein anderer hinter seinem Rücken schlecht über ihn sprach, musste dessen Freundin oder Frau daran glauben. Am meisten bereitete es ihm Spaß, wenn die Damen vor Angst wegliefen.

Er kannte sich in den verlassenen Waldgebieten bestens aus. Wenn sie sich in die Hose machten und jammerten, war das wie ein Sechser im Lotto. Ein Katz- und Mausspiel.

Die Machtspielchen gefielen ihm sehr. Die Angst, die den jungen Frauen ins Gesicht geschrieben stand, saugte er lächelnd wie ein Staubsauger auf. Manchmal erklärte er sich auch. Er war den Frauen keine Rechenschaft schuldig, doch wollte er in ihre Köpfe eindringen, mit Hoffnung und Leid spielen, bevor er sie dann doch erschlug. Es war eine Genugtuung für ihn. Er dachte, er sei der perfekte Killer.

Empathielos stand er über ihnen – er fühlte nichts beim Anblick der weinenden Frauen. Im Gegenteil! Es widerte ihn an, wenn die Auserkorene seiner Wahl heulend vor ihm hockte oder lag, und die Schminke verlief. Es zerstörte das Gesamtbild, welches er gerne in Erinnerung behalten wollte. Für ihn gab es nichts Schöneres, als den Gesichtsausdruck einer Frau, die wusste, dass er ihr in den nächsten Sekunden das Leben nehmen würde.

Früher reichte ein gut gebauter Joint aus, um ihn bei Laune zu halten - doch mit der Zeit wurde sein Drogenkonsum heftiger. Koks bestimmte mittlerweile seinen Alltag, und ohne den weißen Schnee konnte er seine Fantasien nicht mehr ausleben.

Der Typ war unscheinbar und durchsichtig. Sicherlich, mit seiner Körpergröße von einem Meter sechsundsechzig fiel er definitiv ins Auge; doch die Stille, die der Mann an den Tag legte, ließ ihn für sein Umfeld unsichtbar werden. Für ihn genau richtig. Niemand hatte mit ihm gerechnet – und so konnte er zuschlagen.

Er selbst wollte nicht unsichtbar sein. Er bettelte nicht um diese unfaire Verteilung. Aber er nutzte sie. Doch hasste er großgewachsene Männer, die auch noch das gewisse Aussehen mitbrachten. Vielleicht wuchs deshalb sein Ehrgeiz, Geld zu scheffeln, der größte Drogenbaron ganz Hamburgs zu werden, bis ins Unermessliche.

***

Seine Intelligenz war beachtlich, schon fast zum Niederknien. Er war wortgewandt, sprachlich ein Genie. Manipulierend, zerstörend. Das Ziel vor Augen, verglich er sich selbst ganz gerne mit einem Dobermann; der einmal zubiss und nicht mehr losließ. Sein Lieblingsfilm war Scarface.

In der Schule waren seine Lehrer überzeugt gewesen, dass er es im Leben einmal sehr weit bringen würde. Seine Noten sprachen für eine steile Karriere. Mathematik war sein Lieblingsfach.

Zwei Klassen übersprang er in einem Satz. Er war sehr schlau, doch damals wusste noch keiner, dass der Teufel höchstpersönlich in ihm steckte. Ein fürchterlicher Dämon, der ausbrechen und Chaos verbreiten wollte.

Während der Zeit, die er allein zu Hause ohne jeglichen Kontakt zu seinen Mitschülern oder Freunden verbracht hatte, verschlang er ein Buch nach dem anderen. Es gab nur einen Freund, doch dieser wurde schnell von seiner Mutter verbannt. Sie duldete keine Freunde im Leben ihres Sohnes.

Ohne Gleichgesinnte wandte er sich der schriftlichen Lektüre zu. Ein Buch hatte es ihm besonders angetan. Er hielt an einem wissenschaftlichen Werk fest, welches die Lobotomie genauer erklärte.

Für den Jungen stand fest, dass auch er eine solche Operation bräuchte, da seine Psyche ein wenig anders funktionierte als die seiner Mitmenschen. Früh hatte er sich selbst die Diagnose *Psychopathie* gestellt. Er spürte es einfach.

An manchen Tagen, wenn er allein nach der Schule in seinem Zimmer saß, eine Tafel Schokolade nach der anderen verschlang, seine Mutter mal wieder bis spät in die Nacht arbeitete oder bei einem ihren vielen Verehrern zu Hause war - saß er gedankenschwelgend auf seinem Bett und malte sich seinen eigenen Tod aus.

Manchmal wollte er einfach vom Dach eines Hauses springen. Aber auch das Sterben durch eine Schrotflinte, die er sich gedanklich an sein Kinn hielt, deren Abzug er einfach abdrückte, die Vorstellung, wie sein Schädel explodierte, war eine positive Option für den Jungen mit den Sommersprossen.

Er hatte viele solcher Gedankenblitze. Mit seiner Deutsch-Lehrerin wollte er schlafen und sie dann mit einem Messer aufschneiden, ihr Innerstes sehen und verspeisen.

Sie war nicht sonderlich ansehnlich, hatte aber eine super Figur, auf die er abfuhr. Er wollte sie von hinten rannehmen. Gesichter mochte er nicht. Das war ein anderer Gedanke.

Jedes Mal, wenn er sie in der Schule sah, überkam es ihn – und der Drang, sie anzufassen, sogar sexuell, wurde *größer* und größer. Manchmal nutzte er die Gunst der Stunde, wenn seine Lehrerin Hofpausenaufsicht hatte, und lief beim Pausenende immer hinter ihr. Die Schülermassen stürmten in das Gebäude hinein, und durch das Drängeln und Schieben kam es schon einmal vor, dass er ihren Po unsittlich berührte. Er konnte ja nichts dafür. Schließlich hatten die anderen Kinder im Treppenhaus geschupst. Und im Sommer, wenn sie Röcke trug, bereitete es ihm besonders Freude.

Das Alleinsein nervte ihn *aber*. Er kam aus einem reichen Elternhaus, sein Vater verstarb früh bei einem Autounfall, da war er gerade einmal vier Jahre alt, und von da an musste seine Mutter beide Rollen übernehmen. Die Mutter- und die Vaterrolle. Doch das Elternhaus kann nicht die Psyche eines Menschen beeinflussen. Sie waren allesamt liebevolle Menschen, tüchtig und fleißig.

Der Junge war wohlerzogen, gut in der Schule, sein familiäres Umfeld ein freundliches, manchmal zynisches, aber dennoch ein liebevolles. Sie hatten ihn alle gern - und zur gleichen Zeit, niemand wusste, was geschehen war, legte er sein ekelhaftes Verhalten an den Tag.

Von einem auf den nächsten Tag fing er an, sich in der Schule mit seinen Mitschülern zu hauen. Es gab Nachbarn, die dem Jungen vorwarfen, er sehe aus wie ein Störenfried. Eiskalte Augen. Diese stechende Haarfarbe. Funkelnd wie das Haar des Leibhaftigen persönlich.

Er war aggressiv und launisch seinen Mitmenschen gegenüber. Sein Gemütszustand wechselte ständig. Dass er einmal ein Drogenbaron und Frauenmörder und ein manipulierender Vergewaltiger werden würde, damit hätte niemand aus seiner Familie gerechnet. *Er aber schon.*

***

Er tötete Frauen jeden Alters. Er hatte kein Muster. Doch ging es um Sex, waren seine Wünsche hoch. Analverkehr war seine Leidenschaft. Er mochte es fest und eng. Oralverkehr, so wie er es in den Schmuddelfilmen sah, die seine Mutter im Schlafzimmer unter der Matratze versteckt hatte, war nicht sein Favorit. Ihn störte der Widerstand der Zähne. Er fand es ekelhaft. Außerdem wollte er die Frauen nicht ansehen müssen.

Er mochte die Gesichter der Frauen nicht. Der Mann verstand aber das gegenseitige miteinander. Oralverkehr gab es hin und wieder mal; aber nur, wenn der Kopf abgetrennt war. Das war die perfekte Demütigung.

Ein Schulhof einer reinen Mädchenschule war für ihn wie eine Schokoladenfabrik. Überall Süßigkeiten. Weiße Schokolade, kaffeebraune oder Zartbitter. Er hatte schon immer ein reges Phantasieleben gehabt.

Es gab Stimmen in seinem Umfeld, die den

Typen als generierten Spinner betitelten, doch das war ihm egal. Meistens überkam ihn in solchen Momenten eine klassische Überspannungshaltung, so konnte er flüchten, aus der Welt, in der er lebte, und in seine eigene eintauchen.

Seine Mutter duldete diese Welt jedoch nicht. Sie war eine mächtige, manchmal jähzornige Frau. Schon früh sorgte sie dafür, dass ihr Sohn keinerlei Anschluss bei seinen Kindergartenkameraden fand. Sie wollte ihn für sich *ganz* allein haben.

>>*Du hast deine Mami, mein Prinz!*<<

>>*Du brauchst keine Freunde, Herrmann.*<<

>>*Ich möchte auch keine Diskussionen. Schau mich nicht so an. Ich habe NEIN gesagt!*<<

Mit den Jahren verstrich die Angst vor seiner Mutter. Er wollte eigentlich Freunde haben, auch eine Freundin; dass war sein Wunsch. Nur durfte er es nicht. Die Pubertät machte es nicht leichter.

Sein Körper veränderte sich, die Gedanken drehten und entwickelten sich ebenso weiter. Von Tag zu *Tag* wurde ihm mehr und *mehr* klar, dass seine abartigen Gedanken sich verwirklichen mussten. Es ging nicht anders. Der Drang war groß gewesen für den Jugendlichen, seine Fantasie leben zu dürfen. Die Abneigung sich selbst gegenüber, weil er bei toten Frauen eine Erektion bekam, verschwand. Er akzeptierte sich und schämte sich nicht mehr dafür.

Der Tag kam, er konnte der wichtigsten Frau in seinem Leben nun endlich ins Gesicht blicken und ihr sagen, was er von ihr hielt.

Seine Mutter akzeptierte den Sprung ihres Sohnes in die Selbständigkeit. Doch wollte sie weiterhin die Zügel in der Hand halten, ihr Kind an einer *kurzen*, sehr kurzen Leine führen. Das schaffte sie allerdings nicht mehr.

Er löste sich von seiner Mutter. Von den eisernen Ketten, die er sein ganzes Leben lang ertragen musste. Das missfiel ihr und die Wut brach aus.

Mit Schlägen und Tritten begegnete sie ihrem Sohn, der nun langsam zum Mann wurde. Wüst hatte sie ihn beschimpft und wollte ihr eigenes Kind in seinem Zimmer einsperren. Sie verstand die Veränderung sehr wohl, doch hatte sie etwas dagegen.

Allein zu sein, ihren einzigen Sohn an irgendeine Schlampe zu verlieren, das war ein spitzer Dorn in ihren Augen. Sie hatte sich fest vorgenommen, sollte der Tag einmal kommen – und das tat er, würde sie mit allen Mitteln eine Beziehung zwischen ihrem Sohn und einer Frau zu verhindern wissen. Sollte sie die Frau auch töten müssen, nun denn, ihr war jedes Mittel recht.

Ausgerechnet eine andere Frau, eine junge, attraktive Frau, wie seine Mutter stets zu ihrem Sohn sagte, wie schlecht diese Damen für seine Gedanken seien, schaffte es, das Denken des jungen Mannes umzudrehen. Somit konnte er sich von seiner Mutter lösen. Der Tod spielte dabei eine ausschlaggebende Rolle; sowie auch der Oralverkehr.

8. Des Nachts

Die Sonne kitzelte meine Haut. Stille kreiste um mich herum, wie ein Schwarm Krähen auf dem Friedhof, die sich um einen hilflosen Wurm stritten. Bis auf das Vogelgezwitscher, welches draußen zu hören war, war es gespenstisch ruhig in der kleinen Ortschaft. Von der gestrigen Nacht keine Spur mehr. So früh am Morgen. *Müde.* Ich war gerädert.

Zermartert von Gedanken, hievte ich mich langsam aus dem Bett. Mein Kopf war schwer, und die Müdigkeit drückte meinen Elan tief in den Keller. Ich konnte meine Augen kaum aufhalten.

Vor Beginn meiner Schicht bin ich zu Frau Bachmann gegangen, um ihr den nächtlichen Vorfall zu schildern. Mir war es wichtig, dass sie wusste, was sich in ihrem Hotel abgespielt hatte. Ich wollte ihr das Telefon der Rezeption überreichen, welches ich noch bei mir hatte. Auch klopfte ständig die Frage an meinen

Kopf, warum ich mit meinem Handy keinen Empfang hatte.

Im Hotel war es erstaunlich still. Nur wenige Gäste waren anzutreffen. Drei Besucher an der Zahl. Frischer Wind brauste durch die Hallen. Der große Häcksler fuhr mit lautem Getöse über das riesige Maisfeld. Mir gefiel das Landleben gut.

Im Speisesaal war es totenstill. Über den Flügel war eine Staub-Kratzschutz-Abdeckung gelegt worden. Die vier Spiegel frisch geputzt und die Gardinen neu gefaltet.

An der Theke der Rezeption saß ein mir nicht bekanntes Gesicht. *Guten Morgen!* Noch immer aufgewühlt von den jungen Ereignissen, klopfte ich zaghaft an die Tür meiner Chefin.

>>Herein...<<

>>Guten Morgen, Frau Bachmann!<<

>>Ah, Laura. Was gibt es?<<

>>Nun, ich muss Ihnen etwas sagen, Frau Bachmann.<<

Unberührt von meiner Tonart, hob sie den Kopf und schaute mir fragend in die Augen.

>>*Schieß los, Laura?*<<, sprach sie in einem angespannteren Ton.

>>*Es geht um vergangene Nacht.*<<

So, wie ich das letzte Wort aussprach, stellte Frau Bachmann ihre Kaffeetasse ab, lehnte sich zurück und schaute sich ihre frisch lackierten Fingernägel an. Noch einmal lächelnd in den Spiegel geschaut.

>>*Aha, was musst du mir mitteilen?*<<

>>*Naja, ohne dass es blöd klingt, aber ich habe letzte Nacht etwas vernommen. Geräusche, Geflüster. Und zuvor habe ich einen Zettel, eine Art Liebesgeschmeichel in meinem Spind gefunden. Dieser wurde mir von einer fremden Person heimlich zugesteckt.*<<

>>*Und was soll ich da jetzt machen, liebe Laura?*<<, fragte mich Frau Bachmann spöttisch.

>>*Jemand warf Steinchen an mein Fenster und ich habe das Telefon der Rezeption im Garten gefunden. Und dann dieser Zettel.*<<

>>*Und...? Vielleicht hat ein Gast oder ein Angestellter das Telefon versehentlich fallen gelassen.*<<

>>*Na, ich wollte Ihnen das nur mitteilen.*<<

>>*Mein Kind, darf ich doch sagen? Du bist seit einem Tag hier. Heute beginnt dein zweiter Arbeitstag. Vielleicht hat sich jemand einen Spaß erlaubt, oder vielleicht findet dich sogar jemand süß. Schau dich an. Du bist sehr hübsch. Mach dir also keine Gedanken, ich kümmere mich darum! Danke, Laura.*<<

Abgespeist und noch immer voller Fragen, die auf Antworten warteten, verließ ich das Büro. Ich fand, sie war mir gegenüber sehr kühl und abgetan. Mir schlotterten die Knie, ich erhoffte mir etwas guten Zuspruch, schützende Worte. Ihre Art war mir zuwider, doch die Höflichkeit überwog meinen Zorn über Frau Bachmanns seltsames Ab-Getue.

Naja, wahrscheinlich wusste sie wirklich nichts darüber, und ihr war unsere Unterhaltung unangenehm. Vielleicht hatte ich mir alles nur eingebildet. Vielleicht wusste Frau Bachmann aber auch *ALLES?*

Als ich ihr Büro verließ, schaute mich der Rezeptionist seltsam schaurig an. Ich fühlte mich unwohl. Er sah sehr ungepflegt und unfreundlich aus. Fehl am Platz, wie ich fand.

Wäre das mein Hotel, dann hätte ich diese Person *sicherlich* nicht eingestellt.

Ich hatte keine Vorurteile, doch sagte mir mein Bauchgefühl, dass ich mich von diesem Mann fernhalten sollte. Er hätte auch ganz nett sein können, doch zum ersten Mal in meinem jungen Leben, schlug die Nadel aus. Ich hörte und verließ mich auf meinen inneren Instinkt.

***

In der Eingangshalle selbst herrschte kein reger Besucher-Verkehr. Das machte mich etwas stutzig. Noch immer hallte der Lärm des Maishäcksler durch die Gänge des Hotels.

Eine kleine Dame rannte, mit einer Trittleiter bewaffnet, durch die Flure und putzte die großen Spiegel, die überall hingen. Ich hatte mir die Rezensionen im Internet durchgelesen, großartige Berichte von Urlaubern und Familien. Die Zeilen der Gäste hatten mein Vorhaben beflügelt. Doch von der Internet-Lobelei keine Spur. Bis auf ein paar Besucher war es sehr ruhig an dem Tag. Es wirkte nicht wie ein Hotel, welches gut besucht war.

Gedankenverloren ging ich zum Fahrstuhl rüber und fuhr auf mein Zimmer zurück. Ich wollte meinen Eltern eine Nachricht senden. Sie machten sich bestimmt Sorgen, da ich die Nacht zuvor bei ihnen zu Hause versucht hatte, anzurufen. *Hatten sie überhaupt eine Mitteilung von meinem Versuch erhalten?* Trotz fehlendem Funk wollte ich eine Nachricht an meine Eltern schicken, in der Hoffnung, ich würde irgendwo in einer Ecke des Hotels Empfang finden.

Im Fahrstuhl dudelte leise Musik. Eigentlich sollte die Hintergrundmusik keine große Aufmerksamkeit erregen, doch dieses Gejammer war furchtbar. Wie aus einem schlechten Horrorfilm. Die Spiegel an den Wänden des Aufzugs waren poliert und der rote, samtweiche Teppich am Boden lud zum Barfußlaufen ein.

Der grelle Ton, dieses hell klingende BING, beim Öffnen der Fahrstuhltür versetzte mich immer noch in Schrecken. Zu laut und zu plötzlich. Diese blöde Fahrstuhlmusik. Ich war noch immer von Frau Bachmanns Art genervt.

Mit einem unwohlen Gefühl in der Magengegend, betrat ich die Schwelle des Aufzugs und setzte den linken Fuß als erstes auf den weinroten Teppich des langen Flures. Wenig

Tageslicht; und dieses Tageslicht, das von draußen nach drinnen drang, erlosch in wenigen Sekunden wieder.

Der Flur war dunkel und deprimierend schmal. Die Leuchten an den Wänden links wie rechts erstrahlten milchig gelb. Es war still auf dem Korridor. Zu ruhig, wie ich fand.

Wieder einer von diesen gigantisch großen Wandspiegeln. So schnuckelig das Hotel auch war, die beengten Flure luden nicht zum Wohlfühlen ein. Eher das Gegenteil traf zu. Klaustrophobie durfte man nicht haben. Die eingebauten Spiegel ließen die Räumlichkeiten auch nicht wirklich größer werden.

In meinem Zimmer angekommen, steckte ich den Schlüssel in das Schloss und drehte rasch nach rechts. Nur eine Drehung und die Tür sprang auf. *Hatte ich nicht zweimal abgeschlossen?*

Verdutzt betrat ich den Raum und bewegte mich zielgerichtet auf mein Handy zu, welches auf dem kleinen Schreibtisch neben der Fernbedienung für den Fernseher lag. Es lag auf der Display-Fläche.

Im Augenwinkel bemerkte ich die knautschige Unruhe auf meinem Bett. Ich war mir aber sicher, dass ich mein Bett, wie sonst auch immer, ordentlich verlassen hatte. Dreimal über die ausgebreitete Bettdecke mit den Handinnenflächen gestrichen.

Jedoch ignorierte ich die Tatsache, dass etwas im Argen lag, und wütete innerlich weiter. Der Griff zum Telefon war wichtiger. Ich tippte die Nummer meiner Eltern ein. Nichts. Es funktionierte gar nichts. Mein Handy hatte keine Balken, keinen Empfang. Es war tot.

Aufgescheucht wie ein junges Rehkitz, welches vor dem zerfleischenden Mähdrescher davonrannte, lief ich, mit dem Telefon in der Hand, durch mein kleines Zimmer, kreuz und quer und hob das Handy weit in die Luft, um etwas Netz zu erhaschen.

Dabei blickte ich in den Spiegel und fühlte mich plötzlich *erneut* beobachtet. Reflexartig trat ich einen Schritt näher und klopfte dreimal mit meiner Zeigefingerkuppe gegen die Glasfläche. Irgendwie hatte ich das Verlangen. Ich schüttelte kurz mit dem Kopf und widmete mich wieder meinem Netzproblem.

Die Wut in mir blieb konstant. Nichts passierte. Ich bekam *einfach* kein Freizeichen. Ich verstand das alles nicht. Ich wollte endlich mit meinen Eltern sprechen, meine Freunde um Rat bitten. Und weit und breit kein Empfang.

***

Auf dem Flur der Etage genau das Gleiche. Der Flugzeugmodus war nicht aktiviert. Ich schaltete das Mobilfunktelefon aus und wieder ein. Noch immer kein Netz.

Mit kurzen Schritten watschelte ich den langen, schmalen Gang entlang. Unkonzentriert und bockig. Ich mochte Hotels leiden. Sie hatten seit meiner Kindheit etwas Magisches, etwas Anziehendes für mich. Auch dieses Hotel, wäre da nicht dieses nervige Netzproblem.

Ich lief weiter. Der Teppich teilte sich in der Mitte des Gangs. Auf der einen Seite dieses Weinrot und auf der anderen Seite des Flurs breitete sich ein in schlichtem Braun gehaltener Teppich aus, mit einem gesprenkelten, hellen, cremefarbigen Muster an den Seiten.

Die Tapete oberhalb der dunkelbraunen Holzvertäfelung war gelb; und unauffällig. Aller zwei Meter leuchteten zwei Wandlampen. *Noch immer kein Empfang.*

Planlos spazierte ich durch das eindrucksvolle Hotel. Im Treppenhaus rannten vier Kinder die Stufen rauf und runter. Sie spielten Fangen. Auch sie hämmerten gegen die Spiegel und lachten dabei. Das erste Mal, dass ich Kinderlärm vernahm.

Im Foyer, noch immer waren keine neuen Gäste angekommen, hingen drei Telefone an der Wand. Gleich neben der goldenen Drehtür. *Wenn das blöde Handy nicht geht, rufe ich halt von dort aus an.* Kein Signalzeichen.

Keiner der Kästen funktionierte. *Mist!* Ich schlug vor Wut den schwarzen, mattglänzenden und schweren Hörer auf die Schelle des Basisapparates. Danach ging ich zorngeladen rüber zur Rezeption, zu dem komischen Typen.

So langsam erkannte ich mich nicht mehr wieder. Ich suchte schon nach versteckten Kameras.

>>*Ha... Hallo!*<<, sprach ich ihn an.

>>*Hallo!*<<, antwortete der Rezeptionist krümelspuckend. Er schob sich recht unappetitlich den letzten Bissen seines Käse-Schinken Sandwichs in den Mund.

>>*Mein Handy geht nicht, die Telefone da*

vorne auch nicht. Genau wie das WLAN. Kannst du mir vielleicht sagen, wieso hier nichts funktioniert?<<

>>Weiß nicht!<<, sagte der seltsame junge Mann zu mir und fuhr mit seiner linken Hand über seinen kauenden Mund.

>>Du bist die Neue. Stimmts?<<, freute er sich schüchtern und ging wortlos in das kleine Stübchen hinter sich.

>>Hey, warum gehst du einfach?<<

***

Mir kam das alles komisch vor. Doch bevor ich mir weiterhin den Kopf zerbrechen konnte, stand auch schon Frau Schmidt vor mir in der Halle. Eine ältere Dame, klein, stämmig mit gewaltigen Oberarmen - schroff im Ton, die grauen Haare zu einem strengen Dutt gebunden; doch eine liebe Seele.

Sie wirkte auf mich wie eine Lehrerin. Mir war nicht wohl bei dem Gedanken, dass ich den Tag mit ihr verbringen müsste. Einen Fehler; und du bekommst Ärger. Sie hatte etwas sehr Tyrannisches an sich; zugleich sprach sie allerdings freundlich und bedacht.

Die Frau lächelte mich freundlich und zugleich zynisch an.

Frau Schmidt war die Chefin der hauseigenen Reinigung und holte mich für die Einarbeitung ab. Eigentlich rechnete ich damit, dass ich noch einmal bei den Zimmermädchen anheuern würde.

>>*Hallo, mein Name ist Frau Schmidt. Ich werde dich heute in der Waschküche anlernen*<<, sprach sie barsch im Ton und klemmte sich einen Kugelschreiber an den Kragen ihres weißen Kittels.

>>*Hallo! Da bin ich mal gespannt, was da alles auf mich zukommt*<<, antwortete ich höflich und eingeschüchtert von ihrem Erscheinungsbild.

Mit schnellen Schritten, ich als junger Mensch hatte damit zu tun, ihren flinken kleinen Füßen zu folgen, sausten wir durch die Halle und fuhren mit dem Fahrstuhl runter in den Keller, wo sich die Wäscherei befand.

Diese ekelhafte Musik.

9. Vermisst

Da war sie wieder, diese innerliche Unruhe. Ein Gefühl aus Panik, Angst vor dem Ungewissen. Sie schwitzte und fühlte sich unwohl. Fast krank. Ihr Brustkorb schnürte sich zusammen, wie eine maschinelle Presse. Sie bekam keine Luft mehr.

Ungeduldig stiefelte sie durch das Haus; wusste weder ein noch aus. Hilflosigkeit breitete sich aus, wie ein Feuer, das mutwillig gelegt worden war. Keinen klaren Gedanken im Kopf. Nichts konnte sie ablenken.

Ihrem Mann ging es ähnlich, kein Stück besser. Er versuchte, die Ruhe zu bewahren; doch wollte er am liebsten losschreien und fluchen – wie seine Frau. Beide standen vor einem Scherbenhaufen und realisierten allmählich die Situation. Nicht wissend, wie es weitergehen soll.

>>*Roland, wir haben fast nichts mehr von unserer Tochter gehört. Kein persönliches Wort.*<<

>>*Ich weiß, mein Schatz. Im Hotel selbst wurde mir mitgeteilt, dass sie viel zu tun haben und es Laura gut ginge. Vor einer halben Stunde erst habe ich mit Frau Bachmann telefoniert.*<<

>>*Aber! Bist du das von deiner Tochter gewohnt, dass sie sich nicht meldet? Ich mache mir wirklich Sorgen. Das Handy ist auch immer aus.*<<

>>*Ja, Schatz, doch sollten wir unsere Gedanken sammeln und nicht gleich vom Schlimmsten ausgehen. Wir drehen hier sonst noch durch. Wir hatten auch schon oft kein Netz.*<<

>>*Vielleicht genießt Laura einfach nur die elternlose Zeit?*<<

An Arbeit war nicht zu denken. Beide wurden freigestellt und erhielten mutmachenden Zuspruch ihrer Arbeitskollegen. Rolands Chef bot seine finanzielle Hilfe an. Jeder litt mit den Eltern mit. Man sah sowas sonst immer nur im Fernseher. Weit von einem selbst entfernt.

Lauras Eltern standen zwischen zwei Stühlen. Einer Entscheidung, die lebensrettend war oder doch nur ein fieses Hirngespinst, welches sich in die Köpfe der Eltern fraß. Warteten sie ab, hofften auf das Beste oder fuhren sie hin, wären aufdringlich und vielleicht sogar peinlich, im schlimmsten Fall würde ihr Verhalten Laura den Job kosten. Oder den Kopf.

Sie fühlten sich schlecht, sie standen noch nie vor solch einer schwierigen Entscheidung, einen Entschluss fassen zu müssen, der so voller Zweifel gepackt war.

Die Chefin persönlich teilte dem Vater mit, dass es Laura gut ginge und diese fleißig bei der Arbeit sei. Der mussten sie doch trauen können. Roland wusste es auch nicht besser. Aber manchmal sagt einem das elterliche Bauchgefühl, dass etwas am Argen liegt, mag es auch noch so harmlos scheinen.

Bisher stand die Sonne in ihrem Haus. Keine Schattenseiten. Doch erst vor ein paar Tagen durchwogten die Meldungen zweier vermisster junger Frauen, beide etwa zwanzig Jahre jung und aus der Nähe von Halle, wie ein Lauffeuer die Zeitungen und restlichen medialen Zweige.

Laut den Nachrichten wurden die beiden vermissten Mädchen zuletzt in Potsdam gesichtet. *Was, wenn mit unserer Lauri auch etwas geschehen ist?*

***

Roland versuchte, seiner Frau die bösen Geister auszutreiben und lenkte sie mit Witzen ab. Das war schon immer seine Art gewesen. Lief etwas aus dem Ruder, Ruhe bewahren und zur Not einen Witz aus der Lippe fallen lassen.

Ihm ging es genauso schlecht wie seiner Frau. Der Gedanke, dass seiner Tochter etwas zugestoßen sein könnte oder noch schlimmer, er und seine Frau um das Leben ihrer Tochter bangen müssten, war die Hölle für ihn. Aber einer musste die Kontrolle übernehmen und sich zügeln.

>>*Was ist gelb und steht neben einer Laterne?*<<

>>*Keine Ahnung, Roland!*<<, stammelte Erika, den Tränen nahe, leise vor sich hin.

>>*Ganz einfach mein Schatz. Mein grünes Fahrrad!*<<

Unberührt von den Bemühungen ihres Mannes, ihr die Heiterkeit wieder ins Gesicht zaubern zu wollen, saß Erika am Küchentisch, die Kaffeetasse fest umkrampft, und starrte leer in die Luft. Das Ticken der Wanduhr wurde zunehmend lauter.

Sie war hin- und hergerissen. Ihrer Tochter ging es laut der Chefin des Gasthauses gut. Sie sei sogar sehr fleißig, so lobte sie Laura. Dennoch fand die Mutter es recht seltsam, dass sich ihr Kind nur sporadisch gemeldet hatte. Das war nicht ihre Art.

Bisher war es ein wolkenloser Tag für die verzweifelten Eltern. Der Kontakt zu ihrer Tochter war ja irgendwie gegeben. Dass die Arbeit stressig sei, hielten sich die beiden auch vor Augen. Doch die Ungewissheit war nun mal da, und die Mutter wollte zu ihrer Tochter. Sie wollte ihr Mädchen in den Arm nehmen und ihr sagen, wie sehr sie sie lieb hat.

Auf einmal leuchtete kurz das Handy von ihrem Mann auf. Eine WhatsApp von Laura.

Hallo, ihr Lieben.

Mir geht es gut. Ich bin nur sehr eingespannt hier. Viel Neues, und ich muss die ganzen Eindrücke erst einmal verarbeiten.

Hab euch lieb. Ich melde mich wieder.

Erika nutze die Gunst der Stunde, riss ihrem Mann das Handy aus der Hand, warf Stuhl und

Kaffeetasse zu Boden, tippte hastig die Nummer ihrer Tochter ein und schrie ins Telefon hinein. Sie wollte so gerne mit ihrer Laura reden. Doch nichts. Die Mailbox ging sofort dran.

>>*Das darf doch nicht wahr sein...*<<, warf sie erneut lauthals einen hohen Schrei durch die Küche.

>>*Lauri hat doch gerade erst geschrieben, wieso ist ihr scheiß Handy aus?*<<

>>*Schatzi, vielleicht hat sie einfach keinen Empfang?*<<, beruhigte Roland seine Frau.

>>*Gib dem Ganzen doch eine Chance!*<<

>>*Ja, es wird schon so sein, wie du es sagst*<<, antwortete Erika wütend, hob den Stuhl auf und setzte sich wieder an den Küchentisch. Ihr Mann wischte mit einem Lappen die Kaffeepfütze weg und hob die Scherben der kaputten Tasse auf.

>>*Vorsorglich rufen wir aber bitte bei der Polizei an. Vielleicht können die uns weiterhelfen. Chance hin oder her. Es geht um unsere Tochter.*<<

10. Geschäfte

Heiter betrat ich mein Büro. Es war ein guter, ein erfolgreicher Tag für mich und meine Angestellten. Mein Hotel erfreute sich neuer, aber auch alter Gesichter. Menschen, die über die Jahre zu Freunden geworden waren. Besser konnte es nicht laufen. Endlich!

An manchen Tagen schlug ich die Hände über den Kopf zusammen, wusste weder ein noch aus. Mir war bewusst, dass ein Hotel harte Arbeit bedeutet, doch lebte ich in meiner kleinen Seifenblase; und dort wollte ich auch nicht heraus. Mir gefiel es dort. Auch wenn ich vor meinem Mann tricksen musste.

Anfangs lief mein Hotel super. Doch mit der Zeit wurde es immer schlechter. Zum Schluss blieben auch noch die Kurzurlauber aus. Ich wusste nicht mehr weiter.

Die Zeit flog dahin. Ich hatte keine andere Wahl, als die Zahlen zu frisieren, und schummelte mir selbst die Tage schön. Die Angst stieg, meinem Mann zu sagen, dass er Recht behalten hatte und ich im Unrecht war. Diesen Schuh vermochte ich mir nicht überzuziehen.

Mein Ehemann konnte die Idee von einem eigenen Hotel nicht leiden; doch ich hatte ihn umstimmen können und wollte Frank den Siegestanz nicht gönnen, welchen er definitiv getanzt hätte. Mir war mein Gesicht nicht zu verlieren viel zu wichtig. Ich wollte meinen Status behalten.

Klar, die Zeit war hart. Ich sah meine Kinder immer weniger, die Streitigkeiten mit meinem Mann nahmen zu; doch da war mein Hotel. Mein Baby. Vielleicht war ich etwas egoistisch gewesen, zu diesem Zeitpunkt sah ich das aber nicht so.

Zwischenzeitlich ging es meinem Hotel wieder gut. Ich freute mich über den kleinen Ansturm. Es ging bergauf. Doch dann schlug die Realität erneut zu. Es wurde wieder schlechter.

Die Gäste blieben mir aus. Corona hatte alles nur noch verschlimmert. Wo mir einst die Montagearbeiter die Bude eintraten, fegte nun ein lauwarmer Wind durch die Hallen meiner Bettenburg.

Ich saß in meinem Büro, stützte meine Ellenbogen auf dem Tisch ab und hielt meinen schwerer werdenden Kopf. Der Blick auf den leeren Eingangsbereich bereitete mir Bauchschmerzen. Die vielen Rechnungen, die sich zu einem Turm stapelten, verbesserten die Situation nicht.

Ich konnte nicht einmal mehr die Server-Wartungsarbeiten begleichen, die Telefone funktionierten längst nicht mehr - und es dauerte nicht lange, da stand Herr Zeitz von der Bank bei mir auf der Matte. Ein Mensch, den ich wahrhaftig nicht gerne vor mir hatte.

>>*Sie wissen schon, dass Sie ihren Verpflichtungen nachkommen müssen, Frau Bachmann.*<<

>>*Das ist jetzt schon das dritte Mal, dass Sie gar nicht bis unregelmäßig zahlen!*<<

>>*Ich weiß, Herr Zeitz. Bitte haben Sie Verständnis für meine momentane Situation.*<<

>>*Für Ihre Situation habe ich sehr wohl Verständnis, Gnädigste. Doch nutzen Sie meine Gutmütigkeit aus, und ich lass mich nur ungern mit Füßen treten.*<<

>>*Halten Sie sich bitte an die Ratenvereinbarungen, oder wenn Sie überhaupt keinen Ausweg mehr sehen, fragen Sie Ihren Mann, er*

ist doch ein bekannter Anwalt, und kommen Sie bitte zu uns! Sie müssen das nicht allein stemmen.<<

***

Ich wusste nicht mehr weiter. Mir stand das Wasser bis zum Hals. Ich konnte den Geschmack der abgestandenen Brühe des Ruins schon *fast* schmecken. Doch zu meinem Mann konnte ich nicht gehen. Der hätte mich in der Luft zerfetzt.

Seine mahnenden Worte schossen durch meine Ohren. Sie durchdrangen meinen Gehörgang, wie ein kleines Messer, das durch weiches Fleisch stach. Wohl oder übel musste ich da allein durch.

An einem kalten Wintermorgen betraten zwei zwielichtige Gestalten mein Hotel. Sie checkten ein und verlangten, sofort mit der Chefetage sprechen zu können. Die beiden Männer schienen nicht aus Deutschland zu sein.

Einer von ihnen war groß, und seine markanten Gesichtsknochen stachen einem sofort

in die Augen. Der andere Kerl war unscheinbar.

Freundlich, wie ich nun mal bin, trat ich den
beiden Herren gegenüber und lud sie auf einen
Kaffee in mein Büro ein. Ich hoffte, dass sie
kein Problem damit hätten, dass der Chef des
Hotels eine Frau sei.

Der kleine Rothaarige fiel sofort ins Auge.
Beide Männer sahen aus, wie Drogenkönige
aus bekannten Hollywood-Verfilmungen.
Goldketten um den Hals, fette Armbänder um
die Handgelenke gebunden – und jeder von
ihnen trug einen auffälligen silber-schwarzen
Siegelring am kleinen Finger.

Ein banges Gefühl umklammerte mich.
Ganz geheuer waren mir die Männer nicht.
Auch mein Personal blickte seltsam berührt
zur Seite.

>>*Setzen Sie sich bitte.*<<

>>*Wie kann ich Ihnen weiterhelfen?*<<

11. Verborgene Türen

Die Waschküche war nicht gerade groß. Gut, ich hatte keine wirkliche Vorstellung davon gehabt, wie eine Waschküche auszusehen hat, geschweige denn, wie groß oder nicht groß eine Hotelwäscherei sein muss. Doch was ich sah, war ein kleiner Raum, nicht größer als ein schäbiges und fensterloses Büro. Lieblos in Grau gehalten. Meine Arbeitsmoral sank schnell in den Keller.

Die Wände waren bis zur Decke hoch mit den hässlichsten Fliesen bedeckt. Hässlich war gar kein Ausdruck für diese Kacheln. Scheußliche graue Fliesen.

Neben mir drei gigantisch große Industriewaschmaschinen und ein Bügelbrett, welches in dem wuchtigen Vergleich der Maschinen, völlig unterging. Die bunten Wäschekörbe stapelten sich hinter der Tür zu einem schiefen Turm aus Plastik. Sehr chaotisch.

Spinnen und Käfer fühlten sich hier unten gut aufgehoben und heimisch. Ich hingegen fand es *absolut* nicht schön. Es roch nach abgestandenem Wasser und offenem Weichspüler. In der Waschküche arbeiten, das war mir schnell klar, war keine Option für mich. Ich erschrak bei dem Anblick der einzelnen Bettlaken, die gewaschen werden sollten. Fleckenübersät. Einfach widerlich.

>>*Zier dich nicht so, Mädchen*<<, sagte Frau Schmidt harsch im Ton.

>>*Nein, das mache ich nicht. Ich will hier unten nur nichts anfassen müssen!*<<

>>*Was willst du hier unten nicht?*<<, fragte sie mich lachend.

>>*Du arbeitest in einem Hotel, Kleines. Was denkst du, was du in der Wäscherei vorfindest? Erwachsene sind wie kleine Kinder, sie pinkeln auch mal ins Bett, und wenn es feucht-fröhlich wird, sind Wichsflecken und Schneckenschleim das kleinere Übel. Glaub mir.*<<

>>*Aber ich verstehe dich, Kleines. Als ich in diesem Beruf anfing, erging es mir ähnlich. Ich wollte in keine Flecken fassen müssen, auch nichts überprüfen.*<<

>>*Eine Freundin von mir kann dir die lustigsten Storys erzählen. Sie war früher ein*

Zimmermädchen, heute ist sie hier bei uns im Haus in der Küche tätig. Die Küche wirst du diese Woche auch noch durchlaufen. Was denkst du, was dir als Zimmermädchen alles unter die Augen kommen kann<<, lachte sie grässlich.

>>*Keine Ahnung?*<<, antwortete ich und zuckte mit den Schultern.

>>*Von masturbierenden Männern und Frauen über Geburten bis hin zu Todesfällen. Alles schon erlebt, Kleines!*<<

Schockiert über ihre Ausdrucksweise, nickte ich freundlich mit dem Kopf und begab mich zu einem großen grünen Korb, der mit gewaschenem Bettzeug befüllt war. Mir lag es fern, über Intimitäten zu reden, geschweige denn zu spotten. Ich wollte die saubere Bettwäsche zusammenlegen und ließ die Worte von Frau Schmidt erst einmal sacken.

>>*Ich geh mal eine rauchen!*<<, warf mir die Schmidt zu und verschwand auch schon in der Dunkelheit des Kellerflurs.

Irgendwie war ich froh, dass sie eine rauchen ging. Mir war es hier unten zu kalt, aus dem Flur strömte noch mehr Kühle, also schloss ich die Tür hinter mir zu und machte mich zurück an meine Arbeit. Sie war eine liebe Seele, doch wollte ich lieber allein arbeiten.

***

Kurze Stille ertränkte den Raum. Nicht länger als zwei Sekunden, dann das scheppernde Geräusch der riesigen Waschmaschinen, die vibrierend auf den Gummimatten herumsprangen. Es war laut in dem kleinen Raum. Der seltsame Geruch von Weichspüler und Waschmaschinenwasser verätzte meine Nase. Es roch frostig-schimmelig. Ich konnte den Gestank nicht wirklich definieren.

Als die Waschmaschinen plötzlich zum Stillstand kamen, hörte ich seltsame Laute, nicht wissend, aus welcher Richtung sie kamen. Es klang gruselig. Wie ein Jammern oder ein zaghafter Versuch, um Hilfe zu rufen, obwohl dir jemand den Mund zuhält.

Bedacht legte ich den Kopfkissenbezug auf den Korb, blieb stehen und lauschte den gequälten Lauten. Ich drehte mich in alle Richtungen, um die Quelle zu erhaschen – dann eindringliche Ruhe, die sich in dem ganzen Keller niederlegte. Die dumpfen Geräusche waren erloschen. Als wären sie niemals hörbar durch die Gemäuer gezogen.

Ich öffnete kurz die Tür zum Flur. Dabei schoss ein frischer Windzug an mir vorbei und wehte das Erste-Hilfe Poster, welches hinter mir an der Kachelwand mit Klebestreifen befestigt worden war, in die Luft. Schnell wieder die Tür geschlossen.

Irgendwo hatte jemand ein Fenster aufgemacht. Es zog und pfiff. Der Windhauch, der mein Gesicht streifte, riss das Plakat nun gänzlich von der Wand und im gleichen Moment erschreckte mich ein leises Quietschen.

Verdattert aber konzentriert, blieb ich regungslos stehen. Ich atmete ein und hielt die Luft an. Angespannt, aber neugierig, hörte ich genauer hin. Ich bewegte mich keinen Millimeter weg und summte leise eine Melodie vor mich hin.

Das Röhrenlicht über mir flackerte auf und ein ohrenbetäubendes Summen jagte durch den kleinen Raum. Eine schmale Tür zu meiner rechten, sie war mir bisher nicht aufgefallen, sprang grässlich quietschend auf. *Dieses Geräusch.*

Eine alte, grau lackierte Tür mit einem verrosteten Bauerntürschloss aus Eisen, ebenso in der Farbe Grau gestrichen, zeigte sich mir. Sie wurde von dem Windhauch aufgedrückt.

Die Geheimtür, sehr niedrig gebaut, stand einen großen Spalt weit auf. Eiskalter Lufthauch wehte herein, wie ein Flüstern, und legte sich auf mir nieder. Kälte durchflutete meine Kopfhaut. *Gänsehaut.* Es roch komisch. Süßlich, unangenehm metallisch. *Ein Kohlekeller?*

Die Tür war keine sechzig Zentimeter breit und nur einen Meter siebzig hoch. Ich vermutete dahinter eine kleine Abstellkammer für Besen, Wischmopp und weitere Putzutensilien.

Die Neugier war dennoch groß. Ich konnte aber nichts erkennen. Es war stockduster in dem Kämmerchen. Irgendeine Stimme in meinem Kopf sagte mir, dass ich hineingehen solle. Ich wollte. Der Drang war gigantisch, nur spielten meine Beine nicht mit.

Die Aufregung stieg ins Unermessliche. Die lauten Geräusche der arbeitenden Waschmaschinen verstummten erneut. *Dieses blöde Waschprogramm.* Ich wollte hineinschauen. Ich wollte wissen, was dahinter ist. Mut war gefasst. Doch, ehe ich mich versah, zischte eine Hand an meinem Gesicht vorbei und schlug die alte Tür mit voller Wucht zu.

>>*Du hast zu tun!*<<, fauchte mich auf einmal Frau Schmidt von hinten an. Mir stieg eine Wolke aus kaltem Qualm in die Nase.

>>*Ich wollte doch nur...*<<

>>*Du wolltest gar nichts!*<<

>>*Ja, aber!*<<

>>*Nichts aber. Höre auf mit dem Schnüffeln. Du sollst arbeiten.*<<

***

Die ganze Zeit über musste ich an diese kleine Tür denken. Sie ging mir einfach nicht mehr aus dem Kopf. Ich wollte unbedingt herausfinden, was sich dahinter verbarg. Die Neugier ließ einfach nicht locker. Auch nicht, als mir Frau Bachmann in meiner halbstündigen Mittagspause unten im Foyer ein Handy in die Hand drückte. Ich sollte es im Fundbüro abgeben.

>>*Hey, Moment mal. Das ist mein Handy!*<<, stieß ich verwundert aus.

>>Wie, das ist dein Handy?<<

>>Ja! Wo haben Sie das her, und warum ist das komplett geschrottet?<<

>>Laura, das habe ich gerade vor der Drehtür gefunden. Es lag auf dem Boden und ein Gast trat unabsichtlich drauf.<<

Im selben Moment blickte ich über die Schulter meiner Chefin und sah zwei Männer und eine Frau, wie sie ihr spärliches Gepäck an der Rezeption abstellten. *Vielleicht waren sie nur geschäftlich auf der Durchreise und wollten kurz verschnaufen?* Doch warum tritt jemand auf mein Telefon, und überhaupt, wie gelangte es da hin?

>>Aber... Nein! Wie kommt denn nur mein Handy hierher? Ich hatte doch in der Wäscherei Dienst?<<

>>Laura, ich bitte dich freundlichst, deinen Ton zu mäßigen. Ich kann nichts dafür. Dann pass halt besser auf dein Zeug auf.<<

>>Entschuldigen Sie. Ich bin nur wütend und verwirrt. Ich versuche schon seit Tagen, meine Eltern zu erreichen. Und jetzt ist auch noch das blöde Ding kaputt. Die Telefone hier unten funktionieren auch nicht...<<

>>Hier, ruf deine Eltern an. Ich sende ihnen auch noch eine Mail. Sie können mir dann gerne per Mail schreiben und ich lass es dich wissen. Bis du ein neues Telefon hast<<, sagte Frau Bachmann leicht gestresst und reichte mir ihr Telefon.

>>Danke!<<

>>Nein! Ich habe zu danken. Niemand von den Technikern hatte mir gesagt, dass die Telefone hier im Foyer kaputt sind. Danke, Laura.<<

Freudig nahm ich das Telefon meiner Chefin entgegen. Die Verzweiflung stand mir gewiss auf der Stirn geschrieben. Wütend tippte ich Papas Nummer ein. Die Mailbox ging ran. Ich war enttäuscht, aber besser als nichts, also sprach ich aufs Band.

Hallo Papsch, mein Telefon ist kaputt und ich wollte nur schnell Hallo sagen. Mir geht es gut und über Mail haben wir ja bald Kontakt. Die Nummer hier gehört meiner Chefin. Und ich bräuchte ein neues Handy. Hab euch lieb! Frau Bachmann mailt euch.

>>Hier ist die Mail-Adresse meiner Eltern. Sie schreiben Ihnen gleich, ja?<<

>>Ja, mein Kind. Mach dich schnell wieder

zu deiner Pause. Ich rufe unten an und sage Bescheid, dass du länger machen darfst.<<

>>Ach, warte mal. Bevor ich es vergesse Laura. Was hältst du von Hamburg? Ich würde dich gern auf eine Hotelmesse schicken; wenn du magst.<<

>>Das klingt super, Frau Bachmann, aber lieber nicht. Ich möchte hier arbeiten! Aber... irgendwie reizt es mich doch. Ich überlege es mir.<<

>>Bis morgen hast du Zeit. Geht auch spontan!<<

Im hinteren Speisesaal, dort, wo das Hotel-Personal die warmen Mahlzeiten zu sich nehmen durfte, setzte ich mich erleichtert an einen Fensterplatz, trank einen kräftigen Schluck von der Cola, die ich mir am Selbstbedienungsautomaten genommen hatte und hoffte auf eine Rückantwort meiner Eltern.

Die kurze Erleichterung hielt nicht lange an. Ich fühlte mich unwohl und wollte nach Hause. Plötzlich roch es unangenehm vertraut. Dieser komische Rosenduft lag in der Luft. Doch ich war allein an dem Tisch.

Im Saal selbst war nur ein Kellner. Er hatte die Tische abgeräumt und stand mit dem Rücken zu mir. Dann verschwand er blitzartig. *Ob er das mit dem Zettelchen war?*

Verdutzt schaute ich wieder aus dem Fenster hinaus und blickte auf den wenig belebten Tennisplatz der Anlage. Draußen sah man den Herbst, wie er sich langsam anschlich.

Das mit meinem Handy hatte mich verstimmt. Meine Laune war an einem Tiefpunkt angelangt, aus dem mich so schnell nichts mehr ziehen konnte. Auch nicht die unnormal warmen Tage.

Bis zum Abend hin hielt sich mein Gefühlsgemüt in Grenzen. Ich wollte niemanden sehen, auch nicht sprechen oder hören müssen. Mich ärgerte das noch immer mit meinem Handy.

Andererseits ging mir diese seltsame Tür aus der kleinen Hotelwäscherei nicht mehr aus dem Kopf. Es war schon verrückt, ich dachte teilweise, ich sei bekloppt. Doch was mich noch wütender machte, war der Vorfall mit meinem Telefon. *Wie kam es ins Foyer?*

***

Auf meinem Zimmer angekommen legte ich meine Arbeitskleidung ab, *eine blaue Schürze*, zog mir den Bademantel über und ging duschen. Noch schnell das Shampoo eingesteckt, einen Blick in den Spiegel geworfen und ich schloss die Tür hinter mir und lief zum Duschraum.

Dieser war nur ein paar Zimmer weiter. Zum Glück konnte man den Duschraum von innen abschließen. In meinem Kopf weigerte ich mich, doch musste ich mir den Schweiß der Arbeit abwaschen. Ich wollte mich ungerne in einem Gemeinschaftsbad umziehen, geschweige denn dort duschen.

Den Bademantel hing ich zusammen mit dem Handtuch über eine Halterung neben dem Spiegel, schnipste mit meinem rechten Bein den Tanga in die Ecke und drehte den roten Wasserknauf bis zum Anschlag auf.

Das heiße Wasser plätscherte auf meinen nackten Körper, und für einen kurzen Moment konnte ich abschalten und alles um mich herum vergessen. *Dampf und Wärme.* Ich schloss die Augen, das Wasser rann mir über Gesicht, Hals, Schultern. Gänsehaut. Wohlig.

Ich weiß nicht, wie, aber ich muss beim Duschen die Zeit völlig aus den Augen verloren haben. Erschrocken wusch ich mich ab und kuschelte mich in den flauschigen Bademantel ein. Das Waschzeug zusammengesucht, bemerkte ich den vom heißen Wasserdampf beschlagenen Spiegel vor mir.

Vor Schreck ließ ich das Shampoo auf die nassen Bodenfliesen fallen. Jemand hatte ein großes Herz auf den beschlagenen Spiegel gemalt, mein Tanga war verschwunden. Ich wollte nur noch raus.

Vorsichtig öffnete ich die Badezimmertür und schaute, leicht nach vorne gebeugt, nach links und nach rechts und rannte blitzschnell zu meinem Zimmer.

Dort zog ich mir mein Nachtzeug an und notierte mir die Uhrzeit, wann ich ungefähr duschen gewesen war. Ich wollte Frau Bachmann mit den Tatsachen konfrontieren. Ein Brief in meinem Spind war das eine, aber dass jemand Fremdes mich beim Duschen beobachtet und mir meinen Slip stiehlt, dass ging eindeutig zu weit.

Später im Bett, wälzte ich mich hin und her. Das Handtuch auf meinem Kopf lockerte sich. Ich konnte nicht einschlafen. Ich war stocksauer, und diese blöde Tür verfolgte mich immer noch. Sie ging mir nicht mehr aus dem

Kopf. Im Zimmer fühlte ich mich auch nicht mehr wohl. Am liebsten hätte ich ein Tuch über den großen Spiegel gehangen.

***

Zerknautscht wie ich war, warf ich einen seichten Blick auf den Wecker. Die Uhr schlug Mitternacht, und meine Gedanken drehten sich. Neugierde stieg empor. *Warum hatte Frau Schmidt die Tür so schnell zugeschlagen?* Mein jugendlicher Leichtsinn, wie mein Vater immer lachend sprach, übernahm die Kontrolle und zog mich in die Waschküche runter. Der Vorfall beim Duschen, vergessen.

Ich konnte mich nicht wehren. Meine Füße waren schneller als mein Kopf. Trotz des ekelhaften Eingriffs in meine Privatsphäre, welcher eigentlich meine Alarmsignale hätte aufleuchten lassen müssen. Sie trugen mich, gesteuert von der Fragerei.

Im Keller angekommen, überrannte mich eine unheimliche Flut aus Furcht und Beklemmung. Ich konnte fühlen, dass hier etwas nicht stimmte. Als würde mich eine Macht oder Kraft an meinem Vorhaben, meine Neugier zu befriedigen, hindern wollen. Doch mein Wissensdurst trug mich vorwärts.

Szenen aus Horrorfilmen, die ich mit meinen Freundinnen geschaut hatte, rauschten mir in diesem Moment durch den Kopf. Tausend Fragen purzelten durch meinen Schädel.

Ich erinnerte mich an den letzten Film. Da ging es um Zombies, und die Kids waren in einer verlassenen High School gefangen. Doch diesen Film löschte ich schnell aus meinem Gedächtnis. Der war zu diesem Zeitpunkt keine Hilfe.

Den Keller des Hotels fand ich am Tag sehr feindselig und schauderhaft, was mich bei Nacht nicht anders über die Räumlichkeiten denken ließ. Die Küche, das Herz des Hotels, war dunkel, bis auf ein kleines Lämpchen an der Dunstabzugshaube. Sonst stockduster.

An der Hintertür der Küche, die zu einer Treppe führte, rauf zu der Lieferantenzufahrt, leuchtete das Oberlicht an der Fassade vor der Tür schwach in Grün. Links neben der Küche befanden sich die Umkleideräume. Herren wie Damen-Umkleide waren abgeschlossen. Die Waschküche stand sperrangelweit auf. Lichtschein fiel heraus. Es flackerte und summte.

Vorsichtig, mit leisen Schritten, näherte ich mich der Wäscherei. Ich klammerte mich zaghaft an dem Türrahmen fest und warf einen blinzelnden Blick in den Raum. Niemand war zu sehen. Außer mir war keiner da.

Die großen Waschmaschinen rumpelten jetzt nicht, doch summten sie im Standby. Ich nutze die Gelegenheit und ging zielgerichtet auf die kleine Tür zu, die mir seit dem Mittag die Gedanken vernebelt hatte.

Das Schloss stand auf. Die Türklinke klemmte und hing schwer nach unten. Jemand hatte sie betätigt, doch die Klinke schnippte nicht in ihre Ausgangsposition zurück.

Mit meiner rechten Hand griff ich an den Rahmen und zog die kleine Tür an mich heran. Noch ging es mir gut. Zwischen dem, was mir Angst machte und meinem Empfinden, befand sich schützend dieses grau lackierte Holz. Noch konnte ich einen Rückzieher machen. Doch schon war die Tür auf.

Erdrückende Kälte schlug mir ins Gesicht. Der süßliche Gestank, den ich Stunden zuvor wahrgenommen hatte, waberte durchs Gemäuer. Ich starrte ins Leere. *Das ist ein Gang!* Mit einem Kämmerchen hatte ich gerechnet. Aber nicht mit einem schmalen Flur. Mir war nicht wirklich wohl bei der Sache, doch meine Neugier war größer als meine Angst.

Am anderen Ende flimmerte ein rötliches Licht auf, fast orange. Das Licht kroch durch die zarten Spalte. Es war mucksmäuschenstill - und ich schlich mich vorsichtig heran. Die Tür am anderen Ende des kleinen Flurs war angelehnt und nicht verschlossen.

Nach nicht einmal zehn langen Schritten war ich bei dem rötlich schimmernden Licht angekommen. Mit Obacht blickte ich in den großen beklemmenden Raum hinein, und traute meinen Augen kaum. Eine Stimme in mir befahl mir lauthals, umzukehren; doch meine Füße trugen mich weiter nach vorne.

Vor mir stand ein glänzender Tisch aus Stahl. Daneben befand sich ein Rollwagen mit Werkzeug darauf. Ein Stuhl, ein Fernseher und ein Schreibtisch. Keine Fenster. Nur eine Tür, die wohl in ein Nebenzimmer führte.

Bei dem Anblick kam mir die Cola wieder hoch. Ich wollte gar nicht wissen, für was der Raum benutzt wurde. Mein Herz schlug wie wild und mein Puls raste. Mir wurde schlecht vor Angst.

Meine Beine waren wie angewurzelt. Ich zit-

terte am ganzen Körper. Plötzlich sprang die
Tür auf und ein Typ mit einer weißen Schürze
aus Latex betrat pfeifend den Raum. Er bemerkte mich im Schatten des Flures nicht. Es
schien ihn auch nicht zu interessieren, dass die
Tür offen stand.

Der angsteinflößende Riese trug schwarze
Gummihandschuhe. Ich erschrak und trat einen Schritt zurück, weiter in die schützende
Dunkelheit des geheimen Gangs. Dabei stieß
ich auf Widerstand und verspürte ein Pieken
an meinem Hals.

12. Leblos

Die Tür sprang auf. Zwei junge Frauen lagen regungslos, halb nackt und blutbeschmiert auf dem staubigen, schmutzigen Dielenboden, in diesem schmalen Zimmerchen, nicht größer als eine Abstellkammer. Es stank bestialisch. Die Hitze, die sich in diesem abgemagerten Raum staute, war unerträglich.

Das helle bonbonfarbige Flurlicht schoss beim Öffnen des Zimmers durch die deprimierende Räumlichkeit und zeigte den Anwesenden das schauderhafte Ausmaß.

Zwei große Männer, stämmig und muskulös, überschritten die mit Linoleum verkleidete Schwelle und beäugten die am Fußboden liegenden Mädchen. *Eine blutbeschmierte Schere.*

Die versiffte Matratze lag neben dem rostigen Bett. Die jungen Frauen machten einen verlotterten Eindruck. Eine große Blutlache schimmerte in dem eindringenden Licht.

Beide Männer trugen schwarze Anzüge, an

ihren Füßen glänzten geschniegelte Leder-
schuhe. Einer der beiden Typen, er war bulli-
ger als sein Kollege, schnaufte kurz aus; er
klang wie ein Grizzly, der nach einer erfolgs-
losen Fischjagd von dannen zog. Der Typ
krempelte sich die Ärmel seines Jacketts hoch,
kniete sich zu den Körpern hinunter und griff
zu einem der beiden Mädchen.

Sie atmete noch.

Ein leises Röcheln. Sie zuckte. Das andere
Mädchen war tot, ihr Körper kalt und steif.
Der Typ, in seinen Gedanken penetrierte er das
hilflose Ding, ein widerliches Lächeln legte
sich in seinem Gesicht nieder, griff dem nach
Luft japsenden Mädchen an den Hals.

Seine wuchtigen Hände drückten fester zu;
dann ließ er sie wieder nach Luft schnappen.
Er lachte grausam, schon fast diabolisch daher.
Es machte ihm Spaß. Früher quälte er die
Nachbarskatze auf dieselbe Weise.

>>Hör auf damit!<<

Er wütete wie ein Kleinkind, doch folgte er
den Anweisungen. Er drückte einmal fest zu,
es knackste. Dann erstarb auch ihr Atem mit
den letzten Regungen ihres sterbenden Körpers.

>>*Beide sind tot!*<<, sagte er zufrieden.

>>*Sollen wir sie wegschaffen, Miss S.?*<<

>>*Was ist das nur für eine selten dämliche Frage? Willst du sie mit zu dir nehmen?*<<

***

Die Frau stand in der Tür, knabberte ungerührt an ihren Fingernägeln und zuckte mit den Schultern. Ihr Interesse galt einem anderen Thema.

Sie war herzlos, kühl und sprudelte innerlich vor Wut, bei dem Anblick dieser beiden toten; aber noch immer wunderschönen jungen Frauen. Es passte ihr nicht. Am liebsten hätte sie die Gesichter der Mädchen mit einem Hammer bearbeitet.

Sie hatte Komplexe und versuchte, ihre Scheu vor dem Schönen mit Aggressionen zu verstecken. Seit ihrer Kindheit hatte sie mit den Vorurteilen der anderen zu kämpfen. Lästereien und Auslachen waren an der Tagesordnung.

Die Frau hasste ihre Eltern. Sie waren es, die

ein hässliches Kind zu Welt gebracht hatten - SIE.

Viel hatte sie über sich ergehen lassen müssen. Ihre Eltern ließen es zu, dass andere Kinder mit Sybille umsprangen, als wäre ihre Tochter ein grässliches Monster. Sie interessierten sich nur für sich selbst.

Sybille, auf ewig verflucht und ungeliebt.

Oft wurde sie geschlagen, angespuckt und von den hübscheren Mädchen der Schule ausgelacht. Lächelnd nach außen, verzweifelt im Inneren, später voller Zorn, hielt sie die Gräueltaten der anderen Kinder nicht mehr aus.

Eines der Mädchen, das in der Tanzgruppe der Schule aktiv war, zeigte mit dem Finger auf sie und lachte. Sybille verfluchte das Gelächter. Sie rannte den kleinen Hügel im Schulgarten rauf, griff nach dem Mädchen, krallte sich in ihrem Haar fest - und schlug ihren Kopf gegen den neben ihr stehenden Kirschbaum. Wieder und wieder hämmerte sie den Schädel gegen die harte Rinde.

Sybille hatte sie mundtot machen wollen. Sie hatte es satt gehabt, dass die anderen Mädchen auf ihr herumtrampelten. Sie konnte nichts für ihr Aussehen, doch hatte sie sich vorgenommen, sich nie wieder so demütigen zu lassen. Auch später nicht.

***

Sie liebte ihre Arbeit. Die toten Frauenkörper vor ihr trat sie in Gedanken mit den Füßen. Manchmal, wenn sie mit den geschändeten Frauenleichen allein war, steckte sie erst einen Finger und dann den nächsten in die Scheide der Opfer; bis sie zuletzt die ganze Faust einführte. Es verlieh ihr Macht, sie wollte die Mädchen demütigen. Die waren tot; doch das spielte für die Frau keine Rolle.

>>*Du weißt doch, wo die hinkommen, die es nicht überleben!*<<, sprach sie kalt.

>>*Du kannst sie auch mit nach Hause nehmen. Hauptsache, der Boss ist zufrieden. Mehr wollen wir doch nicht. Oder?*<<

Die Typen, so hoch wie Bäume, zerrten die leblosen Frauenkörper aus dem Zimmer. Sie zogen sie an den Beinen heraus. Ein kleiner Mann schlängelte sich an Sybille vorbei, bewaffnet mit Eimer und Schrubber und begann, die Blutlache aufzuwischen.

>>*Geht es Ihnen gut, Herr Herrmann? Brauchen Sie einen Arzt?*<<, fragte sie einen vor dem Bett liegenden, nackten, dicklichen Mann.

>>*Nein, alles gut, Sybille. Die Schlampe hatte versucht, mich mit einer Schere abzustechen.*<<

>>*Sie haben es ihr aber gegeben, wie wir alle sehen konnten.*<<

>>*Das hat das Miststück verdient. Und das nur, weil sie ihn nicht hinten rein wollte.*<<

>>*Herr Herrmann, nicht jede Frau steht drauf. Würde Ihnen das gefallen, wenn ich Ihnen einen oder mehrere Finger hinten reinramme?*<<, fragte sie den Fettsack mit diskriminierendem Unterton.

>>*Moment! Ich zahle, und eure Schlampen haben zu spuren. Punkt. Ich hatte schon mit dem Boss über das eine oder andere Problem gesprochen.*<<

>>*Stimmt schon. Dazu kann ich aber nicht viel sagen. Doch ziehen Sie sich erst einmal etwas über und lassen Sie diese Kraftausdrücke in meiner Gegenwart sein.*<<

13. Ermittlungen

Steiner betrat das Hotel und schaute sich sofort detektivisch um. Er war nicht hier, um Urlaub zu machen. Dabei trat er aus Versehen auf ein am Boden liegendes Handy. Er schenkte dem Ding jedoch keine wirkliche Aufmerksamkeit und ließ seinen Adleraugen freien Raum.

Der Kriminalkommissar strich, gesättigt mit Vorurteilen, durch die Gänge und ließ sich nicht abhalten. Jeder in dem Hotel konnte ein Verdächtiger sein.

>>*Was ist das?*<<, murmelte Steiner leise.

>>*Das ist, also war einmal ein Telefon! Du bist gerade draufgetreten*<<, antwortete die Schuhmann und gab das Handy bei der Rezeption ab.

Steiner und die beiden Kollegen der Potsdamer Polizei spazierten zielgerichtet auf das Büro der Hotelchefin zu. Dabei warf der Kriminalkommissar den Mantel zurück und ließ seine Pistole aufblitzen.

Klopf... Klopf...

>>Scheint wohl niemand zuhause zu sein?<<, ärgerte sich Steiner lautstark.

>>Doch, die Chefin ist gleich wieder zurück!<<, antwortete der Rezeptionist bedacht und beruhigte Steiner mit diesen Worten. Ihm fiel seine angespannte Haltung auf.

>>Gleich ist sie zurück?<<

>>Dann soll sie sich beeilen. Wir haben es eilig!<<, fauchte Steiner den kleinen, schmächtigen Mann am Tresen an.

Keine fünf Minuten nachdem die Polizisten an der Tür von der Hotelinhaberin geklopft hatten, stand die auch schon hinter Steiner und seinen Kollegen.

>>Hallo!<<, begrüßte Frau Bachmann die Polizisten handreichend von hinten. Niemand hatte sie bemerkt.

>>Hallo! Steiner mein Name, und das sind Schuhmann und Schröder...<<

>>Kommen Sie!<<, unterbrach sie den Beamten.

>>Gehen wir in mein Büro. Dort ist es ruhiger.<<

>>Darf ich mich noch weiter vorstellen?<<

>>Gleich, Herr Steiner! Kommen Sie bitte erst einmal in mein Büro.<<

In dem Büro roch es lieblich süß nach Vanille. Es war aufgeräumt, fast gespenstisch akkurat. Alles stand in Reihe und Glied. Selbst die Bleistifte, die auf der Schreibunterlage der Größe nach geordnet lagen, ließen auf eine Ordnungsfanatikerin schließen.

An der Wand hing ein Kalender mit Bildern ihrer Familie. *Nett*: Dachte sich Steiner. Auf den Regalen des Aktenschranks war kein Staubkorn zu sehen. Auf ihrem Schreibtisch stand ein alter Globus aus Mangoholz, schwarz-braun. Alles war perfekt. Schon fast inszeniert, wie in einem Möbel-Katalog.

>>Setzen Sie sich bitte hin. Ich muss nur mal eben das Fenster öffnen und frische Luft hereinlassen.<<

>>Nur keine Mühe<<, sagte Herr Schröder und fuhr fort.

>>Mein Name ist Schröder, das ist meine Kollegin Frau Schuhmann, Polizei Potsdam,

und zu meiner Linken: Kriminalkommissar Luke Steiner aus Halle an der Saale.<<

>>*Die Polizei?*<<, stotterte Frau Bachmann und plumpste eingeschüchtert und erschrocken auf ihren Stuhl. Sie warf einen grüblerischen Blick in den Spiegel rechts von sich.

>>*Wie kann ich Ihnen behilflich sein?*<<, wollte sie von den drei Beamten wissen.

>>*Nun...*<<, unterbrach Steiner seinen Kollegen.

>>*Verlassen wir mal den Zirkus und kommen wir gleich zur Sache. Hier wird ein Mädchen vermisst, welches bei Ihnen im Hotel arbeiten soll. Können Sie uns etwas dazu sagen?*<<

Steiner saß breitbeinig auf dem graugepolsterten Stuhl. Die Unterarme auf die Oberschenkel abgelegt, schüttelte er kurz den Kopf. Sein Ledermantel glänzte speckig im Sonnenlicht, welches durch das offene Fenster strahlte, und seine Stiefel, frisch geputzt, bohrten sich vor Wut in den grünen Teppichboden.

>>*Ich kann Ihnen leider nichts dazu sagen*<<, meinte Frau Bachmann freundlich und bedacht.

>>*Sind Sie sich sicher, dass es sich um eine Mitarbeiterin unseres Hauses handelt?*<<

>>*Mehr als sicher!*<<, knurrte Steiner die adrette Frau an.

>>*Alle meine Angestellten sind gemeldet und arbeiten. Mir ist nicht bekannt, dass jemand vermisst wird oder einfach nicht auf Arbeit erschienen wäre*<<, sprach sie zaghaft.

>>*Frau Bachmann...*<<, atmete Steiner genervt aus und zappelte mit den Beinen rauf und runter.

>>*Es handelt sich bei unserem Besuch nicht um eine Zimmerreservierung. Wir sind hier, weil ein junges Mädchen vermisst wird, welches bei Ihnen arbeitet.*<<

>>*Ihr Handy ist nicht immer an, und ab und zu flattern sporadisch geschriebene Textnachrichten bei den Eltern ein. Dann ist ihr Handy wieder aus.*<<

>>*Und? Was soll ich Ihnen jetzt sagen?*<<, unterbrach sie den Beamten.

>>*Bin ich Leiterin eines Kindergartens oder eines Hotels?*<<

>>*Frau Bachmann, was mein Kollege Ihnen*

gerade versucht zu erklären, ist, dass Ihr Hotel und auch Ihre Angestellten, selbst Sie, Frau Bachmann, von uns unter die Lupe genommen werden müssen<<, sprach die Beamtin Schuhmann beruhigend, um die Situation nicht ausufern zu lassen.

>>Wieso das? Sagen Sie mir einfach, wo das Problem liegt, und vielleicht kann ich Licht ins Dunkel bringen?<<, antworte Frau Bachmann angespannt.

>>Laura...<<, warf Steiner in den Raum.

>>Sagt Ihnen der Name Laura etwas? Ein süßes Mädchen, nicht größer als so ... welches aus Halle kommt und bei Ihnen ein Praktikum absolviert.<<

>>Ja, natürlich!<<, lächelte Frau Bachmann den Beamten an.

>>Laura ist ein liebes Mädchen, fleißig und wissbegierig. Sie hat sich schon nach dem zweiten Tag einen Namen bei uns im Hotel gemacht. Freunde, auch Verehrer, fand sie schnell. Vor drei Stunden fuhr sie mit zwei Kollegen nach Hamburg zu einer Hotelmesse. Zugtickets wie Hotelbuchungen kann ich Ihnen gerne kopieren und mitgeben. Ich schenkte ihr den Messe-Aufenthalt, da sie etwas Ablenkung

nötig hatte. Ihr Handy ist vor kurzem kaputt-
gegangen.<<

***

Erleichtert aber etwas überrascht über diese Meldung, zückte Steiner sein Handy und entschuldigte sich.

>>Ich gehe kurz vor die Tür. Ich muss mal eben meinen Chef anrufen.<

Es klingelt.

>>Chef, Steiner hier. So wie es aussieht, ist Laura mit ein paar Kollegen in Hamburg auf einer Hotelmesse. Die Chefin des Hauses gibt uns sämtliche Unterlagen mit.<<

>>Steiner, lassen Sie es mich umgehend wissen, wenn Sie die Papiere haben.<<

>>Das dauert!<<

>>Warum, Steiner?<<

>>Chef, mach schon einmal das Portemonnaie auf, ich bleibe hier und gehe dem Ganzen nach. Irgendwie stört mich hier etwas!<<

Während Steiner mit seinem Chef telefonierte, immer wieder brach das Gespräch kurz ab, verließen Schuhmann und Schröder das Büro der Chefin und hielten dem Beamten die Unterlagen vor die Nase. Es schien alles in Ordnung zu sein. Der ganze Stress für nichts.

Steiner beendete das Gespräch mit seinem Chef und hielt kurz inne.

>>*Ging aber schnell!*<<

>>*Sind das die Buchungsbelege, die beweisen können, dass Laura auch wirklich im Namen des Hauses auf einer Messer ist?*<<

>>*Ja! Zugtickets, Hotelbuchung und Namen der Reisenden*<<, antwortete Schröder.

>>*Reicht mir aber nicht!*<<

>>*Wisst ihr was, wir bleiben zwei Nächte hier und gehen dem Ganzen nach!*<<, sprach Steiner und zückte seine Kreditkarte.

>>*Ich will auf Nummer sicher gehen!*<<

14. Wozu hat man Freunde

Lauras Freunde verteilten in ganz Halle Flugblätter mit ihrem Foto und einer Telefonnummer darauf, wo die Leute anrufen konnten, die etwas wussten oder wichtige Informationen hatten, die zur Aufklärung von Lauras Verschwinden beitragen konnten. Eifrig und keine Zeit verschwendend.

Selbst die medialen Zweige wurden genutzt. Einige ihrer Freunde hatten Freunde und Freundes-Freunde, die in Sachsen lebten, studierten, arbeiteten; auch in Berlin und Umgebung. Jeder ihrer Bekannten machte sich Gedanken. Niemand konnte verstehen, dass Laura einfach vom Erdboden verschluckt worden war. Das zarte Mädchen, mit dem großen Herzen.

>>*Ich kann nicht glauben, dass Laura verschwunden ist!*<<, sagte ihre bessere Hälfte in die Runde.

>>*Ich auch nicht!*<<, sprach ein ehemaliger Klassenkamerad.

>>*Wir dürfen uns nicht verrückt machen*<<, sprach Lauras beste Freundin Monika.

>>*Wichtig ist, dass wir Augen und Ohren offenhalten. Vielleicht erfahren wir etwas.*<<

Die Freunde trafen sich in dem Jugendclub am alten Thüringer Bahnhof, direkt am halleschen Hauptbahnhof. Dort verbrachten sie jeden Mittwoch etwas Zeit zusammen, diskutierten, debattierten, spielten Karten und genossen einfach die gemeinsamen Stunden. Doch nicht an jenem Mittwoch.

Die Zeit rannte. Wie vereinbart, war jeder erschienen. Lauras Platz *jedoch* blieb leer und riss die Stimmung erneut in den Keller – ihre Freunde aber zogen alle am gleichen Strang.

Monika hatte einen Tag zuvor persönlich mit Lauras Eltern gesprochen. Sie kannten Monika seit ihrem sechsten Lebensjahr. Beide Familien waren eng befreundet. Die beiden Mädchen waren wie Schwestern. Freunde, die keinerlei Geheimnisse voreinander hatten. Unzertrennlich.

***

Als sie noch klein waren, nicht älter als sechs Jahre, spielte sie gerne im Keller mit Freunden Verstecken. Das war ihr Lieblingsspiel gewesen. Die Mädchen wuchsen in Halle Neustadt in einem Hochhaus auf. Der perfekte Spielplatz.

Der Keller des Hauses war groß, gespenstisch dunkel und bestand aus einem Hauptgang, der mit kleineren Gängen verzweigt war. Die Steinwände waren weiß gemalert. Kleine spitze Steinchen waren unter die Farbe gemischt worden und ergaben eine spitze-raue Oberfläche.

Oft kratzen sich die Kinder beim Spielen und Rennen durch die schmalen Gänge Hände und Arme auf. Sauber gestrichen waren die Wände, aber sie rochen nach altem feuchtem Gemäuer.

Die Kellerabteile waren unheimlich. Die Lampen strahlten schwach. Das Gehäuse der Kellerlampen bestand aus geriffelten, verbleichten Plastikschalen. Überall hingen Spinnenweben von den feuchten Decken herunter. Man konnte die Nässe förmlich riechen und schmecken.

Die Kinder fürchteten sich vor den hölzernen Trennwänden der einzelnen Kellerabteile, was das Spielen da unten noch spannender gemacht hatte. Die, wie sie selbst sagten, der perfekte Ort zum Versteckspielen waren.

Links von dem Hauptgang befand sich eine massive Sicherheitstür aus Stahl. Sie war schwarz lackiert und wog knapp achtzig Kilogramm. Manchmal, es kam selten vor, stand sie ohne jeglichen Grund weit auf. Kein Hausmeister war in Sicht. Und wenn man die Schwelle überschritt, gelangte man in den Keller des Nachbarhauses.

Es war düster. Monika und Laura versteckten sich in einem langen Zwischengang, der noch angsteinflößender war als die anderen zuvor. Die beiden Mädchen hockten in einer Ecke, angelehnt an einer dieser hölzernen Parzellen. Kindergeflüster überall. Man hörte die Schritte der anderen, die suchend durch die Gänge wuselten.

Monika kicherte und rannte plötzlich los. Ihre Freundin wollte folgen, konnte aber nicht. Laura wurde festgehalten. Etwas griff nach dem Saum ihres Kleidchens.

***

>>Habt ihr etwas über Lauras angebliches Verschwinden erfahren?<<

>>Leider nicht, Moni. Leider nicht!<<, sprach Lauras Mama ratlos.

>>Wir dürfen nicht aufgeben. Ich habe mit einigen Freunden Flugblätter verteilt. Mit Marcus habe ich auch telefoniert. Er kommt heute noch in Halle an.<<

>>Das ist so lieb von dir, Monika<<, freuten sich Lauras Eltern.

Ein Hoffnungsschimmer für die verzweifelnden Eltern, die wie auf heißen Kohlen saßen. Über die riesige Anteilnahme freuten sich Erika und Roland sehr.

Sie konnten nicht fassen, mit welchem Engagement Lauras Freunde auf die Straße gingen und ihrer Tochter eine Stimme schenkten. Zugleich hofften sie, dass es keinen Ärger von der Polizei gab, da ihre Tochter offiziell nicht als vermisst galt.

Selbst Marcus, ihr langjähriger Freund aus Thüringen, ein lieber und freundlicher Kerl, machte sich auf die Suche nach Laura und fuhr, ohne mit der Wimper zu zucken, nach Halle.

Er war, wie alle anderen, tief getroffen. Er konnte es nicht verstehen. Jahrelang, seit sie Kinder waren, führten sie eine Brieffreundschaft. Und jetzt sollte Laura einfach so verschwunden sein?

In ihrer letzten Nachricht schilderte sie ihm den gesamten Ablauf des Praktikums. Die beiden telefonierten auch täglich. Stündlich flatterte eine neue WhatsApp herein.

Die Briefe, die sich die beiden regelmäßig schrieben, ein Hobby, was die beiden Freunde tief miteinander verband. Auch als sie älter wurden.

15. Mutter

Seit einigen Wochen benahm sich unsere Mutter seltsam. Sie hatte sich ihren Traum von einem eigenen Hotel erfüllt, wovon wir zuvor nie ein Wörtchen gehört hatten. Ihre Laune war trotz erfülltem Wunsch plötzlich im Keller.

Mein Bruder und ich zogen, ohne groß zu knurren, mit aufs Land, wo Muttis Schatz an einer einzelnen Durchgangsstraße auf einem riesigen Acker stand. Unserem Vater zuliebe, benahmen wir uns und schluckten den Staub.

Links und rechts ein paar Häuser, die man an einer Hand abzählen konnte. Ein kleines und auf uns Kids unspektakulär wirkendes Dörfchen - *was blieb uns anderes übrig?*

Gut, es waren bestimmt ein paar Häuser mehr gewesen. Ich wollte in die Stadt zurück. Eine Wahl hatten wir *aber* leider nicht. Schön war nur, dass sich Papa mehr Zeit nahm und nicht immer in seiner blöden Kanzlei herumlungerte.

Papa sagte eines Tages zu mir und meinem Bruder, dass Mama ein Hotel renoviert - und ehe wir uns versahen, kein halbes Jahr später, waren wir hier. Wir hatten gar keine Chance gehabt.

>>*Hast du mit Mama geredet?*<<

>>*Ja, Maria. Mama ist nicht davon abzubringen. Sie versteht unser aller Bedenken. Geben wir ihr einfach eine Chance.*<<

>>*Das Marvin und ich aber keinen Bock auf neue Schule und so haben, ist euch klar, ja?*<<

Mein Gezicke war nicht hilfreich, aber mich nervte das mit Mamas Hotel und dem Umzug aufs Land. Nun saßen wir in unseren neuen Zimmern, in der neuen kleinen Villa, auf dem Dorf, zwischen Kühen und Schweinen.

Das Hotel war keine zehn Minuten mit dem Auto entfernt; und doch wollten wir wieder zurück in die Großstadt. Zurück zu unseren Freunden und in unsere Schule. In Kauf nehmen, dass unsere Eltern lange arbeiten und noch längere Arbeitswege als die zehn Minuten hätten.

Wir gönnten unseren Eltern, eigentlich nur Mutti, ihr Vorhaben, keine Frage; doch waren wir sauer, weil unsere Eltern alles übers Knie brachen und uns nicht einmal gefragt hatten, ob es für uns o.k. sei. Und um ehrlich zu sein, ich war nur zwei Mal in diesem Hotel. Marvin schon öfter. Mich interessierte das alles nicht.

Ich konnte das Gasthaus nicht leiden. Ich sah Mamas Hotel nicht als ihren Job oder als Einnahmequelle an – für mich war das Hotel ein Störenfried. Vergleichbar mit einem unangenehmen Klassenkameraden, den man am liebsten auf das Maul hauen will, da dieser nur den Unterricht stört.

Das war kein Geheimnis. Wir stritten uns des Öfteren wegen der erdrückenden Situation. Mutter verstand nicht, warum ich so rebellieren würde. Dabei versuchte ich meiner Mutter nur, die Ignoranz aus dem Gesicht zu wischen.

>>*Jedes Mal, kommst du mir blöd und überhaupt, ich kann nicht mehr normal mit dir reden!*<<

>>*Das könntest du, Mutti. Du müsstest nur mal zuhören. Für dich gibt es nur noch das Hotel und sonst NICHTS. Hast du mich oder meinen Bruder nur einmal gefragt was wir wollen; ob wir Bock auf das hier haben?*<<

>>*Das muss ich nicht, mein Kind. Ich ver-*

diene Geld. Du hast Essen auf dem Tisch, ein Dach über dem Kopf, ein sehr schönes noch dazu, trägst immer die besten Kleider und hast den neusten Handyschrott. Was willst du mehr?<<

>>*Eine Mutter, die mir vielleicht zuhört, zum Beispiel!*<<, schrie ich sie voll.

Marvin war gerade siebzehn geworden und ich vierzehn Jahre. Es war hart für uns. Wir waren keine sechs Wochen hier, als mich ein unwohles Gefühl in der Magengegend quälte.

Seit knapp fünf Wochen schmerzte es, und Mama war nur zwei Mal am Abend zuhause gewesen, ansonsten verbrachte sie die ganze Zeit in ihrem blöden Hotel.

***

Morgens bekamen wir sie nie wach zu Gesicht. Unsere Mutter lag in ihrem Bett oder manchmal auf der Couch im Wohnzimmer und schlief so fest wie ein Stein. Nicht einmal die Küsschen, die Marvin und ich ihr auf die Wange drückten, bekam sie mit.

Anfangs war es in Ordnung für mich und meinen Bruder; doch mit der Zeit wurde es immer schlimmer. Selbst Papa, eigentlich ein sehr ruhiger Mensch, fluchte hin und wieder über Mamas Arbeit. Wir waren unzufrieden. Doch wir stießen auf taube Ohren.

Es gab mehr schlechte Tage als gute. Wir kamen einfach nicht mehr an Mama heran. Mama war wie ausgewechselt. Sie stand unter Strom und ernährte sich nur noch von Kaffee und Zigaretten.

Die Augenringe quollen herunter und ihre Haare brachen. Stress. Sie stand unter enormen Druck, wollte aber nicht, dass wir es mitbekommen.

Manchmal hatte ich das Gefühl, dass Mama einen Geist gesehen hätte. So blass war sie. Unsere Mutter machte auf uns alle oft einen verstörten Eindruck. Innerhalb der wenigen Monate, die wir dort lebten, veränderte sich ihr Wesen.

Am Tag vor dem großen Knall kam ich früher als geplant von der Schule nach Hause. Ich musste laufen, da der bescheuerte Schulbus nur drei Mal am Tag fuhr. Früh um sieben Uhr zur Schule hin und am Nachmittag, einmal um dreizehn Uhr dreißig und dann wieder sechzehn Uhr fünfzehn. Mein Bruder musste noch zwei Stunden die Schulbank drücken und Papa war bei einem Klienten im Krankenhaus.

Mit schweren Schritten hatschte ich über den staubigen Trampelpfad neben der Fahrbahn. Der schmale Weg war keine vierzig Zentimeter breit, holprig und steinig. Neben mir ragten zwei Meter hohe, grün-gelbe Maispflanzen in die Höhe; zwischendrin vereinzelte Mohngewächse in kräftigem Rot, strahlendem Weiß und zartem Lavendel.

Den lieblichen Lilaton mochte ich am meisten. Er war selten. Meine weißen Adidas Sneaker waren braun vor lauter Dreck. Ich trank den letzten Schluck Wasser aus der Flasche und war genervt von allem.

Der schönen Natur konnte ich in diesem Moment nicht wirklich etwas abgewinnen. Selbst das Vogelgezwitscher, welches aus den Baumkronen in die Luft stieg, ging mir auf den Zeiger.

Vor unserem Haus bemerkte ich einen graumattlackierten Mercedes mit französischem Kennzeichen. Mir war der Wagen unbekannt, auch habe ich dieses oder ein ähnliches Modell nicht bei unseren Nachbarn stehen sehen. Ich fand das alles etwas komisch.

Langsam schlich ich um den Wagen herum und beäugte diesen. Ich hörte Stimmen aus dem Haus. Lautes Lachen.

Schnell führte ich den Haustürschlüssel in das Schloss, als plötzlich die Tür aufsprang. Mama, ein komisch aussehender Mann und eine mir völlig unbekannte Frau standen vor mir. Der Typ trug eine auffällige Kette um seinen Hals, und seine weibliche Begleitung stach mir mit ihren langen Fingernägeln fast die Augen aus.

Es gab keine Begrüßung. Sie würdigten mich keines Blickes – und ich schaute beide nur verärgert an. Bevor ich etwas sagen oder eine Frage stellen konnte, brachte Mutter hastig die Fremden vor zum Eingangstor und schob mich peinlich berührt in das Haus. Sie verleierte die Augen.

Natürlich wollte ich die Gelegenheit nutzen, als Mama zurück war, mit ihr zu reden. Allerdings hatte ich keine Chance, mit Mama zu sprechen. Sie blockte sämtliche Fragen ab, die mit den Beiden zu tun hatten. Sie war gesprächig, herzlich, doch wollte sie mir nichts über die Personen erzählen.

Angewurzelt blieb ich in der Küche stehen, starrte Mama an, bis sie sich mir zuwendete.

Sie sah mir die Wut in den Augen an. *Sprich jetzt mit mir!* Verärgert stellte ich das Glas auf der Arbeitsfläche ab.

>>*Das waren nur Hotelinteressenten aus Frankreich.*<<

Nach genauerem Nachbohren, ich glaubte ihr kein Wort, meinte Mama zu mir, dass die beiden französische Immobilienmakler und Hoteliers wären, die ihre Hotelkette **Laurent Hotel** in Deutschland publikmachen wollten.

Sie hätten Mamas Hotel im Internet gefunden, waren erstaunt darüber, wie ein einzelnes, so kleines Hotel so einen festen Stammplatz auf den verschiedensten Vergleichsseiten im Internet bekommen hatte; von den vielen positiven Rezensionen mal abgesehen. Natürlich googelte ich das Hotel, von dem Mutter sprach, nach.

Auf der hauseigenen Homepage fand ich die beiden Personen wieder, die noch kurz zuvor in unserem Haus waren. Das alles war aber für mich keine Entschuldigung dafür, dass meine Mutter zu einer ignoranten Ziege mutierte.

16. Gefesselt

Stechen.

Ein Brennen, wie Sand, so unangenehm in den Augen. Ihre Augenlider waren schwer und fielen immer wieder zu. Laura sah nur verschwommen, und die hämmernden Schmerzen an ihrem Hinterkopf strahlten durch ihren spillerigen Körper.

Von Kopf bis Fuß. Ihr tat alles weh. Immer wieder blinzelte die junge Frau gequält und voller Schmerzen durch den emotionslosen und kühlen großen Raum. Dann fielen ihre Augen wieder zu. Ein Sekundenspiel.

Über Laura hing eine vergilbte Rasterleuchte, spärlich mit Draht an der unverputzten Decke befestigt. Sie warf wenig Licht in den Raum. Es war geisterhaft still um sie herum. Ihr Kopf drückte und dröhnte. Die junge Frau versuchte, sich zu sammeln, ihre Gedanken zu sortieren.

Sie hörte seltsame Geräusche. Es stöhnte und

winselte. Drei verschiedene Stimmen nahm sie wahr. Sie diskutierten und lachten. Laura erkannte keine von ihnen.

Leise stieß sie ein *AUA* aus; die Lippen spröde-rissig - und wollte sich an den Kopf fassen. Doch das ging nicht. Ihre Hände waren an einen kalten Stahltisch gekettet, auf dem sie lag, sich vor Schmerzen krümmte. Sie wollte schreien, doch fehlte ihr die Kraft. Laura konnte keinen Ton herausbringen.

Alte Lederriemen umfassten ihre dünnen, aufgescheuerten Handgelenke, wie die Python ihre Beute. Bei jeder Bewegung schnürte sich das Leder mehr und *mehr* zusammen. Panik brach aus. Ihre Atmung wurde schneller.

Die Beine waren gespreizt; die Hose lag auf dem Fußboden vor dem Tisch - und wie die Arme, waren auch die feurig roten Extremitäten an dem Tisch festgebunden. Sie konnte sich nicht bewegen. Keine Chance auf Entkommen.

Ihr war kalt und sie zitterte am ganzen Körper. Lauras Scheide brannte wie Feuer. Vor Angst pullerte sie auf den Tisch. Die kleinen feinen Härchen auf ihren Armen richteten sich auf. Gänsehaut breitete sich auf ihren Körper aus. Es roch nach altem Blut und Staub; wie ein vergessener Raum, der jahrelang verschlossen geblieben war, so modrig.

Ein heftiger Schlag auf den Hinterkopf hatte Laura zu Boden gerissen. Das Stechen im Hals stammte von einer Betäubungsspritze, die man ihr in den Hals gestochen hatte. Das kleine Loch, nicht größer als eine Nadelspitze, juckte unerträglich.

Ihr Schädel schmerzte zunehmend. *Wie lange war ich weg?*

Der Raum, in dem sie sich befand, war ein altes Schlachterzimmer aus den frühen Neunzehnhundertzehnern. An den grau gekachelten, fensterlosen Wänden Fliesen mit rosettenartigen Mustern, die die weißen Mauern verzierten, zog sich eine rostige Stange entlang. An der porösen Eisenstange, die in einen Meter neunzig Höhe an den Wänden befestigt war, hingen dutzende S-förmige Haken; Fleischerhaken; spitz und bereit, frisches Schlachtgut zu durchbohren.

Zu ihrer Rechten stand ein blauer Plattformwagen, beladen mit mehreren blutverschmierten Säcken. Das Blut tropfte durch den Leinenstoff zu Boden.

In einer anderen Ecke lag eine leblose Person, umwickelt von Draht. Laura hörte eine Stimme, die in einem Befehlston sagte: *Schmeißt ihn in den See.*

Der Draht dient der Unsichtbarkeit. Die leblose Person sei transportfertig, so vernahm Laura eine Stimme.

Die junge Frau bekam es mit der Angst zu tun. Sie wusste, dass der Draht nur für eines gut war. Wenn die Leiche bläht, die Fäulungsgase entweichen, schneidet sich der Draht immer weiter in das tote Gewebe; die Leiche bleibt am Grund des Gewässers und treibt nicht hoch an die Oberfläche. Grausig war der Gedanke. Warum hatte sie sich diese Filme ansehen müssen?

Langsam realisierte sie das Ausmaß und begriff, in welcher gefährlichen Lage sie sich befand. Vor dem Stahltisch stand ein massiver Werkstattwagen mit einer hölzernen Ablagefläche, auf der sich funkelndes chirurgisches Werkzeug befand. Die Schubläden waren mit einem kleinen Vorhängeschloss verriegelt. Ihr wurde wieder schwummerig. Laura nickte erneut weg.

***

Ein lauter Knall ließ die junge Frau nicht zum ersten Mal hochschrecken. *Wo bin ich hier?*

Immer wieder ruckelte sie an den Lederschellen. Sie wollte fliehen. Laura wollte nach Hause zu ihren Eltern. Innerlich schrie sie laut. Die junge Frau zerbrach sich den Kopf. Sie konnte sich nicht erinnern, wie sie in den Raum gelangt war. Das Herz sprang ihr fast aus der Brust.

Ihre letzten Erinnerungen waren klar. Der Rest vernebelt und dunkel. Sie erinnerte sich, wie sie mit einer ihr nicht bekannten Person in der Waschküche gestanden hatte. Sie sollte Wäsche zusammenlegen. Das waren ihre letzten Erinnerungen. Der Rest nur Gedanken-Fetzen. Filmrisse.

Wieder und *wieder* nickte sie kurz weg. Nicht lange. Ein paar Sekunden; doch diese kleinen Zeitrisse reichten aus, um Laura aufs Neue zu verunsichern.

Sie schrak auf. Rang nach Luft. Jemand stand vor dem Tisch und tupfte mit einem rauen Tuch ihre Scheide trocken. Es brannte, und die Schamesröte färbte ihr blasses Gesicht. *Den Urin habe ich schon aufgewischt, wir wollen doch, dass du sauber bist!*

17. Spuren

Wir machten uns auf die Spur und hinterfragten einfach alles. Niemand von uns konnte schlafen, geschweige denn an eine ruhige Nacht denken.

Wir hielten uns gegenseitig wach. Wir hatten uns die Nächte um die Ohren geschlagen. Es konnte nicht sein, dass sie einfach so spurlos verschwunden war. Laura war doch meine beste Freundin. Unsere Freundin, unsere Klassenkameradin.

Wir alle kamen uns wie Darsteller in einem schlechten Krimi vor. Ich wollte sie nicht verlieren. Lauras Eltern wollten ihr Kind nicht missen. Niemand von uns wollte Laura verlieren.

>>*Facebook, Instagram… Wo können wir noch um Mithilfe bei der Suche nach Laura hoffen?*<<, fragte ich launisch in die Runde. Ich war geladen vor Wut. Ihr Stuhl noch immer leer.

>>Ich hatte bei der Polizei angerufen und denen mitgeteilt, dass wir im Social Network um Hilfe gebeten haben. Sie befürworten unser Tun und hatten sich bedankt. Es gab keinen Ärger! Leider war's das auch schon<<, meinte Fabian enttäuscht. Ihm stand auch eine gewisse Wut im Gesicht geschrieben.

>>Und ich habe mit Lauras Eltern telefoniert. Der momentane Stand sieht so aus: Ein Herr Steiner, Kriminalpolizei Halle und zwei Potsdamer Bullen machen sich vor Ort ein Bild. Was und wie, konnten sie mir auch nicht sagen. Aber sie freuen sich, dass wir ihnen so tatkräftig zur Seite stehen<<, warf ich in die betrübte Runde.

>>Naja, was bleibt uns auch anderes übrig?<<, sabbelte Cindy leise vor sich hin.

Wir waren keine Menschen mehr. Wir funktionierten nur noch; wie ferngesteuerte Roboter. Alle, die wir in der Runde saßen, waren mies drauf. Es war schlimm genug, dass wir kein Auge zubekommen hatten, doch wie musste es Laura und ihren Eltern ergehen?

Lauras Eltern unterstützten uns bei unserem Vorhaben, gaben uns Fotos, Details, was Geltow anging. Wir mussten Laura finden. Es durfte kein weiterer Tag vergehen.

***

Am späten Nachmittag hatte ich mich mit einem befreundeten IT-Fritzen aus unserem Kreis getroffen, der mir bei der Suche nach Lauras Telefon helfen sollte. Frank und ich, wir hatten mal eine kleine Liaison. Wir kannten uns seit vielen Jahren und hatten das eine oder andere Date – und ich brauchte dringend seine Unterstützung.

Mir war das mit Lauras Telefon nicht geheuer. Ich fand die Story von einem kaputten Handy haltlos. Niemals glaubte ich auch nur eine Sekunde daran.

Lauras Eltern waren hin- und hergerissen. Sie wussten nicht so ganz, was sie glauben und was sie nicht glauben sollten. Es war ein Spiel mit der Zeit. Und Zeit ist kostbar. In Lauras Fall war sie kostbarer denn je.

Wir griffen nach jedem Strohhalm. Für mich war Frank die letzte Lösung. Auf die Recherchen der Polizei konnte ich nicht warten. Ich wollte meine beste Freundin zurück.

>>*Und du kennst dich wirklich mit dem ganzen Scheiß hier aus?*<<, fragte ich Frank aufgeregt.

>>*Wenn ich's dir doch sage, Monika. Lass mich mal machen. Ich verspreche dir eine präzise Geolokalisation.* <<

>>*Ich habe keine Zweifel an deinen Fähigkeiten, Frank. Nur kann ich mir nicht vorstellen, wie du ein Handy orten willst, was kaputt oder aus ist?*<<

>>*Pass auf...! In der Regel muss das Handy eingeschaltet sein, um eine GPS-Ortung oder einen anderen Ortungsdienst in Betracht ziehen zu können. Und weißt du, was am besten ist? Lauras Eltern haben frühzeitig mitgedacht.*<<

>>*Hä? Wie meinst du das?*<<, wollte ich von ihm wissen. Ich war irritiert.

>>*Bevor Laura nach Geltow fuhr, haben ihre Eltern bei mir angerufen und mich gefragt, ob es Möglichkeiten der Handyverknüpfung, also Überwachung, gäbe. Sie vertrauen ihrer Tochter, doch misstrauen sie der Welt da draußen. Und was soll ich sagen? Ich habe mitgedacht.*<<

>>*Spann mich nicht auf die Folter. Erzähl, Junge.*<<

>>*Normalerweise wird ein Smartphone oder Handy durch* **Drücken der Ein-Aus-**

Taste ausgeschaltet. Zum Glück gibt es aber einige Schadprogramme, die dem Nutzer vorgaukeln, ihr Telefon sei aus, obwohl es nicht wirklich aus ist. Das wiederum ermöglicht mir nun die Suche nach Laura und es erleichtert es mir auch.<<

>>Warte...! Willst du mir jetzt sagen, dass Lauras Handy nicht aus ist, obwohl es aus ist. Ob Akku leer oder von ihr selbst oder noch schlimmer, von jemand anderen ausgeschaltet, das Handy ist noch an?<<

>>So kann man es sagen. Früher war es einfacher. Akku raus und fertig. Geht heute aber nicht mehr so einfach. Lass mich mal etwas versuchen.<<

>>Das kann doch die Polizei auch, oder nicht?<<

>>Die Polizei kann das sicherlich. Nur sind wir schneller. Wir brauchen keine richterlichen Beschlüsse, die wertvolle Zeit rauben.<<

Angespannt, aber mit einem großen Hoffnungsschimmer, saß ich neben Frank auf einer alten Ledercouch, schmiss die Beine auf den Tisch und hoffte innerlich auf ein positives Ergebnis. Ich tippte meinen Freunden die Neuigkeiten per Messenger; löschte die Gruppen-

Nachricht aber wieder, weil ich mir nach Franks Erzählungen nicht mehr so sicher war, ob ich geschützt oder gläsern war.

Mir fiel ein Stein vom Herzen, auch wenn es keine hundertprozentige Garantie für Erfolg gab. Lauras Eltern hätte ich auch gern informiert und ihnen die erfreulichen Nachrichten übermittelt; doch hielt ich meine Euphorie über den baldigen Triumph im Zaum. Ich wollte keine schlafenden Hunde wecken. Und auch Telefongespräche werden mitgehört. Das hatte ich in einer Dokumentation gesehen.

Die Zeit verging. Kostbare Minuten flogen dahin, als Frank plötzlich aufschrie und die Dose Energie über seine Hose verschüttete. Der Schreibtisch in seinem Keller, er nannte den Bereich des Hauses gerne mal seine Kommandozentrale, sah einfach nur abartig schlampig aus.

Überall lagen zerknüllte Chipstüten verteilt herum, leere Getränkedosen so weit das Auge reichte. Den Aschenbecher hatte er auch schon länger nicht mehr geleert.

Frank hatte tatsächlich ein Signal eingefangen. Lauras Handy war aktiv. Es sendete uns einen ungefähren Standort und wir wussten nun, dass ihr Telefon nicht kaputt war, wie behauptet worden war. Frank druckte mir die angepeilte Stelle aus und drückte mir den Zettel in die Hand.

>>Reiche es weiter! Aber erzähle niemanden, von wem du das hast.<<

18. Bauchgefühle

Etwas sagte mir, dass ich hierbleiben und recherchieren musste. Wir bezogen unsere Unterkünfte und trafen uns dann in meinem Hotelzimmer auf ein Meeting.

Ich hielt nicht viel von den Äußerungen, dass Laura in Hamburg irgendeiner Hotelmesse beiwohnte. Mir missfiel das Auftreten der Bachmann. Eine furchtbare Frau. Sehr von sich eingenommen. Und sagen kann man viel.

In dem Hamburger Hotel war sie jedenfalls nicht angekommen. Das Telefonat war hilfreich gewesen. Also, wo war sie?

Ich kontrollierte Bachmanns Aussagen wieder und *wieder*. Im Hotel angekommen war sie nicht. Im Internet wurde mir angezeigt, dass die Messe geöffnet hatte, doch mein Bauchgefühl sprach zu mir, dass ich suchen musste. Ich wusste nicht, nach was, aber ich musste suchen.

Dass Frau Bachmann keinen Schimmer hatte, wer von ihren Angestellten wo was macht, glaubte ich schon. Diese perfekte, schon fast nahezu inszenierte Hülle ihrer Persönlichkeit, zeigte mir sofort, dass ihr andere Dinge wichtiger waren, solange sie einen Nutzen daraus ziehen konnte. Sie war sehr darauf bedacht, was andere über sie denken könnten; wie sie für andere rüberkam.

Ich lief in meinem Hotelzimmer auf und ab und mir fiel die Genauigkeit des Raumes auf. Allerdings verstand ich nicht, warum man so einen großen Spiegel in die Wand einlassen musste. Das hatte ich noch nie zuvor in einem Hotel gesehen.

Mein Zimmer war okay. Ich konnte mich nicht beschweren. Die Frau hatte einen echt guten Job gemacht. Dass das Hotel vor vielen Jahren eine Scheune war, nun mit neuem Anbau, kaum zu erahnen. Doch in dieser Perfektion stimmte etwas nicht. Ich musste nur wissen, was.

Die Bachmann schien sehr klare Vorstellungen zu haben. Sie vermischte alte Zeitgeschichte mit neuem Stil. Das gefiel mir gut. Nur diese hässliche Tapete schreckte mich ab. Diese bunte, mit Blümchen überladene Tapete erinnerte mich an meinem letzten Fall, wo Kai Weber zusammen mit seiner Mutter die kleine Josie in einer alten verlassenen Gartenlaube gefangen gehalten hatte. Ein widerliches Monster.

***

Kai vergewaltigte kleine Kinder und schnitt ihnen die Zungen heraus, wenn sie nicht nach seinen Regeln spielten. Die Erinnerungen umschlugen sich.

Seine Mutter, eine alte Blinze, hatte sich das Leben genommen, was nicht weiter tragisch für mich war. Doch wie damals, sprach auch in diesem neuen Fall mein Bauchgefühl zu mir.

Ich hatte Kai das Handwerk legen können, doch schaffte ich es nicht, hinter dessen Fassade zu blicken. Tage und Nächte hatte ich mir um die Ohren geschlagen. Ich wollte ihm als Mensch nahe sein und seine kranken Fantasien verstehen.

Kai war sehr intelligent und manipulativ. Am Tag der Verhaftung ging es mir gut, auch als er im Gefängnis saß. Von Familie Perke hatte ich eine herzliche Karte geschickt bekommen, wo sich alle noch einmal bei mir persönlich bedankten. Perkes neuen Roman hatte ich mir auch gekauft, aber nie angefangen zu lesen. Lesen machte mich immer so müde.

Während ich vor der hässlichen Tapete stand, in Gedanken schwelgte, klingelte mein Telefon und riss mich schlagartig in die Wirklichkeit zurück.

>>*Steiner, wo sind Sie?*<<, schrie mein Chef in den Hörer.

>>*Noch immer hier, Papi!*<<

>>*Steiner, ich schalte jetzt auf laut. Hier ist eine Frau Lehmann die Sie unbedingt sprechen möchte.*<<

>>*Hallo, Herr Steiner! Monika Lehmann hier. Ich bin die beste Freundin von Laura und ich habe ihr Telefon geortet.*<<

>>*Moment! Moment! Noch einmal zum Mitmeißeln, Mädchen. Du hast Lauras Telefon geortet, was ausgeschaltet ist, wobei ich stark davon ausgehen kann, dass du nicht bei der C.I.A. arbeitest, sondern irgendwo illegal verknüpft bist?*<<

>>*Nun ja, Herr Steiner, seien Sie uns bitte nicht böse...*<<

>>*Oh, jetzt ist aus einem **ich habe**, ein **uns** geworden. Ganz großes Kino. Wer ist denn **UNS**? Mit wem habe ich das kriminelle Vergnügen?*<<

>>*Hi! Mein Name ist Frank, und ich habe auf den Wunsch von Lauras Eltern hin; ohne dass es Laura wusste, ihr Handy mit einer Software verknüpft, die es mir erlaubt, ihr Telefon zu orten, auch wenn es ausgeschaltet ist.*<<

>>*Bitte was? Ihr zwei Lutscher wollt mir hier gerade erzählen, dass ihr wisst, wo Lauras Telefon sich befindet? Wie alt seid ihr? 17, vielleicht 18, kaum Haare im Schritt, aber wissen, wie man aus einem Tamagotchi einen Transformers bastelt? Ich bin ganz OHR.*<<

>>*Steiner, die beiden haben mir gerade das Signal gezeigt. Lauras Telefon ist genau bei Ihnen. Es muss in dem Hotel sein, wo Sie sich befinden. Ich weiß nicht wie, aber ziehen Sie den Finger*<<, unterbrach mich mein Chef.

>>*Stei... Steine... Hallo?*<<

Ich war sprachlos. Der Alte schickte mir einen Screenshot per WhatsApp, und siehe da, tatsächlich, Lauras Telefon; hier im Hotel. Ich traute meinen Augen kaum. Dieser Frank, er musste ein technisches Genie sein, wollte anfangs nicht mit der Polizei zusammenarbeiten. Zum Glück konnte ihn seine Freundin davon überzeugen, dass es das Beste für alle, vor allem für Laura, war.

>>*Was machen wir jetzt mit den Kindern?*<<, wollte ich wissen.

>>*Das lassen Sie mal meine Sorge sein! Finden Sie nur Laura. Und zwar Pronto!*<<, verabschiedete sich mein Chef und beendete das Gespräch.

Ich ließ keine Zeit verstreichen und pfiff die Potsdamer Kollegen zu mir. Ich verriet ihnen nicht, was mir mein Vorgesetzter hatte zukommen lassen, doch teilte ich den beiden meine angeblichen Vermutungen mit.

>>*Wir teilen uns auf. Ich habe die wertvolle Nachricht erhalten, dass Lauras Telefon zwar kaputt ist; doch muss es irgendwelche anderen Anhaltspunkte geben. Jemand hat sie vor einer Stunde gesehen!*<<

>>*Aber! Verhaltet euch unauffällig. Wie Gäste. O.k.?*<<

>>*Schröder, Sie schauen sich auf dem*

Grundstück um!<<

>>Schuhmann, Sie nehmen die Zimmer unter die Lupe!<<

>>Ich werde mich im Keller etwas umschauen und in Lauras Zimmer!<<

19. Flüstern

Entschlossen machte ich mich sofort auf den Weg und inspizierte den Garten des Gasthauses. Behutsam durchkämmte ich das Gelände und schaute mich als Erstes bei dem hauseigenen Tennisplatz etwas genauer um. Steiner machte auf mich einen sehr gefassten Eindruck, was mich ansteckte.

Gewissenhaft trappte ich jeden Zentimeter des Platzes ab und machte mir ein paar Notizen in meinem kleinen schwarzen Büchlein. Manchmal war es nichts, doch vielleicht trug ein unscheinbares und uninteressant wirkendes Detail am Ende doch zur Auflösung des Falles bei.

Am Tennisplatz selbst war alles normal, gewöhnlich und sauber. So wie man sich bei einem 4-Sterne-Hotel eine Sportanlage vorstellt. Das Einzige, was mich stutzig machte, war die akkurate Platzhaltung. Als wäre die Tennisanlage nur zur Show auf dem Grundstück.

Unbenutzt und glänzend sauber. Nicht einmal die Vögel trauten sich, über den Platz zu fliegen, um ihr Geschäft zu verrichten.

Die Umzäunung der Sportanlage sah neu aus. Ich konnte mir nicht vorstellen, dass hier schon einmal jemand gespielt hätte und dass Tennisbälle gegen den PVC-polyesterbeschichteten Draht geschlagen worden waren. Vielleicht übertrieb ich auch und das Hotel hatte einfach nur ein sehr gründliches Reinigungspersonal.

Der Rasen, ein saftiger Engländer, war erst vor kurzem gemäht worden. Der Traktor stand mitten auf der Rasenfläche. Er war noch warm. Und es roch nach Benzin.

Die Pflanzen auf den angelegten Beeten wuchsen im bunten Schön. Frisch gepflanzt und verschnitten. Fertig. Es war nichts auffällig. Alles war an seinem Platz.

***

Die Sonne schien, wenige Wolken standen am Himmel. Fast katalogartig wirkte das Areal. Der beheizte Pool war gut besucht, die Liegen mit frischen Handtüchern belegt und die

Außenbar erfreute sich einiger badefreudiger Gäste. Alles schien normal.

Während ich mich unter das trinkfreudige Volk an der Poolbar mischte, den Unterhaltungen der anderen Gäste lauschte, warf ich erneut einen kontrollierenden Blick auf das Gebäude vor mir.

Es hatte etwas Magisches an sich. Eine umgebaute Scheune mit einer bayerisch wirkenden Fassade an dem Anbau. Schlicht in einem Weiß gehalten, grüne Fensterläden an den Fenstern. Oberhalb des Gasthauses rundete eine schöne Holzverkleidung im Landhausstil das Ensemble ab.

Das Hotel schien mir sehr niedrig gebaut. Nicht hoch genug. Aber wie hoch sollte ein Hotel schon sein? Ansonsten fiel mir nichts Negatives ins Auge.

Die Anlage war sauber, die hohen Mauern, die das Grundstück umzäunten, nicht beschädigt und das große Tor stets verschlossen. Unbemerkt käme hier keiner rein oder raus. Kameras überall.

>>*Hast du letzte Nacht auch so ein komisches Tuscheln in deinem Zimmer wahrgenommen?*<<, fragte ein Gast einen anderen.

>>Nein! Ich habe hier kein Zimmer bezo-
gen. Ich kenne die Chefin persönlich und darf
für einen kleinen Obolus den Pool benutzen.
Was du mir aber gerade sagst, ist nichts Neu-
es. Ich habe schon oft von anderen Gästen ge-
hört, wie sie von einem Flüstern sprachen!<<,
erwiderte der andere Typ ganz aufgeregt.

>>Meine Frau hatte mich für verrückt er-
klärt! Doch ich bin mir ziemlich sicher, dass
ich Stimmen gehört habe. Leise tuschelnde
Stimmen. Als stünden sie in meinem Zimmer
oder würden in den Wänden leben. Und diese
gruseligen Spiegel überall.<<

20. Die alte Dame

Der Eingangsbereich des Hotels war ruhig und unauffällig. Ein paar Gäste, aber nicht viele an der Zahl. Überwiegend Männer. Nur selten eine Frau oder geschweige denn Kinder zu sehen.

Der beschaulichste Platz im Foyer war der vor dem Kamin. Eine in grau-roten Steinen verkleidete Feuerstelle. Dort ruhten zwei riesige hellbraune Ledersessel, schräg in den Raum blickend - und in der Mitte stand ein rundlicher Tisch, gerade so groß, um zwei Gläser Scotch und einen Aschenbecher abstellen zu können. Sehr gemütlich. Einen guten Whisky und eine Zigarre und der Abend wäre gerettet. So wirkte die Ecke auf mich.

Anders als im Speisesaal. Der riesige Raum versprühte Harmonie und schenkte einem einen familienfreundlichen Eindruck. Gut gedeckt, doch auch hier waren kaum Frauen anwesend. Ein paar Kinder, an einer Hand abzählbar rannten durch das Hotel und spielten

Fangen – mehr nicht.

Unauffällig schlenderte ich die Treppen rauf in den ersten Stock und schaute mich dabei akribisch um. Mir gefiel der Teppichboden des Hauses. Er war weich und untermalte die Ausstrahlung, die auf den Fluren herrschte.

Anders als die anderen Gänge des Hotels. Sie waren dunkel und leblos. Überall hingen Spiegel an den Wänden. Selbst bei stärkstem Sonnenschein, waren die Lichter in den Fluren eingeschaltet. *Bestimmt hatten die jedes Jahr eine hohe Stromrechnung!*

***

Während ich durch die Flure ging, nach Hinweisen schaute, sprang auf einmal eine Tür vor meiner Nase auf. Eine ältere Frau kam aus dem Zimmer 81 gestolpert und stieß direkt in meine Arme.

>>*Oh, das tut mir aber leid!*<<, sagte die ältere Dame erschrocken.

>>*Ach, alles halb so wild...*<<, antwortete ich lachend.

>>*Weil ich Sie jetzt aber einmal in meinen Armen halte, wollte ich Sie mal fragen, ob Sie mir etwas über dieses Hotel sagen können?*<<

Die nette Omi, kleiner als ich selbst, schaute mir in die Augen und sagte mit leiser Stimme: *Die Wände flüstern! Halte dich von den Spiegeln fern!* Dann drehte sie sich um und ging wortlos zum Fahrstuhl rüber, barfuß und nur mit einem weißen Nachthemd bekleidet.

Ich wusste nicht, wie ich reagieren sollte. Fragend schaute ich der alten Dame, die einen verwirrten Eindruck machte, hinterher. Mir war nicht klar, was das Mütterchen mir sagen wollte. Ich fand ihre Äußerung gruselig. Sie wirkte planlos, fast schon schemenhaft. Ich fragte mich, ob sie in dem Zimmerchen dauerhaft leben würde.

Hotels standen auf meiner Liste der Orte, die ich eher mied. Ich war kein Fan. Hotels hatten etwas Gespenstisches an sich – und dass Mütterchen bestärkte mich in meiner tiefen Abneigung.

Mein Instinkt sagte mir, dass ich ins Zimmer 81 hineinschauen sollte. Die kleine Frau vergaß, die Tür ihres Zimmers hinter sich zu schließen. Irgendwie konnte ich diesen Gedanken nicht aus meinem Kopf streichen.

Vielleicht lag es an der Anmerkung, an diesem seltsamen Satz. *Die Wände flüstern!* Und was hatte es mit den Spiegeln auf sich?

Ich hinterfragte. Irgendetwas sagte mir, dass die ältere Dame nicht ohne Grund in dem Hotel sei. Sie wirkte orientierungslos. Den knallroten Lippenstift frisch aufgetragen, die Haare gekämmt, aber das weiße Nachthemd anbehalten. *Ich weiß nicht...?*

Ohne Lärm zu machen, stupste ich mit meinem Kugelschreiber die Tür zu ihrem Zimmer auf, trat über die Schwelle und schaute mich gründlich um. Dabei schoss mir ein übler Geruch entgegen. Es roch nach altem Menschen und Unreinheit.

Sofort konnte ich mir ein Bild von der kleinen verwirrten Frau machen, die sehr verlottert rüberkam. Überall lagen Klamotten wild verteilt auf dem Boden herum. Schmutziges Geschirr, die Essensreste hart und angetrocknet, verrieten mir postwendend, dass hier keine tägliche Reinigung standfand. Spinnenweben hingen an den vom Kippenqualm vergilbten Gardinenstangen herab, und auch sonst glich die Räumlichkeit eher einem Messiehaushalt als einem Hotelzimmer.

Doch war sie früher eine schnieke Frau gewesen. Die ältere Dame war nicht irgendein Hotelgast. Nein! An den Wänden über dem Sofa hingen mehrere Bilder von einer jüngeren Frau, die vor einer riesengroßen Waschmaschine stand. Sie lächelte stolz. Die Frau auf den Bildern ähnelte der älteren Dame stark.

Sofort überkam mich ein seltsames Gefühl, dass es sich um eine Angestellte des Hauses handeln müsste; vielleicht ein früheres Zimmermädchen des Housekeeping-Team, eines anderen Hotels, oder eine Angestellte aus der Wäscherei.

Oder sie war die Mutter der Hotelinhaberin, die sie einfach lieblos in ihrem Hotel untergebracht hatte. *Kein Geld ausgeben wollen für eine nette Seniorenunterkunft.*

21. Im Keller

Zielgerichtet marschierte ich zum Fahrstuhl und drückte auf den in goldblinkenden Knopf. Lauras Zimmer war der erste Anlaufpunkt für mich. Während ich auf den Lift wartete, beobachtete ich das ganze Drumherum und war gleichzeitig mit meinen Gedanken bei Laura und dem angeblich kaputten Telefon.

Im Hotel selbst konnte ich nichts Auffälliges beobachten. Ein paar Gäste, die hin und her spazierten, in der Eingangshalle des Gasthauses vor dem Kamin saßen und sich unterhielten. Ein grelles *Kling* ertönte, und die Tür der Aufzugsanlage sprang auf. Eine ältere Frau in einem Nachthemd bog aus dem Inneren des Fahrstuhls heraus. *Seltsame Menschen gibt's!*

Im Lift war auch nichts Ungewöhnliches; außer der grässlichen Musik und einem komischen Gestank. Es roch nach Rosen oder anderen Blumen, ganz sicher war ich mir nicht.

Spontan entschloss ich mich, als erstes in den Keller und nicht rauf zu Lauras Zimmer zu fahren. Noch immer plagte mich dieses Bauchgefühl. Ich konnte die Situation nicht einschätzen. Auf der einen Seite hatte ich von Frau Bachmann die nötigen Unterlagen bekommen, die bewiesen, dass sich Laura in Hamburg auf einer Hotelmesse aufhielt - und auf der anderen Seite sagte mir mein detektivischer Instinkt, dass etwas faul war. Vielleicht hatte sie aber auch einfach nur ihr Telefon verloren oder vergessen. *Aber warum sollte sie nicht im Hotel einchecken?*

Da war wieder dieses helle Geräusch. Die Fahrstuhltür ging auf und ich betrat den Keller des Hauses. Dunkelheit schoss mir ins Gesicht.

Die Lichtfunzel, die das Dunkel durchbrach, ließ mich dann wenig später doch etwas erkennen. Ich schaute mich um, auf den ersten Blick war nichts Aufsehenerregendes zu sehen. Ein ganz normaler Keller.

In der Küche herrschte lautes Getobe. In der Wäscherei befand sich nur eine Frau, die immer wieder gegen die große Maschine schlug. *Irgendwie kommt mir das bekannt vor!* Ich musste sofort an den Schokoladenriegel-Automaten denken.

Die Frau war mittelgroß und sah sehr biestig aus. Mit einer Kraft schlug sie gegen die stabilen Gehäuse der großen Maschinen. Wieder und wieder. Als sie mich bemerkte, trat sie mit mit ihrem Fuß die Tür vor meiner Nase zu. *Unhöfliches Pack...*

Im Flur, in dem langen dunklen Gang des Tiefgeschosses, stand ein älterer Mann auf einer klapprigen, mit Farbe beschmierten hölzernen Leiter, um sich den flackernden Röhrenlampen zu widmen. Dieser Kerl, ein freundlicher Gesell, war der erste Mensch hier, der mir auf Anhieb sympathisch war. Er erinnerte mich an meinen Vater.

Die Lampen spendenden kaum Licht. Von Moderne war hier unten nichts zu sehen. Sie machten auch komische Geräusche. Ich für meinen Teil, hätte die tödlich wirkenden Lichtquellen nicht angefasst.

>>*Nehmen Sie sich vor den Wänden in Acht*<<, rief der Alte mir von oben zu.

>>*Was meinst du?*<<, wollte ich von ihm wissen.

>>*Die Wände flüstern dir nachts die gruseligsten Geschichten ins Ohr...*<<, sprach der alte Mann bänglich, während er mit der Griffseite des Schraubenziehers gegen eine rostige Schraube schlug.

>>Welche Wände? Was weißt du über das Hotel?<<

Der Mann schaute zu mir runter, kletterte die Leiter hinab, ließ alles stehen und liegen und verschwand in der Schwärze des Kellers. Schulterzuckend warf ich meinen prüfenden Blick weiter durch die Gänge und musste innerlich über den älteren Mann lachen. Er machte einen leicht verwirrten Eindruck auf mich.

In der Damenumkleide fiel mir nichts Ungewöhnliches auf. Es war aufgeräumt und freundlich. Das Einzige, was mir Sodbrennen bereitete, war der Geruch. Es roch nach Schuhen und Parfüm; eine seltsame Mischung.

An Lauras Spind war auch alles in Ordnung. Keine Spuren, die auf unerlaubtes Eindringen hinwiesen. Das Schloss war intakt, nichts wies auf Fremdeinwirkung hin. Das Einzige, was ich mir notierte, war das fehlende Schloss der Damenumkleide. Kein Schloss, keine Türklinke.

In der Küche herrschte wildes Toben. Die Köche unterhielten sich laut. Als ich einen kurzen Blick hineinwarf, mich das Küchenpersonal erblickte, erstarb das Gespräch wie auf Kommando.

***

Mit ruhigem Gefühl verließ ich den Keller, fuhr mit dem Fahrstuhl unters Dach und inspizierte Lauras Reich. Ein hübsch eingerichtetes Zimmerchen; doch noch immer keine Spur von Laura und ihrem Telefon.

Das Bett machte nicht den Anschein, als würde es aktuell benutzt werden. Was mir aber sofort ins Auge stach, waren die milchigen, angetrockneten Flecken auf ihrem Bettlaken, als ich die Decke wegzog. *Hatte sie Herrenbesuch empfangen?*

Laut ihren Eltern war sie ein vernünftiges Mädchen. Doch bei genauerer Überlegung ..., Laura war jung, hübsch und das erste Mal von ihren Eltern getrennt und musste keine ständige Überwachung fürchten. Ich musste an meine Tochter denken, wie sie ihren Freund mitgebracht hatte und mir die Hutschnur geplatzt war.

Die Fotowand zeigte einen gestochen scharfen Einblick in ihr Leben. Laura war ein Sonnenschein, immer am *LÄCHELN* und *STRAHLEN*. Sie schien einen aufgeweckten und fröhlichen Freundeskreis zu haben. Ihre Eltern machten auch einen sehr netten Eindruck auf mich.

Fotografie war eines ihrer zahlreichen Hobbys. Ein bisschen erinnerte sie mich an meine Ex-Frau, die Mutter meiner Kinder, was den Fall nicht unbedingt leichter für mich machte.

In dem Kleiderschrank waren nur wenige Klamotten. Ich mochte ungern in ihrem Hab und Gut herumschnüffeln. Von einem Koffer oder einer Reisetasche keine Spur.

Der große Kleiderschrank wirkte sehr hektisch ausgeräumt auf mich. Ich konnte mir nicht vorstellen, dass Laura, so strukturiert, wie sie war, beim Packen ihrer Sachen für einen Aufenthalt auf einer Messe so schlampig wäre. Bügel und teilweise Blusen, die noch an den Bügeln hingen, lagen verstreut auf dem Boden verteilt.

Auch hier hing ein Spiegel an der Wand. Ich stand davor und schreckte kurz zurück. Wellenartige, ganz feine Schwingungen auf der Oberfläche des Spiegels. Als hätte man von der anderen Seite dagegen gestoßen.

Bei genauerem Betrachten stellte ich fest, dass auch dieser Spiegel in die Wand eingearbeitet worden war. Aus welchem Grund auch immer, legte ich mein Ohr auf die Fläche, um zu lauschen. Zack. Da waren wieder diese wellenförmigen Schwingungen. Nur dieses Mal konnte ich sie ganz leicht auf meiner Haut spüren.

22. Kai

Sie traute ihren Ohren kaum.

>>*Sind Sie sich sicher?*<<, erfragte die Gefängnispsychologin erneut.

>>*Warum sollte ich mir nicht sicher sein?*<<, erwiderte Kai Weber und starrte die hübsche Ärztin an.

>>*Wissen Sie eigentlich, wie geil Sie sind. Sie lassen meine Lenden zittern*<<, lachte er hämisch.

>>*Herr Weber, wir sind nicht hier, um über Ihre Lenden zu reden. Ich möchte von Ihnen wissen, ob Sie sich zu einhundert Prozent sicher sind, mit dem, was Sie mir gerade erzählt haben.*<<

Er saß ruhig auf seinem Stuhl, musterte die Ärztin von oben bis unten und kratzte sich an der Stirn. Er war verliebt in sie. Zumindest mochte er mit ihr schlafen.

>>*Jedes Mal, wenn ich Sie sehe, dann juckt mir meine pralle Eichel. Und JAA! Ich bin mir so sicher, wie ich mir heute mit dir in meinem Kopf einen von der Palme wedeln werde, so sicher. Warum sollte ich dich anlügen?*<<, fragte Kai, gereizt von der Aufdringlichkeit der Psychologin.

>>*Ich habe jedes Kind genossen. Jedes Kind, was durch meine Hände starb, verhalf mir immer mächtiger und stärker zu werden. Ob ich krank bin? Ich denke schon. Kindern etwas anzutun, ist nicht selbstverständlich. Es macht mir aber so viel Spaß!*<<

>>*Was haben Sie davon?*<<, unterbrach die Ärztin den pädophilen Kindermörder.

>>*Macht! Einfach Macht, Kontrolle haben. Löse die Handschellen und ich zeige dir, wie mächtig ich bin. Du wirst nass werden und zugleich quieken wie ein Schwein. Ich werde dich mit meinem Prügel aufspießen und dich leiden lassen, so wie die Kinder!*<<

Unberührt von seinen Äußerungen, fuhr die Psychologin fort. Dennoch hielt sie ihren linken Daumen gezielt auf dem roten Panik-Knopf, der mit der Zentrale verbunden war. Vor dem Zimmer warteten zwei Beamte, die bereit waren, im Notfall einzugreifen.

>>*Wieso sind Sie der Meinung, wissen zu wollen, wo sich der Polizist Luke Steiner befindet?*<<

>>*Weil ich es weiß, du geile Sau! Ich kann in seinen Gedanken lesen. Ich kenne jeden Schritt, den Steiner macht, noch bevor er ihn selbst kennt. Er ist in Potsdam und sucht ein junges Mädchen. Rein. Unbefleckt. Süß. Jungfrauen riechen so viel besser als ihr versauten Fotzen!*<<, sprach Kai in verruchter Stimmenlage und drehte sich zum Fenster.

>>*Woher wollen Sie das wissen, Herr Weber?*<<

>>*Frau Ärztin, hältst du mich für dumm? Meinst du ernsthaft, dass jede Tat spontan passiert?*<<

>>*Ja! Das denke ich...*<<, lockte sie ihn aus der Reserve.

>>*Das ich mir Josie Perke schnappte, dieses süße kleine Mädchen, dass ich mich nachts unbemerkt in der Wohnung der Familie aufhalten konnte, das war die Krönung einer langen Planung. Jedes Kind, das ich mir aussuchte, unterlag einer wochen- manchmal monatelangen Planung.*<<

>>*Wie sieht diese Planung aus?*<<

>>Ich sehe, ich rieche. Dann will ich fühlen und schmecken, Frau Ärztin. Meine Mutter arbeitete an der Quelle. Besser konnte es nicht sein. Und Perkes Familie musste dran glauben. Ich mochte seinen Erfolg und seine Arroganz nicht leiden. Ich wollte seiner Tochter nie etwas Böses. Ich liebte Josie... Doch ihren Vater, diesen dummen Schriftsteller, kann ich noch immer nicht ab.<<

>>...Josie ist vier Jahre alt!<<, unterbrach die Ärztin Kai.

>>Und? Das Alter spielt keine Rolle. Meine Mutter wollte sie vergewaltigen und töten. Davon konnte ich sie aber abhalten. Peter Perke und seine Schlampe von Frau wollte ich mit der Entführung nur demütigen. Ich wollte niemanden verletzen oder ähnliches. Also nicht körperlich. HEHEH.<<

***

Die Stunde war fast rum. Die Psychologin war angewidert und erschrocken von der Wortwahl des Patienten. Sie wusste um Kais Taten, doch war sie fassungslos über seine versuchte Manipulation, alles schönreden zu wollen.

Kai war kalt und leer. Er empfand weder Reue noch Schuld. Er würde weiter morden. Empathielos. Kinder zu vergewaltigen, Frauen nach dem Geschlechtsverkehr zu ermorden, war ganz normal für ihn. Er kannte es nicht anders.

>>*Du kannst Steiner eine Nachricht überbringen!*<<, warf Kai in den Raum. Der Beamte wollte gerade seine Handschellen lösen und ihn zurück in seine Zelle schaffen.

>>*Wenn er Laura lebend finden und nach Hause zu ihren verfickten Eltern bringen möchte, soll er sich ganz einfach bei mir melden.*<<

>>*Woher wissen Sie von Laura, Herr Weber?*<<

>>*Hörst du mir nicht zu, dumme Kuh?*<<, schrie er die Ärztin über den Tisch an. Beide Hände zu Fäusten geballt.

>>*Ich rede mit Steiner. Mit keinem anderen.*<<

23. Der Chef

Die Zeit erdrückte mich. Ich fühlte mich beobachtet und verfolgt. Was für eine beschissene Paranoia. Ich konnte nicht einmal in Ruhe ausatmen, ohne dass mir jemand im Rücken saß und mir den kalten Stahl des Messers in mein ohnehin schon anfälliges Fleisch bohrte.

Manchmal wusste ich nicht, wo oben und wo unten war. Zahlreiche Nächte schlug ich mir um die Ohren; mit Bankauszügen und den neuen Schreiben der Stadt. Ich konnte mich nicht mehr daran erinnern, wann ich das letzte Mal durchgeschlafen hatte. Diskretion war das oberste Gebot. Wer sich nicht an die Regeln hielt, der flog im hohen Bogen raus und wurde mundtot gemacht.

>>*Das kann doch nicht wahr sein!*<<, schrie ich entsetzt durch den Raum.

>>*Wie zum Teufel kann es passieren, dass sich dieser kleine rothaarige Fettsack das Recht herausnimmt, sich an diesem Mädchen zu vergehen?*<<

>>*Ich denke, du passt hier auf und sorgst für Ordnung!*<<

>>*Ich passe gut auf, Chef. Das ist mein Job. Ich war nur ganz kurz hinten. Wirklich. Und als ich wiederkam, hatte er sich schon an ihr vergangen. Ich glaube, er hatte sie geleckt und dann gebumst. Aber Sybille konnte das ganze unterbinden...*<<

>>*Du bist so ein seltendämliches Arschloch. Sei froh, dass du Muskeln besitzt, sonst hätte ich keinerlei Verwendung für dich*<<, schnauzte ich diesen Dämlack voll.

>>*Tut mir leid, Boss!*<<

>>*Es tut dir leid? Seid ihr hier eigentlich alle verblödet? Sie war noch Jungfrau, und ich hoffe für euch, dass sie es noch ist. Der Kunde hat eine Stange Geld hingeblättert für diese unberührte Schönheit.*<<

In der letzten Zeit verlief nichts mehr nach Plan. Ich stand zwischen zwei Stühlen und musste einen ordentlichen Spagat hinlegen, um alles aufrecht zu erhalten, was ich mir mühsam aufgebaut hatte. Klar gab es mal die eine oder andere Stunde, wo ich tief in mich ging, und alles hinterfragte; schließlich war ich kein gefühlskalter Mensch. Doch Geld regiert die

Welt und man kann nie genug davon haben. Ich lernte schnell, wie ein Roboter zu funktionieren. Wie ein immer gleich tickendes Uhrwerk.

Tick. Tack.

Meine Firma ermöglichte es mir, mit dem Handel von jungen Frauen im Reichtum schwimmen zu können. Anfangs war es schwer für mich, die Schreie der Mädchen zu ignorieren. Ohrenbetäubende, weinende Angstschreie, die durch die Wände drangen, während man sie fesselte und knebelte. Am schlimmsten waren die Schmerzschreie, wenn eines der Mädchen Analverkehr über sich ergehen lassen musste oder ahnte, dass der Tod auf sie wartete.

Wieder und *wieder* tuschelten die Wände. Ich hielt es nicht mehr aus und steckte mir Ohropax in die Ohren, doch vergessen konnte man auch mit diesen kleinen Wachsstöpseln nicht. Niemand durfte davon Wind bekommen.

Mit der Zeit vernahm ich die winselnden Schreie der geschändeten Frauen nicht mehr. Die letzten Laute eines Sterbenden, daran konnte ich mich gewöhnen, mir war es egal, man kann sagen, dass ich abgestumpft war.

Aber mich durfte keiner verurteilen. Wir müssen alle unsere Rechnungen *irgendwie* zahlen. Und für mich schien das der leichtere Weg zu sein.

***

Aus der ganzen Welt kamen sie her. Wir waren wie eine Familie. Jeder bekam einen silbernen Schlüsselanhänger, einen klitzekleinen grün lackierten Nachtfalter. Ich mochte den Anhänger und hatte mir einen Nachtfalter auf meinem Rücken tätowieren lassen.

Manchmal überrumpelte mich eine Stimme, die mir wieder und wieder in den Ohren lag. Sie fragte mich, wie ich mit dieser Skrupellosigkeit umgehen könne. Doch ich hatte kein Problem damit gehabt, Frauen an reiche Männer zu verkaufen, Müttern ihre Kinder zu entreißen und weinenden Vätern, die in den Nachrichten in Tränen ausbrachen in die Gesichter zu schauen, wissend, was ich ihnen antat.

Mir war es mittlerweile sowas von egal. *Irgendwann gewöhnt man sich an alles.* Und der Zweck heiligt bekanntlich die Mittel.

24. Familienbande

Seit einigen Wochen herrschte Ruhe bei den Steiners. Unüblich, wenn man die letzten Jahre genauer unter die Lupe nahm. Zum zweiten Mal war Luke Steiner verheiratet und zum zweiten Mal ging es in die Hose. Er war ein Pechvogel, doch glaubte er an die Liebe.

Seine beiden Kinder mochten die damals neue Frau an der Seite ihres Vaters nicht leiden. Spöttisch zeigten sie der Neuen, dass sie sie nicht duldeten - und auch ihrem Vater gegenüber waren sie nicht gerade zimperlich gewesen. Das wollten sie auch nicht sein. Zu tief saß der Schmerz. Die Enttäuschung war groß.

Das Verhältnis zwischen dem Kriminalkommissar und seiner ersten Frau war angespannt und dünner als Eis. Die letzten Jahre der Gemeinsamkeit hinterließen ihre Spuren, und Claudia hatte einfach keine Kraft mehr gehabt.

Dass die beiden zwei gemeinsame Kinder hatten, machte es nicht zwingend besser. Sporadischer Kontakt, wenn überhaupt. Es widerte sie einfach nur an, dass ihr Ex, noch nicht einmal geschieden, längst in einer anderen Beziehung steckte. Ob glücklich oder nicht, das interessierte sie nicht.

Er wollte ein guter Vater sein; Steiner hatte alles versucht. Doch am Ende war er nur ein selbstverliebtes Arschloch, das nur sich und seine Arbeit sah.

Sein Ex Frau warf ihn diese Worte an den Kopf. Er selbst sah das nicht so. Seine Kinder jedoch, verletzt von den unzähligen verpassten Schulaufführungen ihres Vaters, hassten seine Arbeit. Christian und seine Schwester Violet wollten nicht mehr die zweite Geige im Leben ihres Vaters spielen.

Es war der Fall Josie. Die Befreiungsaktion und die herzerwärmende Umarmung zwischen Vater und Tochter, die Steiner die Augen öffnete. Nach über zwanzig Jahren in seinem Beruf, er war der Beste auf seinem Gebiet, fing er an, seine Prioritäten neu zu sortieren.

Ein kleines Mädchen und ihr Vater schafften das Unmögliche. Ein neues Kapitel musste geschrieben werden – und Steiner wollte nicht aufhören mit dem Schreiben. Er genoss das Familienleben in vollen Zügen.

***

Nach einem langen und ausführlichen Gespräch zwischen ihm und seinen beiden Kindern, fand Steiner endlich Frieden im Innersten seines Herzens. Er war seinem Sohn Christian, noch nicht einmal fünfzehn Jahre alt, und seiner volljährigen Tochter Violet, er hatte ihren achtzehnten Geburtstag vergessen, unendlich dankbar dafür, dass sie ihrem alten Herren seine Fehltritte verziehen.

Ihm war klar, dass sie es nicht vergessen würden, auf ewig, solange er lebte, würden ihm seine Kids an manchen Tagen, in gewissen Situationen einfach nicht verzeihen können. Es würde wieder und *wieder*, wie ein brodelnder Vulkan überkochen; doch er war dankbar. Dankbar für seine Kinder, die ihn wieder an sich heran ließen.

>>*Ihr wisst gar nicht, was mir das Ganze bedeutet!*<<

>>*Ich war euch kein guter Vater, doch ich möchte, dass ihr wisst, dass ihr immer in meinem Herzen seid. Die Arbeit ging immer vor; ihr könnt nichts für das Verschwinden anderer Kinder. Ich verspreche euch feierlich, dass ich*

meine Prioritäten neu setzen und euch nie wieder enttäuschen werde.<<

25. Der Anruf

Vor dem Gasthaus war es still. Zu still für Steiners Verhältnisse. Als Stadtmensch konnte er dem Landleben nichts abgewinnen. Er brauchte den Trubel.

Aller Viertelstunde fuhr ein Auto auf der langen, verlassenen Landstraße in Richtung Stadt. Zu wenig für den Stadtgewohnten.

Der seichte Wind, fauchend warm, fegte durch das riesige Maisfeld, bewegte sich so zart und inbrünstig wie die Finger eines Pianisten, der die Tasten seines Flügels bedient; durch die saftig grünen Blattspreite der Maispflanzen.

Es ertönten pfeifende Geräusche auf der wenig belebten Straße, wie Kinderrufe aus weiter Ferne, gruselig. Der Mais flüsterte.

Steiner und die beiden Kollegen der Potsdamer Polizei standen vor dem Hotel und begutachteten die Gegend, als plötzlich das Telefon des Kriminalkommissars klingelte.

>>*Was ist das schon wieder für ein Blöd-sinn?*<<, meckerte Steiner frustriert.

>>*Das ist Ihr Boss, er will mit Ihnen Video-Telefonieren!*<<, antworte Schuhmann lachend.

>>*Wieso? Der Alte hat wohl Sehnsucht nach meinem Gesicht?*<<, scherzte Steiner zurück.

Der Kriminalkommissar trat ein paar Meter vom Hotel weg und nahm das Gespräch mit seinem Chef an.

>>*Steiner?*<<

>>*Steiner... Scheiß Empfang!*<<

>>*Bin da, Papi!*<<

>>*Steiner, hier ist jemand, der Ihnen etwas zu sagen hat.*<<

>>*Hallo, Luke! Na, wie geht es dir?*<<

>>*Was soll der Quatsch?*<<, schrie Steiner in sein Telefon.

>>*Ich denke, wir duzen uns nicht. Kannst du dich entscheiden?*<<

>>*Nicht so aggressiv. Ich bin hier, um zu helfen. Du bist doch gerade bei Potsdam, bes-*

ser gesagt in Geltow, stimmt's!<<

>>Wo ich bin und was ich mache, kann dir egal sein, du Vogel.<<

>>Luke, egal darf es mir nicht sein, da ich davon ausgehen kann, dass du die hübsche Laura finden willst...<<

>>Aber lass uns erst einmal ein wenig plaudern.<<

***

Steiner winkte seine Kollegen zu sich ran, als plötzlich ein gut gekleideter Herr gegen den Beamten Schröder lief, jedoch ohne eine Geste der Entschuldigung wortlos im Hotel verschwand.

>>Ey, du Idiot...<<, meckerte Schröder, leise fluchend.

Die Situation spitzte sich zu, als Kai seine arrogante Art entweichen ließ. Er lachte über Steiner. Kai Weber freute sich über seinen Triumph und klatschte wie ein Kleinkind in die Hände.

>>Wie geht es dir, Steiner?<<

>>Was weißt du über Laura, du kleiner Wichser?<<

>>Momentchen, Steiner. Nicht so vulgär. Bevor ich etwas sagen werde, können mich deine beiden Kollegen freundlich begrüßen. Das gehört sich so.<<

Steiner forderte die beiden auf, sich höflich vorzustellen.

>>Bei der süßen Laura brauchst du doch tatkräftige Unterstützung. Also sei bitte immer freundlich, sonst nehme ich dir einen nach dem anderen weg.<<

>>Und, Steiner, bevor ich zurück in meine Zelle geh, ich dir noch einmal in dein Gesichtlein seh'...<<

>>Was soll der Reim-Scheiß, du Freak. Komm zum Punkt und halte mich nicht zum Narren.<<

>>Zum Narren hältst nur du dich ganz allein, Steiner. Denkst du ernsthaft, die kleine Josie sei Geschichte? Nein! Mit ihr fing alles erst an. Laura ist nur ein weiteres Puzzlestück, welches dich zum Ziel bringen wird. Doch dazu kommen wir später.<<

>>Ey, Scheeks, überlege dir gut, was du als nächstes sagst!<<, motzte ihn Steiner voll.

>>Willst du mir drohen? Ich sitze schon im Gefängnis, wie du sicherlich noch weißt. Doch wollen wir keine Zeit vergeuden. Denn Zeit ist kostbar, wie das Leben auch - und wer viel Geld hat, der hat beides!<<

>>Horch genau hin, du darfst nichts übersehen, dann mein Freund, wirst du mit Laura zurück nach Halle gehen!<<

26. Schröder

Ich wusste nicht so recht, wie ich mit der Situation umgehen sollte. Auf der einen Seite war ich meinen Prinzipien treu geblieben, lebte voll und ganz meinen Job; ich verkörperte all das, was ich in meiner Ausbildung gelernt hatte. Es war nicht immer leicht für mich gewesen; doch ich gab mein Bestes.

An manchen Tagen balancierte ich auf einem wackeligen Seil; mich ständig auf dem dünnen Eis zu bewegen, auf dem ich mich befand; war nicht immer ganz leicht. Meiner Kollegin Frau Schuhmann verklickerte ich stets, sie müsste die Augen fokussiert auf ein Ziel richten; sie dürfte es nicht aus dem Blick verlieren.

Dass ich eine neue Kollegin bekam, war nicht schlimm. Was mich an ihr gestört hatte, war ihre übertriebene Gutherzigkeit. Man hätte ihr das Blaue vom Himmel erzählen können, sie hätte einem, ohne zu hinterfragen, alles geglaubt. Für eine Polizistin war so eine Naivität undenkbar schlecht.

Am Anfang war mir nicht bewusst gewesen, dass Frau Schuhmann, die so engagiert und ehrgeizig war, immer an das Gute im Menschen glaubte. Als sie bei uns anfing, hatte sie es nicht gerade leicht gehabt. Es dauerte aber nicht lange, da hatte sie sich einen Namen machen können und die männlichen Kollegen akzeptierten sie.

>>*Wenn du mir noch einmal so dumm kommst, und mich ungefragt antatscht, dann setzt es was!*<<, motzte mich die Schuhmann voll.

>>*Warum so zynisch, Pusteblume?*<<

>>*Schröder, sei mal nicht so laut! Steiner telefoniert noch immer mit dem Arschloch per Video-Chat, wie du sicherlich mitbekommst.*<<

>>*Du hast mir gar nichts zu sagen, verstehst du! Blöde Kuh. Wenn hier einer den Ton angibt, dann ja wohl ich!*<<

>>*Du? Das ich nicht lache. Wir sind Kollegen, doch den Ton gibt ja wohl Steiner an und nicht du! Vergiss das nicht, Schröder!*<<

***

Irgendwie hasste ich Steiners Art. Dass ich mich auf dem Grundstück umschauen musste, war schon frech von diesem arroganten Arsch. Mir war aber auch klar, dass ich keinerlei Recht bekommen hätte, hätte ich meinen Vorgesetzten informiert und mich beschwert.

Das mich nun auch noch die Schuhmann lächerlich machte, ging jedoch zu weit. Irgendwo hörte der Spaß auch für mich auf.

>>*Hör mal zu, wenn ich noch einmal in so eine Lage gebracht werde, du mir pampig kommst, lernst du mich richtig kennen. Ist das klar?*<<

>>*Hä, was hast du jetzt für ein Problem?*<<, schnauzte die Schuhmann flüsternd in meine Richtung.

>>*Gar keins! Pass nur auf, wie du mit mir sprichst. Von uns beiden habe ich die Pfeife im Mund und nicht du. Nein! Du bist nur die Hündin, die sofort reagiert, wenn ich rufe.*<<

>>*Hör mir mal ganz genau zu, Schröder. Solltest du mir noch einmal drohen, können dich unsere Kollegen aus einem tiefen Loch*

buddeln. Ist das angekommen? Kommst du mir noch einmal dumm, werde ich die erste Frau in deinem beschissenen Leben sein, die dir den Arsch aufreißt.<<

Ich hasste die Schuhmann vom Scheitel bis zur Sohle. Innerlich juckte es mich, ihr eine zu ballern. Meine Kollegen feierten sich köstlich hinter meinem Rücken, dass ich eine Frau zur Kollegin bekommen hatte.

Mir war klar, dass ich mit meiner Art nicht immer positives Feedback ernten würde; doch wünschte ich mir nur ein wenig Respekt. Einem Freund von mir haue ich auch einfach mal so beim Vorbeilaufen auf die Schulter. Ich konnte ja nicht ahnen, dass Miss Pusteblume eine Spielverderberin war.

27. Qualen

Aufwachen!

Eine piepsige Stimme befahl es ihr immer wieder. Es hallte hörbar stark. Sie nahm eine helle Männerstimme war. Zumindest dachte sie, dass es sich bei der Stimme um eine Männerstimme handeln musste. Für eine Frauenstimme war sie dann doch zu tief.

Der Typ mit der ungewöhnlichen Klangfarbe schrie die zu sich kommende Frau erneut an, während er sich sexuell an ihr verging. Immer wieder fingerte er mit seinen kleinen fetten Pfoten, die Fingernägel abgekaut, an der jungen Frau herum und flüsterte leise ihren Namen. *Laura... Laura...*

Sie verspürte einen stechenden Schmerz im Unterleib, noch schlimmer als der Schmerz in ihrem Kopf; sie traute sich aber nicht, die Augen zu öffnen. Der Tisch, auf dem sie gefesselt lag, war noch immer kalt. Der Geruch von altem Blut waberte im Raum.

>>*Herrmann... Was machst du da?*<<, schrie ein maskierter Typ mit weißer Latex-schürze den Mann von hinten an. Er trug zudem weiße Gummistiefel und einen Blaumann.

>>*Ich schenke dem Mädchen Freude, siehst du doch, Arschloch!*<<

>>*Komm von der Kiste runter und pack dein Mini-Würstchen weg. Die Ware darf nicht berührt werden*<<, schrie er den Dicken an und schlug ihm mit seiner Faust von hinten gegen den Schädel.

Laura lag noch immer angekettet auf dem eisigen Metall. Gebrochen und verletzt, gedemütigt bis auf das letzte Hemd. Den Glauben an die Menschheit verloren, kramte sie sich in ihren Gedanken das letzte Weihnachtsfest *erneut* hervor.

Sie musste sich konzentrieren. Ihre Gedanken waren bei ihren Liebsten. Laura liebte Weihnachten. Sie spürte eine innerliche Entkrampfung, wie ein Stein, der ihr von der Seele fiel.

Für einen Bruchteil, von einer Sekunde zur anderen, konnte sie die Plätzchen riechen, die ihre Mutter jedes Jahr zu Weihnachten in der Küche buk. Plötzlich vernahm sie das Geräusch eines Reißverschlusses und atmete erleichtert aus.

Mit leichtem Öffnen der Augenlider, alles um sie herum war verschwommen, nahm sie eine dickliche Silhouette wahr, die an ihr vorbeilief. Der Typ roch an seinen Fingern und lachte höhnisch.

Sie drehte ihren Kopf leicht nach links und blickte kopfüber dem schmierigen Arsch hinterher.

Noch verschwommen, doch langsam konnte sie ihn besser erkennen. Er schmiss die Tür wütend hinter sich zu. Ruhe kehrte ein. Ihr war bewusst, was der Mann gemacht hatte, doch wollte sie keinen weiteren Gedanken daran verschwenden.

Laura wollte zu ihren Eltern. Sie wollte der Hölle entkommen. Den brennenden Schmerz in ihrem Intimbereich vergessen.

>>*Beruhig dich!*<<, sprach der maskierte Mann mit der Latexschürze, während er Laura Slip und Hose anzog. Die Fußfesseln hatte er gelöst.

>>*Wir müssen dich schick herrichten. Dein Käufer ist in wenigen Stunden hier und möchte seine Ware haben.*<<

>>*Er ist ein ganz besonderer Kunde, weißt du!*<<

Benommen lag sie auf der glatten Metalloberfläche und ließ alles über sich ergehen. Zu groß war die Angst vor dem Ungewissen. Die Handgelenke taten ihr weh.

>>*Was willst du von mir?*<<, flüsterte Laura in seine Richtung.

>>*Pssst... Spar dir deine Kraft auf. Du wirst sie brauchen*<<, antwortete der vermummte Mann und verließ kurz darauf fröhlich pfeifend den Raum. Sie dämmerte erneut weg.

***

Ihr wurde schlecht. Dass man Laura die Handriemen löste, bekam sie nicht mit. Brechreiz breitete sich aus. Sie verspürte ein Drücken in der Bauchgegend; Magensäure verteilte sich in ihrer Mundhöhle. Es schmeckte widerlich.

Der Typ, so hoch wie ein Schrank, hievte das zierliche Mädchen über seine Schultern und schleppte es in einen anderen Raum. Immer wieder öffnete Laura die Augen; sie sah nur bruchteilhaft. Es war dunkel, nur wenig Licht.

Die Gänge waren sehr eng und niedrig. Der Typ hatte Probleme, mit Laura auf seinen Schultern durch die Flure zu gehen. Der Mann, so breit wie ein Schrank, eckte links und rechts an den Seitenwänden an.

Er schnaufte und keuchte. Es dauerte keine fünf Minuten, da öffnete der Unbekannte eine ihr fremde Tür und warf sie auf ein Bett. Er schaute sich um und schloss die Tür hinter sich.

Laura lag zerbrechlich und gekrümmt auf dem Bauch, der liebliche Duft von Weichspüler und reiner Frische stieg ihr in die Nase. Ihre Finger krallten sich in das weiche Bettlaken, welches über die Kaltschaummatratze gezogen war. Das junge Mädchen grinste kurz in sich hinein.

Sie hob den Kopf und blinzelte durch die Räumlichkeit. Nichts war ihr bekannt. Sie war noch nie hier gewesen. *Wo bin ich?*

In dem Zimmer war nichts Ungewöhnliches. Ein Bett. Ein Schreibtisch mit Stuhl. Ein Kleiderschrank. Vor dem Fenster, ein blickdichtes, teils löchriges, buntes Kirchenglas, hingen goldene Schlaufengardinen an einer hölzernen Stange. Die Sonne brach durch die Scheibe in das Zimmerchen und die einzelnen Strahlen, die Laura erreichten, wärmten ihren unterkühlten Körper.

Es fühlte sich gut an. Laura genoss die aufgeheizten Sonnenstrahlen. Für einen kurzen, viel zu kurzen Augenblick vergaß sie die aussichtslose Situation, in der sie sich befand.

Neben dem Fenster zu ihrer Linken war ein kleines Waschbecken an einem weißen Fliesenspiegel befestigt. Hübsch hergerichtet und sauber. Über dem frisch polierten Wasserhahn hing eine schmale Ablagefläche, bestückt mit Seife, einem Becher mit Zahnbürste und Zahnpasta und einem gebügelten dunkelblauen Waschlappen, der akkurat herunterhing.

Sobald Laura die Pflegeutensilien erblickte, erhob sie sich von dem weichen Bett, noch wackelig auf den Beinen, und schwankte zum Waschbecken. *Endlich!*

Verunsichert starrte sie in den Spiegel auf die Tür hinter sich. Eine schöne hölzerne Tür; braun gebeizt, mit verziertem Muster. Die Türklinke aus Messing, ein vergoldeter Griff,

war abgenutzt und schimmerte schwarz blätt-
rig.

Sie traute der Situation nicht; doch der
Drang, sich zu waschen, sich von all den Be-
rührungen und Unreinheiten zu befreien, war
zu groß.

Laura ging zum Stuhl rüber, der neben der
Tür stand, kippte die Sitzgelegenheit in einen
einhundertzwanzig Gradwinkel und drückte
die Lehne unter die Türklinke. Ihr war klar,
dass diese Methode, die Tür zuzusperren, nicht
die beste war; es musste aber genügen. Für den
Moment.

Mit der versperrten Tür im Rücken, riss sie
sich die Kleider vom Leib, drückte den Stöpsel
im Waschbecken fest nach unten und ließ hei-
ßes Wasser ins Keramik. Es war ein schönes
und langersehntes Gefühl, als Laura die nach
Blumen duftende Seife in das Wasser tauchte.

Sie genoss jeden Tropfen Nass auf ihrem
Körper. Bewusst saugte sie jeden Wassertrop-
fen auf, hielt den lieblichen Geruch der Lauge
fest und erfreute sich an der Reinlichkeit.

Gründlich wusch sie sich den Dreck von ihrem geschwächten Körper ab. Klebriger
Schnodder haftete noch immer an ihrer Haut.

Sie schrubbte.

Laura sprang gedanklich in eine warme Wanne hinein und genoss die stillen Minuten der Einsamkeit. Ihr war bewusst, dass sie gefangen gehalten wurde. Dem jungen Mädchen war auch klar, dass man sie vergewaltigt hatte. Doch empfand sie Freude, als sie sich nach langen Stunden der Qualen endlich waschen konnte.

Tupfend reinigte sie ihren schmerzenden Intimbereich. Ihre Schamlippen brannten wie Feuer. Der Scheideneingang wie auch der Scheidenvorhof waren stark gerötet und bluteten. Getrocknetes Blut an den Innenschenkeln weichte sie ein und rieb es anschließend mit ihren Fingerkuppen ab.

28. Wut

Es fiel Steiner nicht leicht, die Fassung zu bewahren, nicht auszuflippen und wild, um sich zu schlagen. Am liebsten hätte er Kai Weber das Telefon rektal in den After eingeführt.

Er hasste den Gedanken, dass das Schwein ihm einen Schritt voraus war. Luke Steiner konnte sich genau vorstellen, wie Kai Weber in seiner Zelle saß und herzhaft über den Beamten lachte. Es passte ihm nicht, dass dieses pädophile Arschloch über jeden seiner Schritte informiert war.

Irgendwie musste der Typ Zugang zur Außenwelt gehabt haben. Steiner wusste nicht, wie, doch ihm war klar, dass er Kais Informanten finden musste, um so die Quelle zur Außenwelt schließen zu können. Längst hatte er eine Vermutung, die durch seinen Kopf schlich.

Nach dem Telefonat umkreisten Steiner die Bilder der beiden Mädchen, die in einem kleinen Käfig in einem Kämmerchen hinter dem Kleiderschrank im Schlafzimmer der teuflischen Mutter von Kai, jämmerlichen Qualen ausgesetzt gewesen waren.

Eines der beiden Mädels konnten die Polizisten nur noch tot bergen; die andere saß seit dem Tag ihrer Befreiung in einer Klinik für Kinder- und Jugendpsychiatrie. Kein Trostpflaster. Weder für Steiner noch für das arme Mädchen.

Die Schwestern hatten nichts zu essen bekommen, durften sich weder waschen noch eine Toilette aufsuchen; stattdessen waren sie sexuell genötigt worden. Mehrfach am Tag.

Kai Weber war ein widerliches, krankes Schwein. Er manipulierte *gerne* Menschen und lebte seine narzisstische Seite in vollen Zügen aus. Er beteuerte vor Gericht seine Unschuld. Er hatte angeblich nichts von der Entführung der Beiden gewusst - und schob seiner Mutter alles in die Schuhe.

Bekannt war, dass sich Frau Weber wie auch ihr Sohn Kai an den beiden Mädchen sexuell vergangen hatten; doch auch das leugnete Kai Weber bis aufs Messer. Die Spermaspuren, die an dem toten Mädchen gesichert werden konnten, stammten eindeutig von ihm; doch auch hier beteuerte er seine Unschuld und beharrte darauf, dass der Labortest gefälscht worden sein musste.

***

Erinnerung

Nach der glücklichen Befreiungsaktion der kleinen Josie, standen ihr Vater Peter Perke und der Beamte Luke Steiner vor Gericht und sagten gegen Kai und dessen Mutter aus. Beide Männer schilderten detailliert jeden einzelnen Ablauf, in der Hoffnung, dass man Mutter und Sohn in ein tiefes Loch schmeißen und nie wieder dem Sonnenlicht aussetzen würde.

Frau Weber hatte ihrem Sohn einen Schlüssel zu einer alten verlassenen Gartenlaube gegeben, wo er sich mit dem kleinen Mädchen unbemerkt verstecken konnte. Seine Mutter, ein widerliches Biest, vergnügte sich derweil mit den beiden anderen entführten Mädchen und schmiedete bereits neue Pläne.

Vor Gericht brach vielen das Herz, als man

das Plädoyer vortrug. Dabei wurde explizit geschildert, mit welch einer kranken Verstrickung Kais Mutter agierte. Wenn ihr langweilig war, öffnete sie die Tür zu ihrem Kleiderschrank, schob Jacken und Blusen, die allesamt an Bügeln hingen, beiseite, drückte die Rückwand des Schranks nach hinten und zog den Käfig mit den beiden entführten Mädchen in ihr Schlafzimmer, schaltete einen Pornofilm ein und befriedigte sich vor den Augen der Kinder.

Kai Weber und seine Mutter wurden der Entführung, der sexuellen Handlungen an Kindern, der Schändung, dem Missbrauch Minderjähriger mit Todesfolge, der sexuellen Belästigung sowie der harten Pornografie beschuldigt. Beide stritten alles ab und gaben an, dass ein Herr Schmidt die Wohnräume von Frau Weber angemietet hätte, da er ein paar Wochen in Halle verbleiben wollte.

Laut dem Anwalt der Angeklagten hätte Frau Weber mehrfach im Jahr ihre Wohnung Untermietern zu Verfügung gestellt. Sie hätte während dieser Zeit bei ihrem Sohn Kai gehaust.

>>Niemals haben ich oder mein Sohn eines der besagten Opfer gekannt, weder gesehen

noch angefasst. Egal, auf welche Weise. Herr Steiner und das ganze Polizeirevier wollen uns etwas anhängen, weil sie keinen Dummen für die Taten gefunden haben.<<

>>Was Sie mit mir machen, ist mir gleichgültig. Dass Sie aber meinem Sohn, einem liebevollen Menschen, das Leben zur Hölle machen, ist unter aller Sau. Alle Aussagen, die hier vorliegen, wurden unter massiver Gewaltausübung aus mir und meinem Sohn gepresst.<<

Das Gericht empfand die Schmierenkomödie den Angehörigen gegenüber als desaströsen Kinnschlag und forderte die beiden Angeklagten dazu auf, sich zusätzlich zu der Haftstrafe in Form eines öffentlichen Schreibens bei den Hinterbliebenen zu entschuldigen.

***

Der Wind fegte um Steiners Gesicht.

>>Ihr habt es gehört! Kai Weber weiß von Laura und unseren Ermittlungen. Irgendwie muss es eine Verbindung geben. Lasst uns keine Zeit verstreichen. Wir müssen Laura finden,

bevor es Kai Weber tut.<<

>>Aber Steiner, wie soll er Laura finden? Woher soll er wissen, was wir gerade machen, wo wir uns rumtreiben? Das Arschloch sitzt doch im Knast.<<

>>Das ist richtig, Schuhmann. Sie kennen aber Kai nicht. Der ist wie ein Geist. Vertrauen Sie mir, wenn ich sage, dass die Zeit rennt.<<

>>Ja, aber...! Mein Kollege und ich, wir haben gehört, wie sich Gäste des Hotels über seltsame Stimmen unterhielten. Sie sind meist nur nachts zuhören. Die Wände würden flüstern. Die Spiegel seien komisch. Ich für meinen Teil denke, dass wir es hier mit etwas ganz Großem zu tun haben.<<

>>Schuhmann, überlassen wir das Steiner und halten wir uns einfach nur an die Fakten! Steiner will, dass wir weiter suchen, also machen wir das. Das ganze Gerede führt doch zu nichts.<<

Steiner nickte in Schröders Richtung, steckte sein Handy zurück in die Tasche, öffnete eine kleine silberne Schachtel, die er in der Innentasche seiner Jacke trug, holte eine ausgetrocknete Zigarette heraus; klemmte sich diese hinters Ohr und schaute auf das brachliegende Feld gegenüber.

Seit er mit dem Rauchen aufgehört hatte, gab es diese eine *letzte* Zigarette, die ihn immer wieder daran erinnern sollte, wie schlecht Rauchen ist. Mittlerweile gehörte diese Marotte auch zu seinen polizeilichen Aktionen.

>>Wir müssen uns aufteilen. Jede Sekunde zählt!<<

29. Schallisoliert

Niemand hörte sie schreien.

Die Wände waren mit dunkelblauen Schallschutzmatten isoliert und abgedichtet. Die junge Frau aus dem kleinen Ort Eiche saß nackt auf einem alten gepolsterten Stuhl, gefesselt und geknebelt.

Sie wusste nicht, wie sie hierher gelangt war. Das Einzige, woran sie sich erinnerte, war, dass sie auf einer Parkbank gesessen hatte, ein Buch lesend, und sich ein junger Mann mit ungarischem Akzent zu ihr auf die Bank gesetzt hatte.

Der Raum, in dem sie sich befand, war abgedunkelt und aufgeheizt. Es roch unangenehm nach Blumen und billigem Rasierwasser. Ihr war nicht wohl. Ein drückender Schmerz in ihrer rechten Unterbauchgegend stieß wie tausend Nadeln durch ihren Körper.

Um sie herum fünf Männer mittleren Alters, die sich an der verängstigten Frau ergötzten,

sie überall begrabschten und sich einen runter-
holten. Sie hörte sie stöhnen und spürte die
fremden Hände nur allzu deutlich. Sie traute
sich nicht, die Augen noch einmal zu öffnen.
Ihre Angst war zu groß.

Einer der Männer fand es extrem erotisie-
rend, dass die junge Frau vor Angst uriniert
hatte. Er fasste ihr sofort in den Schritt und
genoss den warmen Urin auf seiner Haut.

Mit seinem Daumen tastete er seine anderen
Finger ab und lutschte dann einzeln seine Fingerkuppen. Die Aufregung war so groß für den
schwabbeligen Mann, dass der Typ umgehend
einen Samenerguss bekam und unkontrolliert
die Befruchtungsflüssigkeit auf dem Körper
der jungen Frau verteilte.

***

Die Zeit schlich dahin.

Mehrfach bat die schwarzhaarige Frau die
Männer darum, sie einfach gehen zu lassen.
Sie würde niemandem etwas sagen. Nach zwei
Stunden der absoluten Demütigungen, mit der
Angst im Nacken, nicht wissend, wann es auf-

hören würde, vernahm das junge Mädchen eine fistelnde Männerstimme, die den anderen befahl, die Fesseln zu lösen, damit sie sich auf den Stuhl hocken konnte.

>>*Löst die Fesseln, und dann verschwindet hier!*<<

>>*Ja, wird gemacht, Boss!*<<

Stille kehrte ein und legte sich in dem Raum nieder. Die frisch lackierte hölzerne Tür fiel zu und die ekelhaften Aftershave-Gerüche verschwanden im Nichts. Kurz atmete sie auf. Immer noch die Augen zugepresst. Die Erleichterung schlich umgehend auf und davon, als sie plötzlich schleifende und schwere Schritte auf dem staubigen Holzboden vernahm.

>>*Auf die Knie und beug dich über die Lehne des Stuhls!*<<, keuchte der Mann.

>>*Und mach einfach nur, was ich dir sage!*<<

Mit zittrigen Beinen kniete sie sich auf die von Urin durchnässte Polsterung des Stuhls und lehnte ihren Oberkörper über die kalte hölzerne Stuhllehne.

Für einen Bruchteil von einer Sekunde

schrak sie zusammen; die Lehne war eiskalt — doch wusste sie nicht, was noch alles auf sie zukommen sollte.

Die junge Frau hatte Angst und betete zu Gott. *Mach, dass es schnell vorbei ist!* Die Gebete gaben ihr Kraft, die Qualen zu überstehen, nicht wissend, ob sie jemals wieder heimkehren und ihre Liebsten in die Arme schließen können würde.

Zu Gott hatte sie im Alter von fünf Jahren gefunden. Ihre Eltern, zwei religiöse Lehrer, gaben ihrer Tochter die Freiheit, selbst zu entscheiden. Sie zwangen das Kind nicht.

Die piepsige Männerstimme befahl ihr, sich nicht umzudrehen. Sie hörte das quietschende Geräusch einer Kiste, die der Typ zum Stuhl schob. Der Mann stieg auf die Erhöhung, spuckte ihr auf After und Scheide und begann, die junge Frau zu befingern.

>>Magst du es in das zweite Türchen?<<

>>Wenn nicht, heute wirst du lernen, es zu mögen!<<

Nach einer schmerzhaften viertel Stunde atmete sie aus und war über die Erleichterung dankbar. Sie weinte und der schaumige Speichel drückte sich an den Mundwinkeln heraus.

Der Typ stieg von der Kiste herunter, zog sich seine Hosen über und griff zu einer kleinen Axt.

30. Schuhmann

Wir durchsuchten noch einmal das gesamte Hotel. Jeder einzelne Zentimeter der Bettenburg wurde sorgfältig abgegrast.

Steiner hatte mir und meinem Kollegen klargemacht, dass es um Leben und Tod ginge. Ich verstand ihn, auch die Sorge um Kai Weber; doch empfand ich die Äußerung meines Kollegen, der jeglicher Konversation schulterzuckend aus dem Weg ging, pietätlos.

Mich durchschlich der leise Verdacht, dass er von dem Fall genervt war; lieber zu Frau und Kind nach Hause gehen wollte. Auf Frauen zu hören, war keine Paradedisziplin von Schröder. Ich hätte nicht mit seiner Gattin tauschen wollen. Noch schwerer schien es ihm zu fallen, auf Steiner hören zu müssen.

Steiner begab sich noch einmal in den Keller des Gebäudes, und Schröder spazierte seelenruhig durch die Hallen und Flure des Erdgeschosses. Mein Kollege spielte uninteressiert mit der Taschenlampe und schaute in der

Weltgeschichte herum. Er lief mit einer gelangweilten Körperhaltung. Ich hasste seine arrogante Art, die er an den Tag legte.

Man hatte mich auf dem Revier vor seinen herablassenden Charakterzügen gewarnt. Frauen gegenüber, so sagte man es mir, sei Schröder sehr zynisch und bissig. Für ihn gab es keine Chefin.

Er hatte Schwierigkeiten mit der Akzeptanz, dass eine Frau, das Sagen haben könnte, gehabt; doch sprach er von seiner eigenen Frau nur gut. Anscheinend kuschte sie daheim und kümmerte sich um Haus und Kind.

Anfangs machte ich mir keinen Kopf. Ich wuchs mit drei älteren Brüdern auf und lernte schnell, mit den Machenschaften der Jungs umzugehen, mich zu wehren – bei Schröder blieb mir aber des Öfteren die Spucke im Halse hängen.

Mit größeren Geschwistern aufzuwachsen, hatte etwas Gutes. Jeder Junge, der mir blöd kam, lernte schnell meine Brüder kennen. Ab und an bekamen sie sich auch untereinander in die Haare.

Meine Mutter schrie dann immer lautstark durch das ganze Haus. Unser Vater sah das alles etwas anders. *Das sind Jungs, und Jungs kloppen sich nun mal.*

Martin, der mittlere meiner Brüder, war ein frecher, aber kreativer Geist. Er mischte bei seinen älteren Geschwistern mit, half mir in der Schule und widmete sich seinem Hobby, der Malerei.

Mirco war der Ältere und genoss seinen Status. Er fuhr leidenschaftlich gerne Motorrad, spielte Gitarre und verdrehte den Mädels reihenweise die Köpfe. Er war groß und stark. Mit seinen einen Meter fünfundachtzig, die er schon in der siebenten Klasse maß, musste er vor anderen Schülern keine Angst haben. Er hatte mehr Freunde als Feinde.

Mein jüngster Bruder war leider schon verstorben. Er war mein Lieblingsbruder gewesen und mir fiel der Abschied sehr schwer. Doch der Tod unseres Bruders war nicht das Schlimmste für mich. Sein Flugzeug stürzte ab. Er wollte mit seiner Verlobten den ersten gemeinsamen Urlaub nach Indien antreten. Verschollen über dem offenen Meer, so stand es in dem Bericht geschrieben. Seine Leiche blieb unauffindbar. Wir hatten keinen Ort der Andacht.

***

Die Art und Weise, wie Schröder mit Steiners Art umging, beschäftigte mich, doch der Fokus lag auf Laura. Noch einmal fuhr ich mit dem Fahrstuhl jede Etage des Hotels ab. Irgendwo musste Laura stecken. Sie konnte sich doch nicht in Luft aufgelöst haben. Auf der Messe hatte man sie im Stundentakt ausrufen lassen, erfolglos.

Akribisch machte ich mich auf die Suche und schaute mich noch einmal in Lauras Zimmer um. Ein seltsames Gefühl ging umher. Mir war nicht wohl dabei, in Lauras Sachen herumzustöbern; doch eine Stimme in meinem Kopf sagte mir, dass Laura sich im Hotel befinden würde.

Nichtsahnend öffnete ich den Kleiderschrank, kniete mich zu Boden und stellte mit Entsetzen fest, dass ein Teil von Lauras Unterwäsche zerrissen war. Aus irgendeinem Grund durchleuchtete ich den Schrank nach einem geheimen Tresor oder nach einer Falltür oder dergleichen.

Mich ließ der Gedanke nicht los, dass es sich um ein Verbrechen innerhalb des Gasthauses handeln könnte. Ich fand es mehr als suspekt, dass junge Frauen, die in dem Hotel arbeiteten oder zu Gast waren, auf mysteriöse Weise verschwanden.

Steiner hegte einen Groll gegenüber der Inhaberin, welcher mir mittlerweile auch schwer im Magen lag.

>>*Sie müssen sich vor den Stimmen in Acht nehmen.*<<

Ich erschrak und stieß mit dem Kopf gegen die Innenseite der linken oberen Schranktür.

>>*Sie schon wieder!*<<, stieß ich erschrocken aus, als ich mich umdrehte. Mein Kopf schmerzte, und ich hatte eine kleine Schramme oberhalb der rechten Augenbraue.

>>*Haben Sie schon einmal von den bösen Stimmen gehört, gnädiges Fräulein?*<<

>>*Nein!*<<, antwortete ich kopfschüttelnd.

>>*Sie müssen sich hüten. Passen Sie auf, sonst wird es Ihnen genauso schlecht ergehen wie diesem armen Geschöpf hier.*<<

>>*Meinen Sie das Mädchen, was in diesem Zimmer wohnt?*<<, wollte ich wissen.

>>*Passen Sie auf sich auf. Nichts ist, wie es*

scheint!<<, antwortete die kleine Omi im Nachthemd aus Zimmer 81 und verschwand wortlos.

Vor dem riesigen Spiegel schaute ich mir die kleine Wunde an und tupfte vorsichtig mit einem Zellstoff das Blut ab, als ich zwei feste Schläge hinter dem Spiegel vernahm. Verdutzt und erschrocken zuppelte ich meine Jacke zurecht und trat zum Schrank rüber. *Was war das?*

Mit brummendem Schädel schloss ich den Kleiderschrank, zog die Tür des Zimmers nervös zu und sprintete die Treppe herunter, um meinen Kollegen von dem Vorfall mit der alten Dame und dem Spiegel zu berichten.

Meine Füße trugen mich zuerst in den Speisesaal, dahin, wo ich Schröder zuletzt gesehen hatte, bevor ich in den Lift stieg. Nichts!

An der Info konnte mir auch keiner Auskunft über meinen Kollegen erteilen. Instinktiv rannte ich raus auf die Straße, in der Hoffnung, auf Schröder oder Steiner zu treffen. Wieder nichts!

Die niedliche Landstraße vor dem Gasthaus, eigentlich ruhig, war plötzlich gut befahren. Ein Luxusschlitten nach dem anderen fuhr vorbei. Ich dachte mir nichts dabei und rief sofort Steiner auf dem Handy an, doch kein Freizeichen. Nervös und völlig apathisch dem Verkehr gegenüber, lief ich um das gesamte Hotel herum, in der Hoffnung, endlich einen meiner beiden Kollegen anzutreffen.

Mir schwante nichts Gutes. Die Schramme über meiner Augenbraue pulsierte mit jedem Schritt, den ich tat. Mir brummte der Schädel. Kurzzeitig wurde mir schwindelig und ich musste tief Luft holen. An der hohen Mauer, die sich rings um das Grundstück schloss, war nichts zu erkennen. Alles war in Ordnung. *Wo sind die nur?*

Taumelnd auf den Beinen, kehrte ich zurück, als plötzlich mein Handy klingelte. Steiner rief an. Ich drückte auf das Display und nahm das Gespräch entgegen.

Mit der rechten Handinnenfläche drückte ich mir das rechte Ohr ab. Zu laut war der Krach auf der sonst so ruhigen Straße. Ich verstand mein eigenes Wort kaum.

HALLO!

Der Ton war verzerrt und ich verstand nicht viel. Steiner war aufgeregt, so viel konnte ich hören. *HÖRST DU MICH?* Ich konnte hören, wie Steiner mit aufgelöster Stimme sprach, doch verstand ich kein Wort. Reflexartig hob ich meinen Arm, um nach Empfang zu suchen. In diesem Kaff war das Signal sehr schwach. Nichts. Es tutete zwei Mal und das Telefonat brach ab.

31. In den Katakomben

Mir war klar, dass die Zeit rannte; ich hasste den Gedanken, dass mir Kai Weber im Nacken saß und mir, wie es schien, immer einen Schritt voraus war.

Noch einmal schaute ich mich im Kellerverlies des Hauses um. Ohne die Küche des Hotels, glich diese Räumlichkeit eher einem alten Kerker. Es war dunkel und roch modrig.

Ein Teil in mir verfluchte die hämische Art von Kai, eine andere Seite flüsterte mir leise in mein Ohr, dass ich irgendetwas im Keller übersehen haben musste. Es konnte nicht sein, dass ein junges Mädchen spurlos aus einem Hotel verschwand.

Die Chefin des Hauses war seit über einem Tag nicht mehr erreichbar für mich oder meine Kollegen, weder in ihrem Büro noch auf ihrem Diensttelefon.

Die Geschichte, dass Laura mit ein paar Kollegen in Hamburg auf einer Hotelmesse sei, erachtete ich mittlerweile als totalen Blödsinn. Irgendwas verschwieg mir diese Bachmann; ich wusste nur noch nicht, was.

Mit Wut im Bauch, begab ich mich noch einmal in den Wäscheraum, wo Laura das letzte Mal gesehen worden sein sollte. Ich stellte mich in die Mitte des Zimmers, schaute mich intensiv um, betrachtete jeden einzelnen Wäschekorb, blickte hinter jede einzelne Waschmaschine; selbst unter den Tischen hatte ich nach irgendeinem mir brauchbaren Hinweis geschaut.

Es ging nicht in meinen Kopf. Ich konnte mir nicht erklären, wie ein junges Mädchen, das in einem Hotel ein Praktikum angetreten hatte, sich einfach so mir nichts, dir nichts in Luft auflösen konnte.

Im Wäscheraum selbst war nichts ungewöhnlich. Es war ruhig, die Waschmaschinen standen still. Überall roch es nach frischer Wäsche; ein lieblicher Duft von Blumen umspielte gerade meine Nase, als sich vor mir eine Art Kreppband von der Wand löste.

Mit großer Vorsicht schloss ich die Tür zur Wäscherei hinter mir zu und räumte den Tisch beiseite. Hoffend, auf der richtigen Spur zu sein, riss ich das Klebeband ganz herunter und es zeigte sich mir ein dunkler Spalt, aus dem kalte Luft strömte.

Hier war tatsächlich eine verborgene Tür, gut versteckt vor neugierigen Augen. Hätte sich das Band von der Wand nicht gelöst, wäre sie mir gar nicht aufgefallen.

***

Besessen davon, Laura zu finden und Kai mundtot zu machen, griff ich nach meiner kleinen Schlüsselanhänger-Taschenlampe, öffnete die geheimnisvolle Tür und verschwand in dem dunklen, engen Abschnitt. Misstrauisch bewegte ich mich Schritt für Schritt durch diesen streichholzartigen, schmalen Gang nach vorne.

Meine Ohren vernahmen auf einmal seltsame Geräusche. Es klang nach weinerlichen Stimmen, aber so genau konnte ich die Töne noch nicht zuordnen. Ich war mir nicht sicher, was ich da soeben gehört hatte.

Neugierig stützte ich mich mit beiden Händen beim Vorwärtslaufen an der Wand ab, drückte mein rechtes Ohr an die schlichte, schon fast dümmlich zusammengenagelte Brettermeile und lauschte dem Getuschel. Ganz wohl war mir bei der Sache nicht. Ich nahm Männer wie auch Frauenstimmen wahr, allerdings verstand ich nicht, worüber sie sprachen. Es war sehr undeutlich und dumpf. Teils vernahm ich klägliches Wimmern. Mein Bauchgefühl sagte mir in diesem Moment, dass hier etwas Ungutes vor sich ging und ich helfend eingreifen musste.

Die Gedanken kreisten. Adrenalin schoss durch meinen Körper. Ich konnte nicht einmal mehr sagen, ob ich mich noch in dem Hotelkomplex oder auf dem Gelände oder gar komplett woanders befand. Ich verlor die Orientierung.

Auf meinem Handy waren keine Balken sichtbar. *Was für ein Dreckskaff!* Ich hatte keinen Empfang, doch zurückzugehen und Verstärkung zu rufen war keine Option für mich.

Gedankenfest zog ich meine Waffe und hielt sie, zusammen mit der Taschenlampe, schützend vor meinem Körper. Mit meinem linken Fuß drückte ich vorsichtig die Tür vor mir einen Spalt weit auf und linste hindurch.

In dem Raum selbst war nichts zu erkennen. Es war dunkel und nur eine einzige fahle

Leuchte tauchte den kahl wirkenden Raum in funzeliges Licht. Es roch nach alkoholhaltigen Reinigungsmitteln und Zigarettenqualm. Eine widerliche Mischung.

Als ich das Zimmer betrat, überkam mich eine seltsame Unruhe. Die Stille vor mir drückte meinem Gesamtgemüt eine noch schwärzere Schicht auf. Zu meiner Rechten stand ein massiver Schrank, verschlossen - und zu meiner Linken schien es, als hätte man Gegenstände, die dort platziert worden waren, weggeschafft. Die verklebten Abdrücke der weggeschafften Gegenstände auf dem Boden waren nur sehr schlecht bereinigt worden.

Der glänzende Tisch vor mir, mit der Nackenstütze aus weißem Plastik und dem Abpumpschlauch, verhieß nichts Gutes. Ich selbst wohnte bereits mehrfach Obduktionen bei und wusste ganz genau, was für ein Tisch dies war.

Die Räumlichkeit wirkte kalt und tot. Es fiel mir schwer, in der Wolke aus Chemikalien und Duftstoffen zu atmen. Meine Haut und Augen begannen zu jucken. Jemand musste erst kurz zuvor dieses Fliesenzimmer gründlich geputzt und desinfiziert haben.

Ich schaute mich weiter um, aber mir blieb keine Zeit, mich mit den Inhaltsstoffen der

Reinigungsmittel auseinanderzusetzen. Laura war spurlos verschwunden und der dumme Wichser saß mir im Nacken.

Plötzlich!

Hinter mir öffnete sich knarrend, ganz langsam, wie in Zeitlupe, die Tür, die mich in diesen Raum geführt hatte. Mit einem Satz sprang ich neben den großen Schrank und versteckte mich. Vorsichtig warf ich einen nach links geneigten Blick und sah eine Hand, die eine Waffe in den Raum schob. Mein Herz sprang im Dreieck. *Hatte ich es gerade mit dem Mörder zu tun?*

***

Nichtsahnend, vor wem ich mich versteckte, lag ich auf der Lauer und versuchte, meine Atmung auf ein Minimum zu reduzieren. Die Person betrat, leicht mit dem Fuß über den Boden schleifend, den Raum. Das hatschende Geräusch von Schuhsohlen, die über frischgeputzten Fliesenboden wischen, war unerträglich.

Im selben Moment sprang eine andere Tür

auf und ein Typ wie ein Bär hinkte herein.

>>*Was machst du hier?*<<, wütete der große Typ.

>>*Warum antwortest du mir nicht? Hat es dir die Sprache verschlagen?*<<

>>*Naja, was jetzt kommt, wird dich vom Hocker hauen!*<<

Der Typ ging fort und kam mit einer schweren Eisenkiste zurück, die er in den Raum rollte. Kurz schnaufte er durch, streckte seine Arme in die Luft und ließ jeden einzelnen Knochen seines Körpers kurz aufknacken.

>>*Was du hier siehst, nenne ich den schleichenden Tod!*<<

Der schwere Kerl schob mit seinem rechten Fuß einen schwarzen Kanister in den Raum.

>>*Die meisten Menschen sterben nicht an Verbrennungen. Sie sterben, weil sie schreien.*<<

Ich beobachtete das Geschehen unbemerkt und wusste nicht, was ich von dem Ganzen halten sollte. Wer war der Typ, und wollte er den anderen jetzt töten?

Dicke Schweißtropfen rannen mein Gesicht

hinab. Irgendwo hatte ich den großen stämmigen Stier schon einmal gesehen. Ich wusste aber nicht, wo.

>>*Was stehst du noch so da? Nimm die Waffe weg und schließ die Tür hinter dir ab.*<<

>>*Weißt du, warum die meisten Menschen nicht durch Verbrennung, sondern durch ihre Schreie sterben?*<<

>>*Nicht atmen und nicht schreien wäre die bessere Alternative. Sie atmen die giftigen Gase ein und zerstören sich somit die Lunge und die Atemwege, noch bevor der Schock, der Herzstillstand sie erlösen kann.*<<

>>*Sieh zu und lerne!*<<

Ein weiteres Mal verließ der große Typ den Raum und es dauerte nun länger, bis er zurückkam. In der Zeit überlegte ich, ob ich den Fremden mit der Waffe entwaffnen und beide festnehmen sollte. Ich fühlte mich unwohl, was ich von mir so nicht kannte.

Der große Kerl kehrte mit einem Sack, den er hinter sich her schliff, zurück.

Bei dem Anblick, welcher mir sich bot, drehte sich mir der Magen um. Der Typ mit der weißen Latexschürze öffnete den Sack und zog eine reglose nackte männliche Person heraus.

Er lachte.

Ich bin ein Zauberer, und das ist mein dummes Kaninchen, welches ich aus meinen Hut ziehe!

>>*Nun schau genau hin, und vor allem, spitze deine Ohren!*<<

Er hievte den nackten Mann hoch und warf ihn mit einem Ruck, als wäre der federleicht, in den Eisenwürfel hinein. Der Hüne streckte sich noch einmal und schloss dann die Schlossriegel der Klappe.

Durch eine Öffnung an der Seite des Würfels, kippte er den Inhalt des Kanister in den Eisensarg, zündete ein schwarzes Zippo an, welches er durch die Öffnung in den Kasten warf und verschloss diese schnell wieder mit einem schweren Deckel.

Ein ekelhafter Gestank drückt sich durch den erstarrten Raum. Als ich sah, was der Typ tat, sprang ich aus meinem Versteck hervor und hielt ihm meine Waffe vor sein Gesicht.

>>*Sie sind festgenommen! Auf den Bo-*

den... <<, schrie ich adrenalingesättigt.

>>*Das denke ich nicht... Du Bullen-Schwein!*<<

32. Fluchtversuche

Sie freute sich auf ihre Familie und konnte es gar nicht erwarten, ihren Kindern und ihrem Mann von ihrem Vorhaben, gemeinsam in den Urlaub zu fliegen, zu berichten.

Aufregung breitete sich aus. Lange war es her, dass die Bachmanns als *Familie* gemeinsam Zeit verbringen konnten. Dass letzte Mal, als alle vier zusammen die Sonnenstrahlen am Strand genossen hatten, waren die Kinder noch klein gewesen und hopsten mit großen Schwimmflügeln um den Armen in das Meer hinein.

Nun wollte sie die Zeit wieder zurück haben. Frank hatte sich beruflich etwas zurückgezogen, seine Kanzlei funktionierte auch vom Homeoffice aus; dafür schenkte er seinen Kindern und seiner Frau mehr Zeit und Unterstützung. Gerade nach dem Umzug und der Eröffnungsfeier des Hotels seiner Gattin, schien ihm dieser Schritt der richtige zu sein.

Das Familienleben war für Frank das Wichtigste auf Erden. Es hatte viele Momente gegeben, in denen er seine Frau und ihr Hotel verflucht hatte; viele Abende, die er mit seinen Kids allein am Tisch gesessen hatte. Selbst zu Weihnachten oder Silvester, dies war zwei Mal passiert, hatte seine Frau die Familie gegen das Hotel eingetauscht. Kundenbeschwerungen hätten sich gehäuft, so hatte sie behauptet.

Rebecca war im Großen und Ganzen mit ihrer Arbeit beschäftigt gewesen. Von früh bis spät stand sie ihren Angestellten und Gästen Rede und Antwort; nicht aber ihrer Familie. Sie verlor die Zeit der Gemeinsamkeit sehr schnell aus den Augen.

Viel zu oft hatten ihr Mann und ihre beiden Kinder auf sie eingeredet; erfolglos stießen sie nur auf taube Ohren. Umso mehr waren sie erstaunt über ihre freudige Kundmachung, einen gemeinsamen Urlaub alsbald anzustreben.

>>*Ich habe für uns alle Last-Minute-Tickets gekauft. Es geht nach Portugal, für ganze drei Wochen!*<<, verkündete Rebecca freudestrahlend ihre Nachricht. Sie stand im Wohnzimmer vor dem Kamin und wedelte mit den Flugtickets herum, als seien es Geldscheine.

>>*Wie kommst du jetzt auf diese großartige*

aber doch schnapsige Idee?<<, fragte ihr Mann Frank.

>>Ja, Mutti! Was ist mit der Schule?<<

>>Mach dir da mal keine Gedanken, ihr seid beide befreit. Und... Mein Schatz, wir müssen viel nachholen.<<

***

Rebecca strahlte über beide Ohren und konnte von ihren Lieben nicht ablassen. Das Herbstfeuer knisterte leise im Kamin, der Esstisch glich einer feierlichen Tafel und im Fernseher dudelte sanfte Musik, geschmeidige Klänge der Harmonie huschten durch das Haus.

Mit funkelnden Augen betrachtete sie ihre Familie. Kein Blinzeln, kein Wegschauen. Rebecca starrte ihre beiden Kinder und ihren Mann regelrecht an; und erfreute sich an der Verkündung. Es war ihr endlich wichtig, Zeit mit der Familie zu verbringen.

>>Kommt, wir müssen packen, wir haben keine Zeit mehr. Morgen Nachmittag geht der

Flieger<<, sprach Rebecca säuselnd.

>>Aber...! Mutti, wie sollen wir das schaffen?<<, wollte Marvin genervt wissen.

>>Schatz, wäre es nicht ratsamer gewesen, du hättest vorher mit uns gesprochen?<<

>>Frank, du und die Kinder, ihr habt mir in der letzten Zeit die Augen geöffnet und mir den Spiegel vor das Gesicht gehalten. Ich war zu sehr mit meinem Hotel beschäftigt, euch habe ich völlig vernachlässigt.<<

>>Lasst uns Koffer packen!<<

Der letzte gemeinsame Urlaub hatte die Familie stark zusammengeschweißt. Für Marvin wie auch für seine Schwester Maria war es eine Art Geschenk für ihre Eltern.

Sie waren schon zu alt, um mit den Alten in den Urlaub zu fliegen, doch hatte ihre Mutter gute Argumente, gegen die die beiden Kids nichts auszusetzen hatten.

Ein 5-Sterne-Resort in Las Vegas sollte ein gutes Argument sein, um Kinder von ihrer Coolness zu befreien. Marvin und seine Schwester verstummten. Eigentlich hatten sie eine kleine Party mit ihren Freunden geplant, mit den Großeltern als Aufpasser. Mit Amerika hatten die beiden *aber* nicht gerechnet.

Maria, anders als ihr Bruder Marvin, freute sich auf Portugal. Sie hatte einen Schul-Brieffreund ganz in der Nähe von Costa da Caparica. Seit der sechsten Klasse schrieben sie sich fast wöchentlich.

Es war ein Projekt der Schule gewesen und die beiden hatten sich so gut verstanden, dass sie auch außerhalb der Schule Kontakt hielten. Natürlich kommunizierten sie auch über Videochat, aber Briefe zu schreiben war für beide viel persönlicher. Telefonnummer ausgetauscht hatten sie auch schon lang.

>>*Frank, wir müssen morgen unbedingt in den Urlaub fliegen!*<<

>>*Aber warum hast du mir und den Kindern nichts gesagt?*<<

>>*Es sollte eine Überraschung werden, mein Schatz.*<<

>>*Deine Überraschung ist echt gelungen.*<<

>>*Und wie läuft das mit deinem Hotel ab?*<<

>>*Keine Sorge! Für eine Vertretung ist ge-*

sorgt. Frau Schmidt übernimmt für mich ganz spontan.<<

>>*Frau Schmidt aus der Wäscherei?<<*

>>*Ja! Mach dir keine Gedanken, mein Schatz. Lass uns morgen fliegen und einfach mal abschalten.<<*

>>*Und was ist mit der einen Praktikantin? Die... Die aus Halle, das junge Mädchen?<<*

>>*Die? Um Laura müssen wir uns keine Sorgen machen. Sie hat schon viele neue Freunde gefunden!<<*

33. Die Erste

Es war ihm klar, dass er sich nicht mehr länger verstecken konnte. Sein Kartenhaus fiel in sich zusammen und er musste endlich handeln. Mit seinem blauen Jackett und der Jeanshose in Used Look wirkte er sportlich und dennoch seriös. Ein adretter Mann mit einem gepflegten Dreitagebart. Jedoch nicht in seinem Kopf. Er sah sich nicht so. Dort war er alles anders als klar und vertrauenswürdig. Seine Gedanken drehten sich wie ein Karussell auf dem Jahrmarkt.

Anfangs hatte er sich gegen seine Fantasien gewehrt; er wollte diese Gedanken nicht haben. Wenn sie dann doch auftauchten, lenkte er sich mit dem Zählen der Pickelchen der Raufasertapete ab.

Er schämte sich und hinterfragte seine Kopfgespinste. Doch niemals fand er den Mut, mit seinen Eltern darüber zu sprechen. Unzählige Male stand er kurz davor. Seine Eltern jedoch bekamen von alldem nichts mit. Wie hätte er ihnen alles auch erklären sollen? Täglich verbrachte er Zeit mit der Familie, dennoch war er allein gewesen.

Als er zehn Jahre alt war, fingen die Kopfspiele an. So beschrieb er die Gedanken zu Beginn, später schrieb er in seinem Tagebuch von Inspirationen. Die Seiten füllten sich fast täglich.

Er genierte sich für die Bilder, die sich in seinem Gehirn zu einem Film zusammensetzten. Schrieb er nieder, was er fühlte, ging es ihm besser. Es war wie der Rausch einer Droge.

Am Anfang half es, einmal pro Woche etwas schriftlich festzuhalten; dann fast täglich. Seite um Seite. Er fühlte sich gefangen in seinem Körper. Zeilen zu schreiben, seinen Gedanken eine Stimme geben, war eine Befreiung für ihn.

***

Regelmäßig träumte er von dem Nachbarsmädchen, einem blonden Engel, wie er sie in seinem Tagebuch festhielt. Er wollte sie kennenlernen und jede einzelne Sommersprosse auf ihrer Nase küssen. Niemand hatte dem damals Zehnjährigen gesagt, was Küssen ist, wie es sich anfühlt, ein Mädchen toll zu finden. Er hörte einfach auf seine Gefühle, die wiederkehrenden Ausbrüche, wenn er sie auf der Straße sah oder von seinem Zimmer aus heimlich beobachtete.

Wenn er allein war, seine Freunde keine Zeit hatten, lag er auf seinem Bett, starrte an seine weißverputzte Decke und malte sich ein Treffen mit dem blonden Mädchen aus. Manchmal spielte er sogar vor seinem Kleiderschrankspiegel das Date nach.

Am Abend davor, dem Abend, bevor er losging und er seinen Gefühlen freien Lauf ließ, beobachtete er seine Nachbarin von seinem Zimmerfenster aus und rieb sich ständig den Schritt. Er wusste nicht, wie ihm geschah, doch war ihm klar, dass er den Drang, seine Träumereien ausleben zu müssen, nicht mehr kontrollieren konnte.

In der Schule fasste er sich ein Herz und sprach das hübsche Mädchen an. Die Gelegenheit war perfekt. Beide saßen in dem Deutsch-Klassenzimmer, um eine verpasste Arbeit nachzuschreiben; niemand außer den beiden war in dem Raum.

>>*Hi! Du wohnst doch gegenüber von mir?*<<

>>*Stimmt! Ich heiße Stefanie.*<<

>>*Und...! Was hast du morgen vor, Stefanie?*<<

>>*Meine Oma ist über das Wochenende bei uns. Meine Mom und mein Stiefvater fahren zu einem Kongress.*<<

Es war wie Musik in seinen Ohren. Er verbrachte den ganzen Nachmittag und den Abend bei seiner neuen Freundin. Seine Eltern hatten es ihm erlaubt; selbst waren sie beruflich unterwegs und der Babysitter war mit anderen Dingen beschäftigt, als auf ihn aufzupassen.

Beide Kinder saßen in Stefanies Zimmer auf ihrem Bett und schauten eine DVD. Er blickte aus dem Fenster. *Komisch, hier zu sitzen, in dem Zimmer, welches ich so oft beobachtet habe.*

Stefanies Oma war schwerhörig und schlief auf der Couch vor dem viel zu lauten Fernseher. Er wusste, wo sich der Ersatzschlüssel befand, sie hatte es ihm gesagt.

Das süße Mädchen, dieser blonde Engel, war sein erstes Opfer. Sein erster Kuss. Das erste Mal, dass er ein Mädchen nackt gesehen und angefasst hatte.

Schöne Erinnerung.

***

Es war dunkel. Er stand mit der Pistole bewaffnet vor der Tür und kratzte sich mit der Laufmündung den Kopf. Seine Gedanken fuhren Achterbahn. *Soll ich hineingehen?* Ihm war schlecht; aber nicht, weil er Angst hatte. Er lächelte und steckte voller Vorfreude.

Der Gang zur Tür war aufregend und spannend. Er fühlte sich innerlich warm und schwitzte leicht. Wie damals. Seine Handflächen waren glitschig-feucht. Er konnte an nichts anderes mehr denken.

Eingeatmet und wieder ausgeatmet. Er steckte die Waffe zurück in das Holster und öffnete die Tür.

HALLO, LAURA.

34. Christian

Das Gehirn regeneriert sich nicht. Aber die intakten Bereiche des Gehirns können die Aufgaben zerstörter übernehmen. Wenn man etwas aufsaugt wie ein Schwamm, auch zufällige Sprachfetzen, bewusst wie in einem Sprachkurs, oder unbewusst, wie bei einem Film oder im Urlaub, werden diese wie auf einer Festplatte gespeichert und das kompatible Gehirn gibt das Wissen unkontrolliert frei.

Als ihr Sohn aus dem künstlichen Koma erwachte, motzte er die Schwestern der Kinder-Intensivstation und seine Eltern auf Französisch voll, obwohl er die Sprache nie gelernt oder jemals zuvor gesprochen hatte. Dabei klammerte er sich wütend an den Bettgittern fest und rüttelte panisch an ihnen herum. Seine Beine traten in alle Richtungen aus.

Christian fuhr mit seinem Skateboard einen kleinen asphaltierten Abhang hinunter, verlor die Kontrolle über sein Board und schlug mit dem Kopf auf dem Asphalt auf. Für einen kurzen Moment wurde ihm schwarz vor Augen.

Benommen von dem Sturz, zog er sein T-Shirt aus, fasste sich mit der linken Hand an den Hinterkopf und drückte den Stoff auf die klaffende Platzwunde. Er handelte instinktiv. Später hatte er keinerlei Erinnerungen mehr daran.

Mit dem Skateboard unter dem Arm, marschierte er mit schnellen Schrittes nach Hause zu seinen Eltern und brach dort im Flur zusammen.

Luke Steiner rief sofort den Rettungsdienst, seine Frau kümmerte sich um die drei Jahre ältere Schwester. Der Schock saß tief, aber Luke übernahm die Kontrolle und schickte seine Frau weg.

>>*Ich konnte die Scheiß-Dinger noch nie leiden!*<<, wütete sie in Steiners Richtung und schmiss das orange Skateboard aus dem Fenster.

>>*Beruhig dich, Schatz! Es wird alles wieder gut werden.*<<

>>*Das hoffe ich, Luke. Das hoffe ich!*<<

***

Steiner lag auf einer alten Matte, die Hände auf dem Rücken mit schwarzen Kabelbindern zusammengebunden, in einer dunklen Kammer; nicht größer als fünf Quadratmeter. Er öffnete unter Schmerzen die Augen.

Kein Tageslicht. Keine frische Luft. Um ihn herum, alte Putzmittel und Plastikeimer. Benommen setzte er sich aufrecht im Schneidersitz auf die versiffte Matte und schüttelte sich kurz. *Was für ein Laster!*

Mit den Fingern fummelte er nach seinem Handy, das aus der Gesäßtasche seiner Lieblingsjeans ragte. Krampfhaft versuchte er, die Taschenlampen-App einzuschalten, um sich umzuschauen.

Steiner wusste nicht, wo er war, geschweige denn, wie er dorthin gelangt war. Die Stimmen, die aus den Wänden drangen, versetzten ihn in große Angst. Er hörte leises Geheul. Klänge der Verzweiflung. Endlich Licht.

Langsam entknotete er seine Beine aus der Sitzposition und stand auf. Sein Schädel brummte. Steiner wollte sich am liebsten vier Aspirin auf einmal einwerfen. *Wo bin ich?* Mit seinem Adlerblick suchte er einen spitzen oder scharfen Gegenstand, um sich von dem Kabelbinder zu befreien.

Im Regal hinter ihm lag ein eingestaubtes, gelbes Feuerzeug, welches er künstlerisch von der dreckigen Ablagefläche angelte und mit dessen Flamme er sich von den Plastikleinen löste.

Steiner rieb sich seine geröteten Handgelenke und hob sein Telefon vom Boden auf. Er war gefrustet und rasend vor Wut.

Mit der Taschenlampe leuchtete er durch den kleinen Raum und schlich zur Tür. Die wimmernden Laute derer, die nicht weit von Steiner entfernt sein konnten und höllische Qualen erleiden mussten, versetzten den Kommissar einen unerwarteten Adrenalinstoß. Je klarer er wurde, umso intensiver vernahm er das Drumherum.

Vorsichtig packte er zum Türknauf und drehte ihn, in der Hoffnung, dass die Tür nicht verschlossen war. BINGO!

Geduckt streckte er seinen Kopf heraus, schaute sich im Flur um und sah drei grüne Metalltüren an der Wand gegenüber, die allesamt sehr wuchtig wirkten. Über den Türen hingen kleine Ampelleuchten, sie alle leuchteten rot.

Vorn, an einer Art abgenutzter Haupteingangstür, saß ein großer Kerl mit Maske auf einem Stuhl und blätterte in einem Comic. Die Wände waren von der Zeit gezeichnet. Putz sowie alte Tapete blätterten an einigen Stellen ab und hingen kraftlos herunter, schwarzschimmernder Schimmel zog seine Kreise und belagerte die Deckenpaneelen.

Der Typ mit dem Comic wirkte sehr müde, machte einen schlaffen Eindruck. Sein Kopf nickte immer wieder nach unten, bis er letztlich einschlief. Steiner nutzte die Chance und schlich sich an den Mann heran.

Mit einem kräftigen Schwung schlug er ihn mit der Faust in den Nacken. Dabei hielt er den Kerl am Kragen seines Shirts fest, damit er beim Zusammensacken keinen Lärm veranstaltete. Steiner schnappte sich den Schlüsselbund.

Plötzlich sprang ein Lämpchen von ROT auf GRÜN. Der Kriminalkommissar flitzte in das Zimmer zurück, in dem er zu sich gekommen war, schloss die Türe und legte sich, mit den Armen hinter dem Rücken, zurück auf die alte Matratze.

***

Auf dem Gang war es ruhig. Steiner vernahm leise Schritte, die in seine Richtung tappten. Und dann war da wieder dieser schleifende Gang. Die Tür sprang auf und ein schmächtiger Mann, bekleidet mit einem Bademantel und Badelatschen an seinen blutbeschmierten Füßen, stand auf der gebrochenen hölzernen Schwelle.

Zögerlich, vorsichtig trat er näher, um sich von Steiners Zustand ein Bild machen zu können. *Du bist der Nächste!* Er drehte sich um und zündete sich eine Kippe an. Steiner nutzte die Gelegenheit und sprang den Kerl von hinten in den Rücken, nahm ihn in den Schwitzkasten und drückte ihm die Luftzufuhr ab. Bewusstlos sackte er zusammen.

Luke krallte sich ein Seil, das er unter dem Regal erblickte, knebelte den Typen mit einem alten Lappen, legte ihn seitwärts auf den Boden, winkelte seine Beine nach hinten an, legte die Arme auf seinen Rücken und fesselte die Extremitäten fest zusammen. Danach schnappte er sich ein altes Eisenrohr, das auf dem Waschbecken lag und schloss die Tür hinter sich ab.

Auf dem Gang herrschte noch immer gespenstische Stille. Die Tür, die zu dem Zimmer führte, wo der Typ in Bademantel sein Unwesen getrieben hatte, stand weit auf. Der Comicleser lag reglos und noch immer bewusstlos auf dem Boden neben der schrottreifen Tür.

Steiner ging zu dem Kerl hinüber, beugte sich herunter und zog ihn an den Armen in den Raum, der einem rosa gestrichenen Kinderzimmer glich, schloss die massive Tür und schaltete das Lämpchen auf Rot.

Als sich der Kriminalkommissar umschaute, sah er neben dem Kinderbett mit der Hello Kitty Bettwäsche ein Mädchen; kaum dreizehn Jahr jung, welches zusammengerollt auf dem Teppichboden lag und leise wimmerte.

Er ahnte nichts Gutes. Dieses arme Mädchen. Sie murmelte undeutliche Worte. Ihr Schlüpfer war zerrissen und blutbeschmiert. Steiner war schockiert, als er bemerkte, dass das Mädchen kognitiv eingeschränkt war. *Wie kann man einem Kind nur sowas antun?*

Neben dem Kinderbett stand ein kleiner Nachttisch, auf dem Kabelbinder, Handschellen, Messer und Liebeskugeln lagen. Steiner schnappte sich die Kabelbinder und die Handschellen und hievte den Koloss bäuchlings auf das Bett.

Die Beine gespreizt und jeweils an die Bettfüße aus massiven Holz gefesselt. Beide Arme über Kreuz und ebenso an die Bettpfosten gebunden. Steiner vergewisserte sich, dass die Fesseln fest genug waren, und setzte das Mädchen auf einen Stuhl.

>>*Hey! Komm zu mir, Kleines.*<<

>>*Ich bin Polizist und schaffe dich hier raus!*<<

Erschrocken zuckte das Mädchen zusammen.

>>*Du brauchst keine Angst zu haben. Ich hole dich hier raus.*<<

Apathisch schaute sie dem Kommissar in die Augen. Ihr Blick war leer. Ihre Seele gebrochen. Steiner drehte das Mädchen zur Wand hin und widmete sich dem Typen, der auf dem Bett lag.

>>*Halt dir die Ohren zu!*<<

>>*Dreh dich bitte nicht um, Kleines!*

Luke vergewisserte sich mehrmals, ob das Mädchen sich auch wirklich die Ohren zuhielt.

Mit den brummenden Liebeskugeln in der Hand, schnitt er dem Typen die Hose auf, klatschte ihm so lange mit der Handaußenfläche ins Gesicht, bis er wieder zu sich kam.

>>*Ich hoffe, du bist wach?*<<

>>*Was ihr hier den armen Dingern angetan habt, wird dir nun das Genick brechen!*<<

Mit einem Lächeln stopfte er dem Typen die Boxershort des Bademantel-Trägers in den Rachen und rammte ihm einen Besenstiel zur Dehnung in den After; und danach die vibrierenden Kugeln. *Erstick dran, du Schwein!*

Der Typ, so hoch wie breit, kollabierte vor Schmerzen.

35. Rettung?

Das Fenster war verschlossen und mit einem blickdichten Fotodruck beklebt. Es zeigte die Stadt Tokio im Winter. Trotzdem genoss ich die Sonnenstrahlen, die sich im Glas brachen.

Es war eine Genugtuung für mich, dass ich mich endlich wieder waschen konnte. Ich fühlte mich schmierig und einfach nur abartig ekelig.

Die Angst, nie wieder meine Eltern sehen zu können, war mein neuer Begleiter – ich wollte verschwinden. Einfach nur weg von diesem schrecklichen Ort. *Wieder* und wieder stellte ich mir dieselbe Frage. Ich fühlte mich wie ein Verirrter, auf der Suche nach dem richtigen Weg.

Der einzige Gedanke, der mich glauben und hoffen ließ, war der Gedanke an meine Eltern; besonders an meine Mutter.

Sie war eine starke Frau, die es verstand, sich in der männerüberfüllten Domäne durchzusetzen. Sie war es auch, die mir jeden Tag sagte: *Verliere deine Prioritäten niemals aus den Augen.*

Nachdem ich mir die Hose wieder angezogen hatte, schlüpfte ich schnell in mein Shirt, stellte mich vor das Fenster und versuchte, mit meinen Fingernägeln diese hartnäckige Folie vom Glas zu pulen. Ich hatte das Verlangen, mich an der Folie auszulassen.

In mir herrschte eine Kühle, die mein Gefühlsbecken überschwemmen ließ und mich mehr und mehr abstumpfte. Den Stuhl, den ich als Blockade unter die Türklinke geklemmt hatte, stellte ich zurück an seinen Platz. Mir war es egal, wer oder was als nächstes diesen Raum betrat. Ich wollte nur eins: Es sollte einfach schnell vorbei sein.

***

Unten links, das könnte gehen! Ich hatte tatsächlich eine Ecke von der Folie abknaupeln können. Das war ein Erfolgserlebnis für mich. Dabei schnitt ich mir tief in das Fleisch, direkt unter den Nagel meines Zeigefingers – und schrie innerlich wie am Spieß.

Der Schmerz, glich einer heißen Nadel, die mir jemand über meinen Körper ritzte, doch war er nicht mit dem Schmerz zu vergleichen, den ich zuvor ertragen hatte.

Seit ich eingesperrt worden war, alles über mich hatte ergehen lassen müssen, dachte ich mehrfach über einen Ausbruch nach. Ich wollte den nächsten Typen, der es wagte, mir zu nahe zu kommen, ein Messer in den Hals rammen; ihn die Halsschlagader durchtrennen. Meine Gedanken spielten verrückt.

Ich stellte mir vor, wie ich die scharfe und glänzende Klinge in die Haut von so einem Arsch stechen würde.

Auf einmal schepperte es. Die Tür knallte gegen die Wand und flog halb aus den Scharnieren. Der Mann, der die Tür mit voller Wucht aufgeschlagen hatte, trat ein.

>>HALLO LAURA!<<

>>*Ich bin hier, um dich zu befreien*<<, sagte der mir völlig unbekannte Mann.

>>*Mein Name ist Schröder. Polizei Potsdam. Und du musst Laura sein, stimmts?*<<

>>*Ja!*<<

>>Wie haben Sie mich gefunden?<<

>>Wir dürfen keine Zeit verstreichen lassen. Deine Eltern warten auf dich.<<

>>Meine Eltern ...?<<

Der Mann rannte aus dem Raum und kehrte wenig später mit einem rollenden Essenswagen zurück. Zurückhaltend blickte ich auf den Wagen und dann in sein Gesicht. Der Mann lächelte mich freundlich an und hob ein weißes Laken hoch.

>>Versteck dich da drin. Ich schieb dich hier unbemerkt raus.<<

>>Da rein?<<

>>Ja! Wir müssen uns jetzt aber wirklich beeilen. Vertrau mir! Ich bin Polizist!<<

Ohne groß nachzudenken, setzte ich mich mit angewinkelten Beinen in den großen Essenswagen und hoffte auf das Beste. Der Polizist verlor keine Zeit und fuhr mich aus dem Zimmer.

Ständig fummelte er mit seinen Händen an dem weißen Laken herum. Er wollte sichergehen, dass mich keiner bemerkt. Wo wir genau langfuhren, wusste ich nicht. Die ganze Zeit über versuchte ich, irgendetwas zu sehen. Leichte Umrisse, die ich durch das Laken erhaschen konnte. Ich wollte wissen, wo wir waren. Es erschien mir wichtig.

>>*Was machen Sie mit dem Wagen?*<<, fragte eine mir unbekannte Stimme, die uns anhielt.

>>*Den soll ich in Raum S fahren. Mir wurde gesagt, dass ich ihn da abstellen soll.*<<

36. Bachmann

Die Dunkelheit erdrückte sie. Schuhmann betrat die letzten Stufen der Treppe, die zum Keller führte und zückte schützend ihre Pistole. Schweißtreibende Luft peitschte ihr in das von Angst angespannte Gesicht. Sie wollte Steiner so schnell wie möglich finden; ihr war nicht wohl bei dieser getrennten Suche nach Laura.

Vor der leeren Küche bog eine zierliche weibliche Person in den Flur ab, schaute sich hektisch um und verschwand vor den Augen der Polizistin in dem Wäscheraum. Schuhmann zögerte nicht lange und nahm die Verfolgung auf.

Sie blieb kurz stehen, lauschte vorsichtig an der Tür und drückte langsam die Klinke hinunter. Mit einem Schwung schlug sie den hölzernen Einlass auf und hielt die Pistole in das Zimmer.

Wo ist sie hin? Die Polizistin stand in einem leeren Raum zwischen Waschmaschinen und

Wäschekörben. Nichts war ungewöhnlich. Schuhmann drehte sich im Kreis und schaute unter den Tischen nach, ob sich die Person vielleicht dort vor ihr versteckt hielt, als ihr plötzlich eine kleine Tür auffiel.

>>*Das gibt es doch nicht!*<<, stammelte Schuhmann leise vor sich hin.

>>*Was ist das?*<<

Behutsam öffnete sie mit der Schuhspitze ihres linken Turnschuhs die kleingehaltene Tür und blickte ins Innere. Es zeigte sich ihr ein schmaler dunkler Gang, der zu einer weiteren Tür führte, aus der schwaches Licht schimmerte. Schuhmann verlor keine Zeit und folgte ihrem Instinkt.

>>*Schröder?*<<, wunderte sich die Polizistin und steckte ihre Pistole zurück in das Halfter.

>>*Frau Schuhmann! Sie kommen wie gerufen*<<, stotterte Schröder mit blasser Gesichtsfarbe in ihre Richtung.

>>*Was machen sie denn hier... Frau Bachmann?*<<, wunderte sich die Polizistin.

>>*Hallo, Frau Schuhmann. Ihr Kollege hatte mich telefonisch informiert, dass er auf ei-*

ner wichtigen Fährte sei<<, erklärte sich die Hotelchefin.

>>Aber...! Wie kannst du hier sein, wenn du... Ich verstehe das nicht, Schröder.<<

>>Ich habe hier unten komische Geräusche gehört und wollte Steiner zur Hilfe eilen. Als ich hier ankam, fand ich nur diesen leeren Raum vor. Ich rief sofort Frau Bachmann an, um ihr dieses Geheimversteck zu zeigen. Das erachtete ich als wichtig.<<

***

Die Polizistin schaute sich behutsam in dem Zimmer um, begutachtete jede Ecke und jede Kachel.

Ihr fiel der glänzende frisch geputzte Tisch auf, doch stellte sie diesbezüglich keine Frage. Sie wollte keine schlafenden Hunde wecken und ahnungslos wirken. Etwas verwirrt stand sie vor einer verschlossenen Tür.

>>Wo führt diese Tür denn hin?<<

>>Das weiß ich auch nicht; die ist verschlossen!<<, antwortete Schröder mit einem

fragenden Blick.

>>*Wissen Sie etwas Genaueres, Frau Bachmann?*<<, wollte Schröder von der Hotelchefin wissen.

Frau Bachmann stand mit hochgezogener Augenbraue vor den beiden Beamten und kratzte sich fragend am Kopf.

>>*Ich bin genauso überfragt wie Sie beide!*<<, stammelte die Inhaberin von dem Hotel „Zur Scheune".

>>*Ich kann mir das alles gar nicht erklären!*<<

>>*Frau Bachmann, ich würde mit Ihnen gemeinsam der Sache auf den Grund gehen. Meine Kollegin hier geht zurück zur Rezeption und schaut, ob sie Steiner finden kann.*<<

37. Der Zweck heiligt die Mittel

Es war still.

Keiner durfte atmen oder reden. Sie wollte sicher sein, dass die bescheuerte Kuh auch wirklich verschwunden war. Als die Schuhmann den Raum endlich verlassen hatte, schickte sie einen ihrer Männer hinterher, um sich des Problems anzunehmen. Nichts durfte an die Öffentlichkeit gelangen. Das wäre ihr Untergang gewesen.

>>So, und nun zu Ihnen, Herr Schröder!<<

>>Wissen Sie eigentlich, was wir hier mit Polizisten machen? Hier habe ich das Sagen! Ich bin das Gesetz!<<

>>Frau Bachmann, seien Sie versichert, dass ich schweigen werde wie ein Grab. Ich habe für Laura eine Menge Geld bezahlt...<<

>>Und was hat das Ganze hier mit dem Schnüffler zu tun?<<

>>Sie meinen Steiner? Ach! Wissen Sie, Steiner ist...<<

>>Schröder! Ich will eigentlich gar nicht wissen, welchen privaten Kleinkrieg Sie gegen den Ermittler führen oder führen wollen. Wichtig ist mir nur, dass Sie unsere Hausregeln beherzigen; ansonsten können Sie sich zu der Ware reihen. Haben wir uns verstanden?<<

>>Frau Bachmann, ich bin die Diskretion selbst. Ich habe Ihnen mehr Geld vor Ihre gierigen Füße geschmissen, als der kleine rothaarige Fettsack bezahlen würde. Fahren Sie sich also runter und vor allem, mäßigen Sie sich im Ton. Mir ist egal, ob ich hier im Disney Land bin oder in Ihrem Hotel; mir ist auch Schnuppe, wer hier was zu sagen hat und wer nicht...! Hey, beruhig dich, mein Großer!<<

>>Ja, setz dich wieder auf deinen Stuhl. Es ist alles in Ordnung! Herr Schröder zeigt mir gerade nur, dass er Eier in seiner Hose hat. Alles o.k.! Setz dich wieder hin!<<

>>Frau Bachmann, ich bringe Ihnen Geld. Sie besorgen mir genau das, was ich will. Wie ich finde, sind wir ein gutes Team.<<

Wenn man wusste, wie man mit Schröder

umzugehen hatte, war er einer der unkompliziertesten Kunden, mit denen sie es zu tun hatte. Was genau es mit Steiner auf sich hatte, wollte die Bachmann gar nicht wissen.

Ihr war wichtig, dass die Firma, die sie mit Schweiß und Blut aufgebaut hatte, nicht einstürzte wie ein Kartenhaus. Es durfte nichts außer Kontrolle geraten. Jeder hatte sich an die Haus-Regeln zu halten.

***

Auf dem Weg durch die Gänge kratzte Rebecca Bachmann pfeifend mit einem Schlüssel die Wände entlang. Sie zog wellenförmige Linien auf dem rauen Unterputz. Frau Bachmann war stolz auf ihr Unternehmen. Sie fühlte sich mächtig und unantastbar.

An die wimmernden und angsterfüllten Schreie derer, denen man das Schlimmste auf Erden antat, hatte sich die egozentrische Frau längst gewöhnt. Anfangs empfand sie Mitleid für die jungen Mädchen, die unaussprechlichen Qualen ausgesetzt waren. Das legte sich dennoch schnell.

Die Mutter zweier Kinder hatte sich oft mit der Frage auseinandergesetzt: *Was würdest du machen, wenn jemand deine Kinder entführt, vergewaltig und tötet?* Sie selbst wohnte nur ein einziges Mal einer dieser Sitzungen, wie sie sie nannte, bei. Für Geld hätte sie *alles* gemacht.

Eine junge Frau aus dem Nachbarort, nicht älter als zweiundzwanzig Jahre, wunderschön, mit langen schwarzen Haaren, wurde ihr erstes Opfer, mit dem Rebecca Geld verdiente. Beide kannten sich, und es war ein Leichtes für die Hotelchefin, das arme Ding zu ködern. Sie war es auch, die Rebecca auf die Idee eines Mädchen-Kataloges gebracht hatte. Somit ging es schneller und ihre Kundschaft konnte selbst entscheiden.

Ihr Dauerkunde von der ersten Stunde an, dieser kleine rothaarige Fettsack, hatte die Frau auf einen Tisch gefesselt, mit einer chemischen Droge zugedröhnt, sodass sie keinen Schmerz litt, und dann mit einem Vibrator vergewaltigt. *Wieder* und wieder.

Frau Bachmann selbst blieb regungslos auf der Türschwelle stehen und schaute geschockt zu. Der Umgang mit diesem vibrierenden Ding war ihr nicht fremd, doch scheute sie sich, dem armen Mädchen in das krampfverzerrte Gesicht zu gucken.

Immer wieder kniff sie ihre Augen erschrocken zusammen. Sie konnte in dem Gesicht des Opfers lesen, dass es der völligen Scham ausgesetzt war - nichtwissend, ob es jemals wieder aus der Hölle gelangen würde.

Die junge Frau hatte keine Schmerzen, dafür sorgte ja die Droge, doch es war sich seiner Lage nur allzu sehr bewusst. Auch im Rausch.

Mit jedem weiteren klitoralen Orgasmus, den ihr der Fettsack hämisch lachend mit dem Vibrator verschaffte, kullerten über das einst so weiche und warme Gesicht tausende Tränen. Rebecca Bachmann krallte sich mit ihren Fingernägeln in das frisch lackierte Holz des Türrahmens und kämpfte mit dem Mittagessen, was sich säuerlich den Weg nach oben bahnte.

Ihr war schlecht; doch der Gedanke an das viele Geld übertönte sämtliche Stimmen in ihrem Kopf, die an Vernunft, Moral, Verstand und ihr Herz appellierten. Selbst, als die junge Frau an einem plötzlich auftretenden Herzstillstand verstarb. Wohl verursacht durch den Drogencocktail.

***

>>*Wo zum Teufel ist der Wachposten hin?*<<, wütete die Bachmann laut über den Flur.

>>*Habe ich es hier nur mit Eiweiß-Dilettanten zu tun?*<<

Der Stuhl war leer. Auf dem Boden vor der Sitzgelegenheit lag ein abgenutztes Comicheft. Die Bachmann trat vor Wut gegen den Stuhl und kickte das farbenfrohe Heftchen weg.

Es war ruhig. Für ihren Geschmack zu ruhig. Die Wände waren verstummt.

>>*Da!*<<, schrie Schröder entsetzt und zeigte auf eine halb offen stehende Tür.

>>*Das darf nicht wahr sein!*<<, stammelte die Alte wild zornig.

>>*Wo ist Steiner?*<<

>>*Links von Ihnen, in der Abstellkammer*<<, antwortete Schröder helfend.

Die Bachmann setzte behände einen Fuß vor den anderen und sprintete zu der Kammer. Ihre Vermutung war groß, den Kommissar dort nicht mehr wieder aufzufinden, doch erleichterte sich der schwere Verdacht, der ihr wie ein Eitergeschwür auf dem Herzen lag, schnell, als sie die Türklinke nach unten drückte und die Tür verschlossen war.

>>*Los, aufmachen!*<<

Schröder zückte einen Schlüsselbund aus seiner Jackentasche hervor, suchte den passenden Schlüssel und schloss die Tür auf.

>>*Was ist das?*<<, fauchte die Bachmann den Potsdamer Polizisten voll.

>>*Wo ist Steiner?*<<

>>*Das weiß ich nicht! Ich habe ihn persönlich gefesselt und hierher gebracht*<<, versicherte Schröder.

>>*Wenn dem so wäre... Schröder! Wo ist Steiner? Und wo ist der Wachposten?*<<

Wutentbrannt betrat sie die Kammer und trat auf den am Boden liegenden Mann im Bademantel ein. Ihr schwante nichts Gutes. Sie wollte aus der Situation ausbrechen.

Eigentlich wollte sie aus Deutschland verschwinden – ihre Familie hatte sie von einem langen, erholsamen Urlaub überzeugen können; doch so wie es aussah, musste sich Frau Bachmann um alles selbst kümmern.

Ihre Kopfschmerzen hämmerten und die Wut in ihrem Bauch manifestierte sich zu einer explosiven Panikattacke. Ihr Herz raste und sprang aus ihrer Brust. Die aufgestaute dumpfe Wut breitete sich in ihrem gesamten Köper aus.

>>Schröder!<<

>>Ja, Frau Bachmann...?<<

>>Geben Sie mir Ihre Waffe!<<

Zögerlich und doch entschlossen, griff die alte Schachtel nach der Pistole, die ihr der Polizist gereicht hatte. Sie holte einmal tief Luft, zählte innerlich bis sechs und atmete kräftig durch den Mund wieder aus. Ihr Puls regenerierte sich und sie visierte den am Boden gefesselten Typen an.

Mit kaltem Blick rief sie seinen Namen und drückte entschlossen den Abzug nach hinten, als der Mann im Bademantel aus der Bewusstlosigkeit erwachte, langsam die Augen öffnete und der Bachmann direkt in die Augen schaute. Sie fühlte sich gut dabei.

***

Nacheinander öffneten die beiden sämtliche Türen, um Steiner zu finden. Es durfte nichts an die Öffentlichkeit gelangen. Frau Bachmann kochte vor Wut und scheuchte Schröder von Zimmer zu Zimmer.

In einem blauen Zimmer, es roch sehr frisch und lieblich, fanden sie den leblosen Körper von Frau Schmidt vor. Die Chefin des Reinigungspersonal des Hotels, die so gerne Befehle erteilte, saß auf einem Stuhl, gefesselt, mit einem orangenen Trichter im Mund; vor einer laufenden Kamera, die das ganze Prozedere aufgezeichnet hatte.

Blutig rosafarbiger Schaum quoll ihr an den Mundwinkeln heraus. Jemand hatte ihr oral ein Gemisch aus Säure und Weichspüler eingeflößt. Der Trichter stak tief in ihrem Rachen. Den Rest übernahm das fleischzerfressende Gemisch.

An dem Camcorder, dem einzigen Zeugen der Tat, klebte ein Zettel, worauf geschrieben stand: *Die Öffentlichkeit schaut zu!*

In einem grünen Zimmer, es roch nach Fäkalien, hockte Herr Herrmann nackt auf einem stabilisierten Stuhl – und unter seinem schwabbeligen Hintern war ein schwarzes Rohr befestigt, welches steil nach oben ragte; es war direkt unter seinem After angebracht.

Der fette rothaarige Kerl jammerte, wie eine kleine Maus gefangen, in der Falle um Hilfe. Ihm rollten dicke Schweißperlen das Gesicht herunter.

Der schmierige Typ, der so gerne junge Mädchen befingerte und vergewaltigte und sich anal an ihnen verging, sie mit seinem teuflischen Lachen in den Tod trieb, weinte vor Schmerzen.

Seine Oberschenkel taten ihm weh. Sie zitterten wie Espenlaub. Ihm war klar, dass er die Position halten musste, ansonsten würde sich das schwarze Rohr, welches mit Stacheldraht umwickelt worden war, tief in sein Inneres bohren und ihn zerfetzen.

Die Bachmann eilte ihrem besten Kunden sofort zur Hilfe und übersah dabei die Angelsehne, die mit seinen speckigen Knöcheln verbunden war. Sie stolperte über die reißfeste Schnur aus Kunststoff und zog Herrmann die Füße nach hinten weg.

>>*Dieses Schwein!*<<, schrie die Bach-

mann laut und wischte sich angewidert das Blut aus ihrem Gesicht, entsetzt von dem Bild, welches sich ihr bot.

>>*Wir müssen Steiner sofort finden!*<<

In dem letzten Raum, ein niedlicher Nachbau eines Kinderzimmers, wurde den beiden ganz anders, als sie den Wachposten mit zerschnittener Hose vor sich auf dem Bett liegen sahen.

Die vibrierenden Kugeln in seinem Innersten, sie wurden dem Typen rektal und sehr tief eingeführt, erledigten den Rest. Auch hier war *wieder* eine Kamera aufgestellt worden, die alles aufzeichnete. Jeder dieser Vergewaltiger hielt seine Verbrechen gern auf Band fest.

Die Alte fuhr aus der Haut und tobte wie eine Wilde durch das Zimmer. Sie schlug alles von dem Tisch und trat immer wieder gegen den leblosen Körper ihres Angestellten.

Frau Bachmann ging der Arsch auf Grundeis. Sie wollte dem Ganzen entkommen und flüchten. Am liebsten hätte sie Schröder eine Kugel verpasst und wäre verschwunden. Doch nicht ohne Steiner. Der musste dran glauben.

>>*Wir müssen Steiner finden!*<<, wiederholte sie erneut und spuckte beim Reden Gift

und Galle.

>>Schröder, wir teilen uns auf. Sie holen
Laura und ich gehe noch einmal zurück.<<

38. Im Labyrinth

Steiner befand sich in einem Flügel des Labyrinthes, der ihm völlig fremd war. Es war dunkel und kalt. Er irrte umher.

Die Gänge und Flure glichen nicht den anderen. Nahezu schauderhaft. Es wirkte wie eine unterirdische Heilanstalt, die seit einem halben Jahrzehnt verlassen schien. Alte Rollstühle standen, vergessen von der Zeit, herrenlos in den Fluren herum. Verlassene Mehrbettzimmer. Ein gruseliger Schauplatz bot sich dem Kriminalkommissar, der mit dem jungen Mädchen auf seinen Armen, auf der Suche nach einem sicheren Versteck war.

Ein vergilbtes Schild, es hing an einem rostigen Nagel herunter, wies auf eine Art Krankenhaus hin. Dieser Bereich des Kellers wurde vor vielen Jahren, unentdeckt von der Außenwelt von angehenden Psychologen und Ärzten genutzt, um an hilflosen Patienten, zum Teil unzurechnungsfähig und nervenkrank, ihre Praktiken zu verbessern oder aufzufrischen.

Steiners langjähriger Freund, ein angesehener Architekt, würde sich in diesen Räumlichkeiten austoben. Für ihn und jeden anderen Architekten der Welt, wäre dieser Ort zweifelsohne ein Rubin der Schaffenskraft. Ein Ort der Freude, so makaber das auch klingen mochte.

Bis auf die kunstvolle Hülle, die jeder Raum bot, war nicht mehr viel übrig geblieben. Dreck, Pflanzen und Moos, Spinnenweben, soweit das Auge reichte. Schimmel an den Wänden, den Decken, selbst auf dem Boden.

Die hölzernen Türen hingen kraftlos an den von Rost zerfressenen Scharnieren und gammelten langsam vor sich hin. Was der Mensch nicht zerstört hatte, hatte sich die Natur wiedergeholt. Dabei entstanden surreale Motive, die jeden Architekten auf der Welt verrückt gemacht hätten.

In jedem Zimmer befand sich ein langgezogener Tisch, auf den noch altes, teils durch die Jahre zusammengewachsenes instrumentales Werkzeug, unter einer staubigen Schmutzschicht aufgereiht, platziert lag, mit denen man ehemals Experimente an den Patienten ausgeübt hatte. Er hielt dem winselnden Mädchen die Augen zu.

Aus Büchern und dem Fernsehen wusste Steiner um die Grausamkeiten von damals. Man hatte Schädel aufgesägt und im wachen Zustand an Gehirnen experimentiert – auch gefährliche Stromexperimente waren an der Tagesordnung.

Bei dem Gedanken daran, dass man Menschen an einem Stuhl oder auf ein Bett gekettet hatte und ihnen Stromstöße durch das Gehirn gejagt hatte, wurde Steiner übel. Selbst Zahn-Operationen, alltägliche Vorgänge.

Zögernd suchte Steiner weiter nach einem sicheren Versteck für das junge Mädchen und schritt voran. Ein Raum zu seiner Linken, glich dem eines Gynäkologen. Steiner vermochte keinen Gedanken daran zu verschwenden. Ihm schauderte es zutiefst bei dem Anblick des Stuhls, welcher repräsentativ in der Mitte des Zimmers stand.

Welche Leiden hatten Frauen oder Männer hier unten über sich ergehen lassen müssen?

Bei dem Anblick eines Elastrator, der auf dem gefliesten Boden neben dem gynäkologischen Stuhl lag, wurde ihm ganz anders. Steiner kannte das Gerät aus Kindheitstagen, die er jeden Sommer bei seinen Großeltern auf dem Land verbracht hatte – er war das eine oder andere Mal bei der Kastration von Schafen dabei gewesen und hatte seinem Opa geholfen.

An den kleinen Küchenraum grenzte ein Arztzimmer, was für Steiner ein ideales Versteck schien. Er setzte das junge Mädchen auf einen wackeligen Lederstuhl, drückte ihr ein Comicheft, welches auf dem Boden gelegen hatte, in die Hand - und kniete sich hinab.

>>*Hab keine Angst!*<<

Die kleine Taschenlampe, die er in dem Abstellraum gefunden hatte, war jetzt Gold wert. Sie hatte unter einem Regal gelegen und funktionierte tadellos. Sie würde dem Mädchen etwas Trost spenden können, bis er zurück wäre.

>>*Du brauchst keine Angst haben. Ich bin gleich wieder zurück.*<<

>>*Und wenn jemand außer mir das Zimmer betritt, dann schrei wie am Spieß. Ich bin ganz in der Nähe.*<<

Das Mädchen saß mit angewinkelten Beinen auf dem Bürostuhl und klammerte sich an dem Comic fest. Der Lichtkegel der Taschenlampe hüpfte über die Seiten. Das Zimmer war genauso verkommen, wie der Rest in diesem Gewölbe. Es roch nach vergammeltem Papier und nach Feuchte.

Das kleine Mädchen war eingeschüchtert aber vertraute dem Kriminalkommissar, der ihr versprach, dass sie sehr bald wieder bei ihren Eltern sein würde.

***

Steiner schloss mit schwerem Herzen die Tür hinter sich und schlich den dunklen Gang entlang. Er hatte noch ein Ass im Ärmel. Der Polizist war nicht dumm.

Seit dem Tag, als er auf Schröder und Schuhmann getroffen war, hielt er sich mit seinen Gedanken bedeckt und beobachtete genau. Nur weil man vor einer weißen Wand steht, heißt das nicht, dass man die kleinen schwarzen Steinchen nicht sehen kann.

Vor sich sah er jetzt das alte Haupttor, welches er von der anderen Seite schon einmal erblickt hatte. Langsam bog er nach links ab, in einen kleinen Seitenflügel und hörte dumpfe Geräusche aus einem Zimmer. Zwei Türen zu seiner linken und drei mit Brettern zugenagelten Türen zu seiner rechten Seite.

Der kaputte Fliesenboden war verkrustet und nass-schmierig. Ihm kam die Stimme bekannt vor. Steiner konnte sie nicht wirklich einordnen. In dem Gewölbe hallte alles nach.

Vorsichtig schlich Steiner näher heran, hob eine Eisenstange, die zu seiner Rechten auf dem Boden lag, langsam auf und bewegte sich weiter zur Tür hin. Umso näher er kam, umso mehr wurde ihm bewusst, wem er da gerade in die Arme lief. *Ich wusste es!*

Bedacht blinzelte der Kommissar aus Halle durch die schmale Öffnung der angelehnten Tür und sah, wie sich sein Polizeikollege aus Potsdam sexuell an der vermissten Laura vergehen wollte. Er verdeckte einen Teil seines Opfers, stand mit dem Rücken zu Steiner. Er bemerkte den Beobachter nicht, war er doch zu vertieft in seinem Vorhaben.

Luke, der mit der Eisenstange bewaffnet vor der angelehnten Tür hockte, verschaffte sich einen kurzen Überblick, stieß die Tür auf, rannte auf Schröder zu und schlug ihm die Stange über den Schädel. Der Polizist brach zusammen und sackte zu Boden.

Bei dem Anblick, der sich dem Kriminalkommissar bot, wuchs die Wut auf den Perversen zunehmend. Laura lag mit gespreizten

Beinen benommen auf einem klapprigen Tisch. Blut rann ihre Oberschenkel entlang und bildete eine Pfütze unter ihrem Gesäß, sie hatte sich vor Angst eingepullert.

So schlimm die Tat war, Steiner war froh darüber, dass Schröder das Mädchen nicht weiter misshandeln konnte. Väterliche Fürsorge breitete sich aus. Er hätte heulen können.

In ihm brodelte es. Mit einem geringschätzigen Blick schaute er auf den Beamten Schröder nieder, der in einer Pfütze lag, sich vor Schmerzen den Kopf hielt und sabberte. Wie in Zeitlupe nahm er alles wahr.

Steiner, der mit seinen Gefühlen zu kämpfen hatte, holte aus und trat Schröder mit voller Wucht in die Weichteile. Wieder und *wieder*. Das Schwein sollte leiden und nie wieder sein Ding benutzen können. Nicht einmal für den Toilettengang.

Die Waffe gezückt, voller Hass und diabolischer Gedanken, die sich wie ein gieriges Krebsgeschwür durch seinen Kopf fraßen, stand er über Schröder; der Raum war leer und kalt, ebenso sein Blick. Die Geräuschkulisse verstummte. Die Wände schwiegen still. Er schaute auf Kimme und Korn seiner Pistole, ein Zucken durchströmte plötzlich seinen Zei-

gefinger, der sich langsam mit dem Abzugsbügel zum Abzug bewegte. Der Griffrücken
lag gut in seiner Hand. *Nur einmal abdrücken!*
Steiner bekam seine Wut in den Griff und
packte die Waffe weg.

Er zog dem armen Mädchen die Hose hoch,
reichte ihr sein Hemd, hob sie vom Tisch herunter und versuchte, sie zum Laufen zu ani-
mieren.

>>*Wir müssen hier ganz schnell verschwin-
den, hörst du?*<<

>>*Komm, ich bringe dich zu deinen Eltern
zurück!*<<

Diesen Satz hatte sie schon einmal gehört
und ihm fatalerweise Glauben geschenkt.

>>*Wer sind Sie?*<<, blinzelte Laura er-
schrocken hoch in Steiners Gesicht.

>>*Hab keine Angst, mein Kind. Ich gehöre
zu den Guten. Deine Eltern haben mich geschickt, um dich zurückzuholen.*<<

Mit schwachen Gang, ihre Beine zitterten
wie die eines jungen Rehkitz, torkelte sie aus
dem Raum heraus und stützte sich an der von
Moos und Dreck beschmierten Wand ab. Sie
wollte nur noch raus hier und zu ihren Eltern.

Steiner legte Schröder Handschellen an, holte den tiefsitzenden Schnodder hoch und spuckte ihn Schröder ins Gesicht. *Schlaf schön, Prinzessin!*

Beide gingen den Weg zurück, den Luke genommen hatte. Auf dem Rückweg machte der Kommissar halt vor dem versperrten Arztzimmer und sackte das junge Mädchen ein, was er dort versteckt hielt. Eingeschüchtert saß sie noch immer mit dem Heft auf dem klapprigen Bürostuhl.

Steiner war froh, die beiden gerettet zu haben. Das Ausmaß ließ auf nichts Gutes hoffen. Doch war dem Beamten klar, lieber zwei gerettet, als hätte man zu den Dutzenden verschwundenen und getöteten Frauen zwei weitere hinzufügen müssen. Doch noch waren sie nicht in Sicherheit.

***

In dem frisch geputzten Schlachterzimmer angekommen, es roch noch immer nach Desinfektionsmitteln, nur einen kleinen Gang und eine weitere kleine Tür von der Hotel-Wäscherei entfernt, traf der Kriminalkommissar aus Halle auf die wild um sich blickende Frau Bachmann, die vor Nervosität keinen klaren Gedanken fassen konnte.

Steiner hielt sich vor Augen, was diese Frau in den letzten Jahren anderen Menschen angetan hatte und ballte gedanklich die Fäuste.

>>*Hier sind Sie, Herr Steiner!*<<, stieß Frau Bachmann erschrocken laut heraus.

>>*Ach, und Sie haben Laura und ein anderes Mädchen gefunden. Das ist aber großartig. Aber auch irgendwie gruselig. Ich kenne das kleine Mädchen gar nicht.*<<

>>*Und ich dachte die ganze Zeit, Laura sei in Hamburg.*<<

>>*Ja! Bringen Sie uns bitte einfach in Ihr Büro?*<<

>>*Aber selbstverständlich Herr Steiner. Ich hoffe nur, dass der Spuk nun endlich ein Ende hat. Ich stand die ganze Zeit allein in diesem Raum und wusste nicht mehr weiter.*<<

>>*Ich auch, Frau Bachmann... Ich auch!*<<

>>*Was haben Sie gerade gesagt, Herr Steiner?*<<

>>Nichts! Ich bin nur froh, Sie hier zu tref-fen. Sie sind die einzige Person, der ich noch vertraue.<<

Das Hotel war wie leergefegt. Keine Gäste und auch kein Hotelpersonal waren mehr zu sehen. Steiners Körper schmerzte. Der Kriminalkommissar wünschte sich nichts sehnlicher als zwei Aspirin und einen leckeren Schokoriegel, den er sofort verschlingen würde.

Frau Bachmann fühlte sich sicher und grinste gedankenschwelgend vor sich hin. Die letzten Worte von Steiner, er würde ihr vertrauen, gingen runter wie Öl.

An der Hotelrezeption lehnte ein Mann. Der Unbekannte stand mit dem Rücken zu den beiden und den Mädchen, den Kopf geneigt, als würde er etwas lesen. Unauffällig.

Frau Bachmann, unberührt von dem Geschehen und mit den Gedanken ganz woanders, steuerte zielgerichtet auf ihr Büro zu und malte sich gedanklich aus, wie sie Steiner und die beiden Mädchen um die Ecke bringen könnte. Ihr eigenes Wohl, den Schein ihrer Firma zu bewahren, war ihr wichtiger als alles andere. Es durfte nichts an die Öffentlichkeit gelangen.

Siegessicher und zu allem bereit, öffnete Frau Bachmann forsch die Tür zu ihren Räumlichkeiten. Der gewohnte liebliche Duft von Vanille flog ihr um die Nase, als sie eintrat.

Sie wiegte sich in Sicherheit und fühlte sich stark. Sie hinterfragte die Leere ihres Hotels nicht. Sie wollte weg; verschwinden und flüchten. Auch ohne ihre Familie, wenn es sein müsste.

Die Tür geöffnet.

Kurz blieb die Mutter zweier Kinder und Ehefrau in der Türschwelle stehen, sackte dann bitterlich weinend zu Boden, als sie ihren Mann Frank, die Polizistin Frau Schuhmann, die den Kerl, der im Auftrag von der Bachmann Schuhmann töten sollte, in Handschellen vor sich im Schneidersitz sitzen ließ und zwei Beamte der örtlichen Polizei in ihrem Büro erblickte.

Steiner, sonst sehr keck im Ton und immer das letzte Wort haben wollend, erfolgsgewohnt und manchmal etwas eigen in seiner rauen Art, legte der Bachmann Handschellen an, zwinkerte der Schuhmann zu und schickte die zwei Beamten in das Gewölbe, um den entmannten Schröder in Gewahrsam zu nehmen.

>>Das Spiel ist aus, du furchtbare Zicke!<<

39. Das Verhör

Im Vernehmungsraum 001 herrschte Stille. Die Bachmann saß leise und zusammengekauert auf dem metallenen Stuhl. Sie pustete in einen Kaffeebecher und wirkte teilnahmslos. Wie weggetreten. Ihre Gedanken kreisten, doch sprach sie keine Silbe.

Seit ihrer Verhaftung und dem familiären Untergang, vergingen Wochen des Schweigens und des Frustes. Ihr Aussehen war fürchterlich. Die Haare fettig und die Haut sehr unrein. Ihre einst so gepflegten und vorzeigbaren Fingernägel glichen denen eines Bauarbeiters.

Die Bachmann verlor kein Wort. Sie schwieg still, gab keinen einzigen Laut von sich. Weder zu ihrer Zellengenossin noch zu ihrem Anwalt, einem schmierigen und großzahnigen, zweitklassigen Winkeladvokaten aus Berlin; der mit seinen Geheimratsecken Flugzeuge auf seiner Stirn hätte landen lassen können.

Sein immer frisch gefärbtes schwarzes Haar

war eine Laune der Tube.

Das ganze Revier lachte über diesen Mann. Er redete geschwollen daher, machte einen auf dicke Hose und hatte eigentlich von Tuten und Blasen keine Ahnung. Wenn er den Raum betrat und jedem sein fünfundfünfzig Zahn starkes Lächeln zeigte, hörte man amüsiertes Raunen und vor Lachen japsendes Schluchzen klar und deutlich.

Steiner ließ es sich nicht nehmen und verarschte den Anwalt der Bachmann, so oft es nur ging. Es machte dem Heißsporn einfach Spaß, einem degenerierten Spinner aus Berlin, der die Bachmann als unzurechnungsfähig erklären wollte, in die Tasche zu stecken.

>>*Du bist doch Sänger oder so, in einer Band?*<<, fragte Steiner den Anwalt.

>>*Ja, das stimmt. Eigentlich spiele ich gerne Gitarre, doch das kann ich nicht so gut!*<<

>>*Verstehe. Deswegen singst du also?*<<

>>*Ja, genau.*<<

>>*Dann habe ich einen wertvollen Tipp für dich!*<<

>>*Was denn, Herr Steiner?*<<

>>Sing während meiner Vernehmung und du wirst eine Oktave höher trällern, kapische!<<

Steiner setzte sich mit einer dicken Akte und einem noch fetteren Grinsen in seinem Gesicht an den Tisch zu Frau Bachmann und schlug Seite für Seite um. Für Luke war es eine Genugtuung, die Alte hinter Gittern zu wissen; auch dass Kai Weber einen hässlichen Gesichtsausdruck an den Tag legte, als er von Lauras Befreiung Wind bekam.

***

>>So, Frau Bachmann, wollen wir uns doch noch einmal zusammensetzen und schauen, inwiefern wir zusammenarbeiten können.<<

>>Was ich aus Ihren Unterlagen erfahren habe, ist, dass Ihr Hotel mehr schlecht als recht lief. Daher dann dieser Frauenhandel, den Sie hinter verschlossenen Türen anboten?<<

Der dämliche Anwalt schwieg still. Die Bachmann starrte ihn hilfesuchend an.

Steiner saß vor der Alten, schaute der einst so attraktiven Frau in ihr zerbrechliches Gesicht und wartete ab. Der Kriminalkommissar holte einen Schokoriegel aus einem kleinen Beutel hervor, riss langsam die Verpackung auf und schob sich die süßschmeckende Versuchung in den Mund.

>>*Wissen Sie, ich habe gestern mit Ihrem Mann und Ihren beiden Kinder gesprochen.*<<

Frau Bachmann blickte auf zum Kriminalkommissar und zuckte nervös.

>>*Was haben meine Süßen gesagt?*<<, wollte die Bachmann neugierig wissen.

>>*Ihrer Familie geht es wie mir! Die Frage nach dem Warum?*<<

Rebecca setzte sich in eine aufrechte Position, richtete ihr schweres Haar zu einer ordentlichen Frisur und überkreuzte die Arme, distanziert von Allem.

>>*Wissen Sie, ein Hotel zu leiten, war schon immer mein Traum gewesen. Sie müssen wissen, seit meiner Kindheit träumte ich von diesem erfüllten Leben.*<<

>>*Und warum dann der Handel mit jungen*

Frauen?<<, wollte Steiner wissen.

>>Herr Steiner, Sie sind doch ein gebildeter Mann. Wenn die Zahlen nicht stimmen, muss man halt seine Prioritäten ändern und sehen, wie man zu Geld kommt. Anfangs war es nur ein Gedanke, der in meinem Kopf herumspukte. Mir war nicht klar, was ich eigentlich wollte – bis dieser eine Mann mein Hotel betrat und mir eine Menge, und ich rede wirklich von einem gigantischen Haufen, Kohle anbot.<<

>>Weiter...<<, feuerte Steiner die Bachmann an. Er fand es abartig, dass sie bei dem Stichwort Hotel, plötzlich reden mochte. Die Menschen, die ihr Leben gelassen hatten, waren ihr völlig egal.

>>Das Geld war verlockend. Wir brauchten es dringend, da mein Mann wegen meinen Zielen seine eigenen Vorstellungen und Werte hinten angestellt hatte. Klar, er ist ein angesagter Anwalt, doch Geld kann man immer haben. Mehr, als man ausgeben kann.<<

>>Also war das alles geplant mit dem Hotel, der Gegend und dem Handel mit Frauen?<<

>>Nein, das Hotel, war meine große Liebe. Die Ruhe war meine Leidenschaft. Durch Zu-

fall stieß ich auf den Geheimgang, der zu den Katakomben führte. Der Rest kam dann von allein.<<

>>Und warum mussten all die Frauen solch einem Leid ausgesetzt werden und sterben, wenn Sie doch wohlhabend waren?<<

>>Ich wollte nicht, dass mein Mann mich scheitern sieht. Er war von Anfang an nicht begeistert von dem Hotel.<<

>>Wegen Ihrer Eitelkeit mussten Frauen sterben, verstehe ich das richtig?<<

>>Herr Steiner, dass ging alles so schnell, ehe ich mich versah, war es geschehen. Anfangs ging es um eine Art Prostitution. Dabei verstarb leider eine Frau an den Folgen der Sexspiele. Wenig später kamen die ersten Kunden, denen es nicht um Sex oder Macht ausüben ging. Sie wollten quälen, manche sogar einen Menschen töten. Klar, achtundneunzig Prozent der Opfer waren Frauen. Aber! Geld ist Geld. Was soll ich sagen?<<

Steiner saß, erdrückt von der Vorstellung, dass so ein Monster unbemerkt weiter den Handel von jungen Frauen betreiben hätte können, angestrengt auf dem Stuhl und machte sich ein paar Notizen.

Der Kommissar war schockiert von der Abgeklärtheit, welche die Bachmann an den Tag legte. Kai Weber war in seinen Augen schon ein diabolisches Arschloch; doch die Bachmann setzte dem Ganzen die Krone auf.

>>*Was hat es eigentlich mit Schröder auf sich?*<<, wollte Steiner wissen.

>>*Da müssen Sie ihn schon selbst fragen!*<<, erwiderte die Bachmann arrogant und verlangte, wieder auf ihre Zelle gebracht zu werden.

40. Wahrheiten

Der Nachgeschmack war säuerlich und bitter. Schröder vergeudete keine Zeit und schluckte Tag ein Tag aus eine abartige Pille. Ihm erging es schlecht im Knast. Hinzu kam noch eine Erkältung, die ihm zu schaffen machte. Ein ehemaliger Polizist, der ein pädophiler Vergewaltiger war, hatte nichts zu lachen. Die Abschirmung war nicht immer ein Schutz. Einflussreiche Häftlinge sorgten dafür, dass nächtliche Zellenbesuche bei Schröder nicht selten waren.

Seine Frisur war zerzaust und die fetten Augenringe verrieten, dass er seit seiner Verhaftung schlechte bis keine ruhigen Nächte genießen konnte. Der ehemalige Ermittler sah ungepflegt aus und scherte sich einen Dreck um die körperliche Hygiene.

Alles andere musste sich hinten anstellen. Ihm war es wichtiger, mit Steiner zu sprechen. Die wenigen Stunden, die Schröder mit der Gefängnispsychologin verbracht hatte, reichten aus, um ihn zu überzeugen, das Schweigen einzustellen und auszusagen. Er wollte reden und Dampf ablassen.

***

Der Raum war klein, aber schick eingerichtet. Anders als die restlichen Räumlichkeiten der Haftanstalt. Die Wände in einem schlichten Mintgrün gehalten. Die Farbe sollte beruhigend auf die Patienten wirken.

Über ihrem Kopf, an der Wand, so dass all ihre Patienten es gut leserlich erkannten, hing ihr Diplom. Sie war stolz darauf. Sie stand für sich und ihre Art ein; dass man ihr Kühle nachsagte, spielte für sie keine Rolle.

Alles wirkte sehr vertraut und familiär. Die Kinderbuchecke hatte es Schröder besonders angetan. Ein kleiner grüner Tisch aus Plastik, an dem Kinder malen und lesen konnten. Aber auch ihre Patienten.

Seit Schröder im Gefängnis saß, wuchs in ihm der Wunsch, selbst ein Buch für Kinder zu schreiben. Er hatte schon damit angefangen, kleinere Kapitel zu schreiben. Kinder beim Baden an Stränden. Kinder auf Spielplätzen.

Noch immer wollte er Kindern nahe sein. Schröder träumte weiterhin von einer Freiheit, die es ihm erlaubte, seine Fantasien ausleben zu können. Laura hatte er längst vergessen, er plante das nächstgrößere Ding.

Schröder war es unangenehm, mit einer Frau über seine Gefühle zu sprechen; noch dazu mit einer Frau, die ihm Kontra gab und dem ehemaligen Polizisten den Spiegel bei jeder Sitzung vor das eigene Gesicht hielt. Er hasste ihre Art.

Eine Frau mit großen Eiern, wie er zu den anderen Insassen sagte, die auch bei ihr in Behandlung waren. Wenn er mal Kontakt zu anderen Häftlingen hatte. Sie spotteten über ihn, ließen kein gutes Haar an Schröder. Sie konnten nicht, doch wollten sie ihn allzu gern umbringen.

Es gefiel ihm nicht, über seine Neigungen zu sprechen, die er ausleben musste. Er wollte mit niemanden darüber reden, geschweige denn mit dieser attraktiven Frau mit den Eiern aus Stahl.

Schröder fühlte sich nicht gut. Er wollte ihr nicht in die Augen schauen müssen, während er ihr seine dunkelsten Fantasien auf einem silbernen Tablett vor die Füße legte.

Dass er ein Vergewaltiger sei, der mit pädophilen Neigungen zu kämpfen hatte, wollte sich der einst so ehrgeizige Polizeibeamte aus Potsdam nicht eingestehen. Er schämte sich. Seine Taten entschuldigte er aber auch nicht.

Er bekam eine Erektion bei dem Anblick lachender Kinder; doch wusste er, dass diese Neigung falsch war. Seine Argumentationen während der Sitzungen überzeugten die Psychologin letztendlich doch, ihn zu begleiten.

An manchen Tagen, wenn die Einsamkeit an die Tür klopfte, fing Schröder bitterlich zu weinen an. Er wollte nicht in dieser kleinen Zelle sitzen, mit der Psychologin über sein Leben plaudern – und sich irgendwelche Tabletten einwerfen. Schröder wollte RACHE.

***

Steiner war glücklich. Auf dem Weg zu Schröder, der mit der Psychologin und einem

Polizisten im Vernehmungsraum 002 auf den Beamten wartete, hielt ihn ein junger Kollege Namens Michael an. Er war Luke kein Begriff. Er hatte mit ihm noch nichts zu tun gehabt. Michael war erst seit zwei Wochen in Steiners Einheit. Doch war er ehrgeizig gewesen.

Er wollte unbedingt bei der Vernehmung dabei sein. Auf ein klares NEIN von Steiner hin, fing er geradezu an, zu betteln. *Herr Steiner, ich kann auch für Sie die Vernehmung übernehmen. Ich möchte es unbedingt.*

Steiner, der sichtlich genervt von dieser aufdringlichen Art war, würgte den quirligen Kollegen ab und marschierte ohne ihn in den Vernehmungsraum.

>>*Da bin ich!*<<, sagte Luke in straffem Ton und schmiss die Tür hinter sich zu.

>>*Du wolltest mit mir reden!*<<

Steiner setzte sich zu Schröder an den Tisch und blickte dem ehemaligen Polizisten, der neben der Psychologin saß, in die Augen. Dabei würdigte Luke die Frau keines Blickes. Er war völlig auf Schröder fokussiert.

>>*Du siehst ganz schön Scheiße aus!*<<, stellte Steiner schmunzelnd fest und öffnete sein Büchlein.

>>*Einem ehemaligen Bullen scheint es sehr schlecht zu gehen im Knast. Sprich, warum bin ich hier?*<<

Schröder saß empathielos, aber optimistisch vor dem Hallenser Kriminalkommissar und überlegte, wie er anfangen sollte, dem die Augen zu öffnen.

Ihm war wichtig, dass Steiner kapierte, was er ihm erzählen würde. Schröder wollte sehen, wie Steiner alles aus dem Gesicht fallen würde, bei all den Informationen.

Er setzte sich mit dem Rücken aufrecht an die Stuhllehne, drückte sich in das Weiche, überkreuzte seine Arme und fing zu lächeln an.

>>*Nun, ich war gerne Polizist. Ich liebte den Einsatz und das Streben nach Gerechtigkeit.*<<

>>*Das ich einmal meinem Schicksal gegenüber stünde, der Zukunft tief in die Augen blicken würde, war so nicht geplant.*<<

>>*Und wie sollte dein Plan aussehen?*<<, wollte Steiner wissen.

>>*Nun, ich habe Neigungen, die durch Frau Bachmann herauskamen und die ich aus-*

leben durfte. Sicherlich weiß ich, was falsch und was richtig ist. Weißt du, meine Neigungen sind wie kleine Geschwüre. Sie plagen mich wie Kopfschmerzen. Ich lebe ruhiger, wenn ich sie einfach akzeptiere.<<

>>Frau Bachmann gab mir nicht die Chance. Sie zeigte mir nur den Weg. Die Chance erhielt ich von einer anderen Person, die du ganz gut kennst.<<

Steiner saß angespannt auf seinem Stuhl und lauschte Schröders Worten. Er scrollte, desinteressiert wirkend, in seinem Handy.

Ihm war nicht ganz klar, was er von dem Typen halten sollte. Fakt war, Schröder war ein ekelhaftes Stück. Kein Zweifel, der Beamte hatte sein wahres Gesicht gezeigt, und das konnte Steiner gut lesen. Von Anfang an, wie er dem Inhaftierten mitteilte.

>>Dich hatte ich von Anfang an im Visier. Auch deine Kollegin. Wir arbeiteten intern zusammen und hielten uns stets gegenseitig auf dem Laufenden<<, erklärte sich Steiner.

>>Wie bist du auf mich gekommen?<<, wollte Schröder wissen. Er streckte sich noch immer in dieser arroganten Körperhaltung.

>>Als wir den ersten Tag in Geltow ankamen, wir auf die Hotelchefin trafen, sah ich deine Mimik, und die verriet mir sehr viel.<<

>>Deine ehemalige Kollegin sah das genauso wie ich. Schuhmann war kein Fan von dir. Du scheinst ja allgemein ein schlimmer Finger zu sein. Hältst ja nicht viel von Frauen!<<, stichelte Steiner in Schröders Richtung.

>>Was soll ich sagen, Steiner? Man sagt dir Adleraugen nach. Nicht schlecht!<<

>>Für mich und meinen Komplizen war es aufregend und schön, dich und die vielen Mädchen durch die Spiegel zu beobachten. Anfangs dachte ich, Laura würde dem Geheimnis der Wandspiegel auf die Schliche kommen. Doch NEIN! Ihr wart wie Fische in einem Aquarium. Man konnte euch von allen Seiten, Tag wie Nacht, beobachten.<<

>>Du bist KRANK!<<

>>Aber weißt du, dich habe ich schon viel länger im Auge - Laura, ein geplantes Opfer, was uns in die Falle lief und dich herauslocken sollte.<<

>>*Was willst du mir damit sagen, Schrö-
der? Und das mit den vielen Spiegeln konnte
ich mir schon fast denken.*<<

Der ehemalige Polizist saß lachend vor Steiner, beide Fäuste auf den Tisch abgelegt, setzte einen schelmenhaften Blick auf, drehte seinen Kopf etwas nach links und spitzte die Lippen.

>>*Meine Psychologin hier ist schon ein
heißer Feger, nicht wahr, Steiner?*<<

>>*Aber ich möchte dich nicht länger auf die
Folter spannen, du Oberpolizist. Dir ist doch
der Name Weber ein Begriff?*<<, lachte
Schröder und rieb sich dabei die Hände.

>>*Du warst es doch, der sich auf die Spu-
ren gemacht hatte, der Kai seinen echten Namen zurückgeben wollte. Die leiblichen Eltern
hattest du gefunden. Den Stammbaum scheinst
du allerdings nicht komplett studiert zu haben.*<<

>>*Was willst du mir damit sagen?*<<, frag-
te Steiner mit leichten Bauchschmerzen nach.
Er ahnte Schlimmes.

***

Luke unterbrach die Vernehmung und verschwand mit der Psychologin auf dem Flur. Der Kommissar musste sich kurz sammeln und tief Luft holen.

>>*Wie halten Sie das nur täglich aus?*<<

>>*Ich lege sämtliche Emotionen ab, Herr Steiner!*<<

>>*Lassen Sie sich nicht von seiner egozentrischen und arroganten Art aus der Reserve locken.*<<

Schröders arrogante Art ließ ihn aufstoßen. Luke Steiner kam mit seinem widerwärtigen Charakter nicht zurecht. Es schmeckte ihm nicht, dass Schröder lachend vor ihm saß.

Kurz eingeatmet und weiter im Text!

>>*Da bin ich wieder!*<<

>>*Ich habe einen wichtigen Anruf erhalten, Sorry.*<<

>>*Kein Problem, Steiner. Wäre ich du, würde mir jetzt auch der Arsch auf Grundeis gehen!*<<, lachte ihn Schröder weiter aus.

>>*Wo war ich? Ach ja!*<<

>>Hättest du in Kais Stammbaum etwas detektivischer nachgeschaut, dann wüsstest du, dass Kai – Uwe Wagner, so heißt er im wahren Leben, einen leiblichen Bruder hat, der nicht, wie angenommen, verschollen ist, sondern sehr wohl noch lebt. Hast du doch keine Adleraugen?<<

>>Du sitzt hier mit deiner überheblichen Art, meinend, alles besser zu wissen und der Coolste der Coolen zu sein, und hast einen ganz wichtigen Punkt übersehen!<<

>>So! Meinst du?<<

>>Steiner! Schau mir mal tief in die Augen und sag mir, was du siehst!<<

Luke beugte sich leicht über den Tisch, mit beiden Unterarmen abgestützt, und fixierte punktuell das Gesicht von Schröder.

Der Lärm auf dem Flur erlosch. Die klingelnden Telefone, die tippenden Geräusche der Tastaturen, die wie wild glühten, verstummten in der dunkelsten Stille.

Er musterte die fiese Visage des ehemaligen Polizisten – und plötzlich fiel der Groschen. Er konnte es nicht fassen.

>>Ganz recht!<<, feixte Schröder und schlug dabei mit voller Wucht auf die Tischplatte.

>>Deinem Gesicht zufolge verstehen wir uns jetzt und können uns bestimmt auf gleicher Ebene begegnen und unterhalten.<<

>>Was willst du?<<, fragte Steiner entsetzt.

>>Was ich will?<<

>> Ich will, dass du langsam mal verstehst, dass mein Bruder Kai dir immer einen Schritt voraus sein wird. Und wenn du denkst, dass die Entführung der kleinen Josie Perke oder Lauras misslicher Praktikumsstart unglücklichen Umständen zur falschen Zeit am falschen Ort geschuldet seien; dann, mein lieber Luke – dann hast du dich aber tief in das eigene Fleisch geschnitten.<<

>>Willst du mir drohen, du kleiner Pisser?<<, motzte Steiner Schröder an.

>>Ich? Nein! Das muss ich nicht. Du bist längst in unser Netz getappt. Mit dir hat es angefangen – mit dir wird es aufhören.<<

Wut umkreiste den Kriminalkommissar. Er wollte aufstehen und Schröder sein schmieriges Grinsen aus dem Gesicht wischen. Eine

Ader an Steiners Hals pulsierte heftig vor lauter Anspannung und Erbitterung.

>>*Ach, sag einmal, wie geht es deinen beiden Kindern? Cristian und... Violet?*<<

Steiner sprang von seinem Stuhl auf und zog das widerwärtige Arschloch über den Tisch. Er konnte seine Wut nicht länger im Zaum halten. Immer wieder schlug er Schröder mit der Faust in das Gesicht.

>>*Wenn du oder Kai, einer von euch, meiner Familie zu nahe kommt, dann werdet ihr zwei euch wünschen, niemals geboren worden zu sein. Hast du mich verstanden?*<<

Schröder lag auf dem Rücken auf dem frisch gebohnerten grünen Fußboden und spuckte reflexartig Blut. Dann begann er wieder mit Lachen.

>>*Steiner, wir könnten die nächsten zwanzig Jahre im Knast versauern und wären dir trotzdem immer einen Schritt voraus. Wir sind dein Schatten. Wir sind der Grund, warum du nachts nicht friedlich einschlafen kannst.*<<

>>*Als mein Bruder sich in der Wohnung von Familie Perke unentdeckt aufhielt, war ich nicht weit vom Geschehen entfernt.*<<

>>Wissen wir...<<

>>Wie du mit dem Gesicht in der Obstschale eingeschlafen warst. Wie lieblich die kleine Josie Perke in ihrem Bettchen schlief, in dem auch ich lag. Du und ich, wir trafen uns auch auf dem Spielplatz! Überlege mal, Steiner.<<

>>Denk immer daran, wo du bist, sind wir einen Schritt weiter. Und nun solltest du keine Zeit verschwenden und deine Kinder, die mit Mama zusammen auf dem Boulevard Eis essen sind, genau jetzt, zu dieser Stunde, nicht aus den Augen verlieren.<<

Mehr von Martin Jonas bei DeBehr

„Wenn ich für nur einen Tag ein Glücksbärchi sein könnte, dann wäre ich das FUCK-YOU-BÄRCHI"

Wenn mir in jungen Jahren jemand gesagt hätte, was später alles auf mich zukommt, dann wäre ich ein Kind geblieben. Da schaut man in den Kinderwagen und erschrickt, was man den gestraften

Eltern natürlich tunlichst verschweigt. Zu dieser
Sorte Nachwuchs gehörte ich nicht. Aber irgendwie fühlt man sich als Kind ausgeliefert. Und dann
kommt es auch schon nach und nach über einen,
das WAHRE Leben. Und das hat so gar nichts mit
zuckersüßen Glücksbärchis zutun, am Arsch mit
den verlogenen Bären. Arztbesuche können so
schnell ausarten, die Mitmenschen sind selten
herzallerliebst, und wer schon mal mit Kindern
einkaufen war ... Und das ist nur die Spitze des
Eisberges.

108 Seiten Taschenbuch, 9,95€, ISBN:
9783957537164

MARTIN JONAS

HAB' DICH, KLEINES!
DU BIST!

Er beobachtet eure Kinder!
Er ist euch näher, als ihr ahnt!
Man hatte die Leiche des gerade einmal sieben Jahre alten Jungen, verschwunden am helllichten Tag, zwischen Müllsäcken gefunden. Weggeworfen wie Abfall. Der Täter hatte ihm die Zunge herausgeschnitten. Als der Familienvater Peter Perke seine Tochter in den Kindergarten bringt, ahnt er noch nicht, dass sein Leben bald eine schreckliche Wendung nehmen wird. Er und seine Familie sind in größter Gefahr, denn in den eigenen vier Wänden geht unentdeckt ein gefährlicher Irrer ein und aus. Die Taten eines wahnsinnigen Kindermörders erschüttern die Stadt Halle an der Saale.